Dクラッカーズ＋プラス
世界-after kingdom-

「お前は、またカプセルの闇を呼び戻すつもりなのか?」

「それも悪くないと思うぜ」
そして二人は、互いの目をにらみ合う。

「僕が持ってると、焼くだろ?」
「うん、焼く。わかったわ。私が持ってる」

Dクラッカーズ＋プラス

世界—after kingdom—

1383

あざの耕平

富士見ファンタジア文庫

96-30

口絵・本文イラスト　村崎久都

目次

雨中―rainy-rainy―

1

雨はまだ降《ふ》っている。

放置された水田《すいでん》が、次第《しだい》に水かさを増《ま》していた。まるで沼《ぬま》のようだ。無数《むすう》の雨粒《あまつぶ》が落下して、水面《みなも》をさざめかせている。

「ねえ、景《けい》ちゃん」

「うん？」

「よく降るね」

「うん」

母屋《おもや》から離《はな》れた場所にある、廃屋《はいおく》じみた小さな離れ。

古びてくすんだガラス窓《まど》から、二人はぼんやりと外を眺《なが》めていた。

大人たちから見捨《みす》てられた離れは、二人の秘密《ひみつ》の場所だった。遊んでいる途中《とちゅう》で雨に降られ、帰れなくなってしまったのだ。

「変なの」

「何が？」

「雨がうるさいでしょ？」

「うん」

「なのに、なんだか静《しず》かな気がする」

「ああ」

水田の向こうの雑木林《ぞうきばやし》が、雨に煙《けむ》って、にじんで見える。二人のいる離れだけが、薄墨《うすずみ》色《いろ》のカーテンで隔離《かくり》されたかのようだ。

しかし、二人の顔に不安の陰《かげ》は見当たらなかった。

どちらも、帰りたいとは思っていないのだ。家にも。両親や、クラスメイトたちのもとにも。なぜなら二人にとって、元いた世界こそが「外」だったからだ。この離れだけが、二人の王国なのである。

「外」の世界は、邪念《じゃねん》と悪意《あくい》に満ちている。迫害《はくがい》と強制《きょうせい》。無慈悲《むじひ》と無理解《むりかい》。

「ねえ、景ちゃん」

「うん？」

「雨、よく降るね」

「ほんと」

「世界が沈没《ちんぼつ》しそう」

「うん」

雨はまだ降《ふ》っている。二人は何をするでもなく、ぼんやりと雨を見ている。

やがて少女は首を傾《かたむ》け、少年の肩《かた》に頭を載《の》せた。雨の降る窓の外を見ながら、気怠《けだる》げな眼差《まなざ》しで言った。

「このままみんな、沈《しず》んじゃえばいいのに」

雨音《あまおと》が、世界を優《やさ》しく閉《と》ざしていた。

離れの中は、わずかに蒸《む》し暑い。

湿《しめ》っぽい、少女の体温を感じながら、

「そうだね」

と少年は頷《うなず》いた。

2

敵《てき》の悪魔持ちがこちらに気づいた。

直前《ちょくぜん》まで争《あらそ》っていた二人。愕然《がくぜん》とした顔を向けている。どちらもこの姿《すがた》を知っているらしい。物部《もののべ》景はウィンドブレーカーの裾《すそ》を翻《ひるがえ》し、恬《てん》として前に進み出た。

夜。

古い街灯《がいとう》の点《とも》る路地裏《ろじうら》は、雨に濡《ぬ》れて灰色にぼやけている。その中に、一際鮮《ひときわあざ》やかなブルーのウィンドブレーカーが映《は》える。

傍《かたわ》らの少女を一瞥《いちべつ》。少女は事態《じたい》が理解できず、呆《ほう》けた表情《ひょうじょう》を浮《う》かべている。水たまりに尻餅《しりもち》を突《つ》いたまま、彼の赤く光る瞳《ひとみ》を、呆然《ぼうぜん》と見つめ返してきた。

景は自分が素顔《すがお》を晒《さら》していることに気がついた。久《ひさ》しぶりなので、うっかりしていたのだ。苦笑《くしょう》する。腕《うで》を肩に回し、ウィンドブレーカーのフードを引っ張《ぱ》って、目深《まぶか》に被《かぶ》った。

同時に、カプセルを口に含《ふく》む。

噛《か》み砕《くだ》き、どろりとした内容物ごと嚥下《えんか》した。

◆◆◆◆◆

『オーケー、状況《じょうきょう》をおさらいするぜ、相棒《あいぼう》。事の起こりは、いまから半時間前、小雨降《こさめふ》りそぼつ午前零時《れいじ》過ぎ。場所は文清《ぶんせい》大学西キャンパスからちょい行った先の寂《さび》れた路地裏。葛根東高《くずねひがしこう》二年B組、物部景君十七歳は、偶然《ぐうぜん》通りかかったその場所で——つか、なんで、こんな時間に、んな町外れ歩いてるかな、お前は——とにかく、偶然通りかかったお前は、女の悲鳴《ひめい》を聞いた訳だ。で、声のした方に駆《か》けつけてみると、何やら妖《あや》しい悪魔の気配《けはい》。見れば、頭の悪そうなジャンキーその一と、おつむの弱そうなジャンキーその二が、明らかにラリった目つき顔つきで罵《ののし》り合《あ》っておりました、と。――まあ、それだけならハイハイまたデスカってな具合にスルーするところだが、悲鳴を上げた女の子は、どうやらまったくの素人《しろうと》さん。たまたま居合わせただけらしく、悪魔持《オーナー》ち同士のいざこざに巻き込まれ、逃げもできずに震《ふる》えてた。そこでお前が取り出したりまするは、お馴染《なじ》みブルーのウィンドブレーカー。愛用《あいよう》の戦闘服《せんとうふく》に颯爽《さっそう》と袖《そで》をば通し、悪魔戦のただ中に割《わ》って入るや、あれよあれよと悪魔《あくま》二匹《ひき》をぶちのめした。『お嬢《じょう》さん、お怪我《けが》は?』『ありがとう、謎《なぞ》の方』ってなやり取りのあと、名を聞く少女に名乗るでもなく、クールにその場を立ち去る物部景君十七歳こそ、知る人ぞ知るアングラの伝説、悪魔狩《が》りのウィザード、その人だったのであります……っとまあ、そんなとこで、概《おおむ》ね合ってる?』

「不幸な偶然だった」

『その、不幸な偶然、が多すぎんだよ、テメーの場合っ』

携帯越《けいたいご》しの声は、呆《あき》れた様子《ようす》でぼやいた。

相棒、水原勇司《みずはらゆうじ》の愚痴《ぐち》を適当《てきとう》に聞き流し、景は暗《くら》い目で暗黒《あんこく》の夜空を見上げた。

雨はまだ降り続いている。

悪魔を召喚したのは久《ひさ》しぶりだ。体内には、摂取《せっしゅ》したカプセルの残滓《ざんし》が漂《ただよ》っている。ただし、カプセルによって引き起こされた過剰な破壊衝動《はかいしょうどう》は、すでに鎮静《ちんせい》している。いまは自律神経《じりつしんけい》がイカレたように、身体《からだ》が細かく震《ふる》えていた。

間断《かんだん》なく襲《おそ》ってくる、吐《は》き気《け》と頭痛《ずつう》。景は身にまとうウィンドブレーカーを、きつく身体に巻きつけた。

頭の悪いカプセル中毒者《ジャンキー》。

間違いなく、自分もその一人なのだ。

『――で？　後始末《あとしまつ》いる？　いまからだと、そっち着くまで時間かかるけど』

「いや。その必要はない。ただ、アンテナを張《は》ってもらいたい」

『ってーと？』

「戦ってた悪魔持ち《オーナー》の片方《かたほう》。ネットの構成員《こうせいいん》だった。それもたぶん、実働細胞《アクト・セル》」

『なっ。実働細胞《アクト・セル》!?　マジに？』

「本人が吹聴《ふいちょう》してたからな。ご丁寧《ていねい》に」

『でも……ってことは、相手、手練《てだ》れじゃん。大丈夫《だいじょうぶ》だったのかよ？　お前、悪魔戦久々だろ？』

「ああ……」

悪魔狩りのウィザード。アンダーグラウンドにおける、景の通り名だ。どこの組織《そしき》にも属《ぞく》さず、常《つね》に単独で活動する正体不明《しょうたいふめい》の悪魔持《オーナー》ち。葛根市にカプセルが蔓延《はびこ》って以来《いらい》、その武名《ぶめい》を轟《とどろ》かせてきた。多少のブランクで鈍《にぶ》るほど、柔《やわ》ではない。

だが、と景は悟《さと》られないように自嘲《じちょう》する。

悪魔戦の腕は落ちていない。しかし、身体はすでに限界がきている。

様々な事情から、ここ数か月、景は一線を退《しりぞ》いていた。しかし、わずかな休息も体調の回復には繋《つな》がらなかったらしい。

末期中毒《まっきちゅうどく》。水原にも伏《ふ》せている事実だ。

「とにかく、こっちはもう済《す》んだ。しかし、実働細胞《アクト・セル》の人間が潰《つぶ》されたとなれば、ネットも黙《だま》っちゃいないだろ」

『ん。どうかな。最近はネットも、その辺いい加減《かげん》だからな。まあ、一応網《いちおうあみ》は張っとくよ。それより、ほんとに大丈夫なんだな？』

日頃《ひごろ》ふざけてばかりの水原が、そのときだけは真剣に景の心配《しんぱい》をしていた。勘《かん》の良い相棒のことだ。あるいは何か察《さっ》しているのかもしれない。

「問題ない」

と景はいつもの台詞《せりふ》をいつもの口調《くちょう》で口にした。

問題ない。そう、これはすべて、覚悟《かくご》の上での結果。いずれこうなるとわかっていて、あえて無茶《むちゃ》を通したツケだ。いまになって、わざわざ取り上げるような「問題」ではない。

誰《だれ》も見ていない薄闇《うすやみ》の中で、景はうっすらと微笑《ほほえ》んだ。死神もたじろぎそうな、底冷《そこび》えのする冷笑《れいしょう》だった。

「とにかく、明日の放課後、いつもの場所で。じゃあな」

『あー、待った待った、景！』

話を切り上げようとする景を、水原は慌《あわ》てて呼び止めた。

景は構《かま》わず携帯を切りかけたが、

『念《ねん》のため確認《かくにん》っ。巻き込まれてたって女の子はどうなった？　わかってると思うが、俺《おれ》ってばレディの扱《あつか》いにはうるさいぜ？』

「……あ」

景は一瞬絶句《いっしゅんぜっく》する。『おい、景？』と、俄《にわか》に不安げになる水原に向かって、

「済まん。忘れてた」

『……おーい』

◆◆◆◆◆

そのクスリをのむと、悪魔が出てきて願いを叶《かな》えてくれる——

そんな噂《うわさ》が、葛根市のアンダーグラウンドに流れるようになって、すでに数年の歳月《さいげつ》が経過《けいか》した。

クスリの名を『カプセル』という。

安価《あんか》で手軽《てがる》なアップ系ライト・ドラッグで、服用《ふくよう》するとコンディションやセッティングに応じた、様々な幻覚《げんかく》を経験《けいけん》できる。ワルぶって粋《いき》がる不良のみならず、ティーン間のネットワークを通じて、速《すみ》やかに——そして密《ひそ》やかに——多くのカプセルユーザーを生んだ。

そのカプセル密売《みつばい》の最大手《さいおおて》が、『セルネット』という名の組織だ。

セルネットは、『細胞《セル》』と呼称《こしょう》される四人ひと組のグループからできている。細胞の構成《こうせい》は、リーダーが一人に、部下が三人。部下は他《ほか》の細胞のリーダーとなって、また新たに三人の部下を持つ。ピラミッド状の構造《こうぞう》を持った、裾野《すその》の広い組織《そしき》だ。

ただし、組織の構成員は、自らが所属《しょぞく》する細胞以外と情報を共有《きょうゆう》しない。そのため、外部の一般《いっぱん》ユーザーはもちろん、構成員たちでさえ、組織の全容《ぜんよう》を把握《はあく》していなかった。

ドラッグを扱う非合法組織なのだから、秘密主義《ひみつしゅぎ》なのは、ある意味当然だろう。

しかし、それだけではない。セルネットの実態《じったい》を包《つつ》む闇とは、カプセルそのものが内包する闇なのだ。

そのクスリをのむと、悪魔が出てきて願いを叶えてくれる――

カプセルに必ずと言っていいほどついて回るその噂は、文字通りの意味で真実だった。ある種の素質《そしつ》を持つ人間が、カプセルを摂取《せっしゅ》することで召喚《しょうかん》する「それら」。そして、カプセルの服用によって、「それら」を操《あやつ》る者たち。カプセルユーザーたちはごく初期《しょき》のころより、前者を「悪魔」と呼《よ》び、後者を「悪魔持ち《オーナー》」と呼んだ。

ドラッグの夜を彩《いろど》る、狂気《きょうき》と幻想《げんそう》の忌子《いみご》たちである。

3

昼休みを告《つ》げるチャイムが鳴った。

生徒たちが一斉《いっせい》に表情を綻《ほころ》ばせる中、景は独《ひと》りいつもの無表情《むひょうじょう》で、教科書を片付け、席を立った。

クラスメイトたちがグループで固まるのを尻目《しりめ》に、教室から廊下《ろうか》へ出る。購買部《こうばいぶ》でパンと缶《かん》コーヒーを買い、向かった先は最上階にある図書室《としょしつ》だった。

図書室の、それも書庫《しょこ》だ。

生徒はあまり近寄《ちかよ》らないその場所が、授業中以外での景の居場所なのである。彼が「図書室の住人」と陰《かげ》で揶揄《やゆ》される所以《ゆえん》だった。

クラスにおける物部景の評価《ひょうか》は、ろくなものではない。

「地味《じみ》」「大人しい」といった比較的穏《ひかくてきおだ》やかなものから、「陰気《いんき》」「無愛想《ぶあいそう》」といった不躾《ぶしつけ》なものまで。中には「気味《きみ》が悪い」という者もいる。

もっとも、そうした評価はすべて、表面的な印象からくるものだ。何しろ、友人はもちろん、親《した》しい人間が一人もいないのである。必要があれば喋《しゃべ》りもするが、まともに会話する相手は存在《そんざい》しない。従《したが》って、彼の本当の姿《すがた》を知る者もいない。

それでいて、誰一人気にしないほど目立たないのかというと、そうでもなかった。

容姿《ようし》は整《ととの》っている。端正《たんせい》だ。小柄《こがら》で華奢《きゃしゃ》な体格《たいかく》のため、中性的な印象があった。ただ、表情というものがない。一日中仮面《かめん》を被《かぶ》っているような、硬質《こうしつ》な態度《たいど》なのである。

くすんだ黒髪に鈍色《にびいろ》の瞳《ひとみ》。シンプルな眼鏡《めがね》と、その奥《おく》の虚《うつ》ろな瞳。悪くすればいじめの対象になりかねないところだが、それもない。裏では色々と陰口《かげぐち》を叩《たた》かれても、正面切ってちょっかいを出す者はいないのだ。プラスの感情《かんじょう》であれマイナスの感情であれ、とにかく他人を寄せつけない空気をまとっているのである。

周囲が群《む》れ集《つど》い馴《な》れ合う中、独《ひと》り深海《しんかい》に沈潜《ちんせん》するクラスメイト。それが、クラスにおける景の立ち位置だ。

「……ひょっとして狙《ねら》ってやってる？」

「うるさいな」

以前、景と水原が交《か》わした会話だ。むろん、水原はわかって聞いているのである。

そんな風になったのがいつからか。景自身も覚《おぼ》えていない。社交性《しゃこうせい》の欠如《けつじょ》。内向的な性格。それに、拭《ぬぐ》いがたい孤立癖《こりつへき》。物心《ものごころ》ついたときから、裡《うち》にこもるタイプの子供《こども》だった。

とはいえ、いま現在、景が抱《かか》える裏の事情を思えば、他人との関《かか》わりなど少ないほどいい。狙った結果ではないにせよ、景にとって高校生活とは、単なる隠《かく》れ蓑《みの》——偽装《ぎそう》に過《す》ぎないのだ。

そういえば、と景は昨日《きのう》のトラブルを思い起こした。

あのあと、セルネットに動きはあったのだろうか？

相棒の水原は、いわゆる情報屋だ。不良たちにも幅広《はばひろ》いツテがあり、カプセルユーザー間の噂に詳《くわ》しい。彼もまた、葛根東高の同級生で、景とは別のクラスの生徒だった。

とはいえ、二人の関係を知られぬよう、校内で接触《せっしょく》することは極力《きょくりょく》避けている。

「……まあ、いい」

景は、他に誰もいない書庫の中で、昼食——というより単なる「補給《ほきゅう》」に近い——を済ませた。そのあとは適当《てきとう》な本を書架《しょか》から抜《ぬ》き、缶コーヒーをちびちび舐《な》めながら昼休みの残りを潰《つぶ》し始めた。

隣の図書室には、多少人の気配《けはい》がする。しかし、書庫の中は静かなものだ。学校にいる時間が潜伏《せんぷく》時間に過ぎない以上、何事もなく時が過ぎるのが、もっとも好《この》ましい。その点、この書庫での時間は、景にとって理想的《りそうてき》といえた。ここに潜《ひそ》んで本を読んでいる限り、わざわざ声をかけてくる物好きはいないからだ。

また、景がこの場所を好む理由は、もうひとつあった。

似《に》ているのである。

古く、狭《せま》く、黴《かび》と埃《ほこり》のにおいが漂《ただよ》う、秘密の場所。この書庫は、幼《おさな》いころある少女と共に過ごした場所を、どこか思い起こさせる。

と――

「雨？」

天井《てんじょう》近くまで立ち並ぶ、背の高い書架。その隙間《すきま》からのぞく窓に、雨粒が当たり始めた。本を閉《と》じ、窓に近づく。外を眺《なが》めると、校庭で昼食をとっていた生徒たちが、慌《あわ》てて校舎内に駆け戻っていた。

「……最近、よく降るな」

雨はたちまち本降りになった。

書庫のある四階からは、街の風景が見渡《みわた》せた。生まれ育った故郷《こきょう》の街並み。しかし、思い入れは皆無《かいむ》に近い。雨に打たれる姿《すがた》など、見知らぬ外国の景観《けいかん》のようですらある。

不意《ふい》に、景の口元に微笑《びしょう》が浮かんだ。水原が見れば目を丸くしそうな、穏やかな、優《やさ》しい笑《え》みだった。

「……沈《しず》んじゃえばいい、か」

景の胸裏《きょうり》に、「現在」とは完全に隔絶《かくぜつ》された「過去《かこ》」の声が甦《よみがえ》った。それは、彼の幼《おさな》じみの声だった。

勝《か》ち気《き》で、真《ま》っ直《す》ぐで、景の中の夜を強く照《て》らしてくれる、太陽のようだった少女。不《ふ》機嫌《きげん》そうに「雨で沈めばいい」と言ったかと思うと、「火も捨《す》てがたい。派手《はで》だし」などと真面目《まじめ》くさって意見を変えた。雨の中でも花火はできるかで景と論争《ろんそう》になり、実際《じっさい》に試《ため》したりもした。そんなとき、雨の中で花火に火をつけるのは景の役目《やくめ》で、彼女は離《はな》れから綺麗《きれい》綺麗と歓声《かんせい》を上げるだけなのだ。

もっとも、最後には我慢《がまん》できなくなって、自分も濡《ぬ》れながらしけった花火と格闘《かくとう》するのだが――

クスリ、と景の肩が小さく揺《ゆ》れた。

あの少女こそ、彼の生涯《しょうがい》で唯一《ゆいいつ》と言っていい、心からの親友《しんゆう》だった。

彼女が両親とアメリカに渡《わた》り、景がこの地に残されてから、もう七年が経《た》つ。

「そういえば、最近行ってないな」

行っていない、というのは、あの離れのことだ。

景が以前住んでいた場所には、いまでは五階建てのマンションが建っている。水田《すいでん》や雑木林《ぞうきばやし》も、名残《なごり》すらない。

だが、あの離れだけは、まだあった。周囲の景観ががらりと変わったいまも、隙間に挟《はさ》まれるようにして、残されているのである。

今日辺り、また寄ってみようか。そう、景が思ったときだった。

背後《はいご》でドアの開く音がした。

誰か書庫に入ってきたらしい。たちまち、景の微笑が消え、仮面の表情が顔を覆《おお》った。

窓から離れ、読んでいた本を手に取る。ページを開け、紙面に視線《しせん》を落とした。

書庫に入ってきたのは女生徒だった。先客《せんきゃく》がいたことを知らなかったのか、景に気づいてびくりとする気配が伝わってきた。

景は無視《むし》。顔を上げることもなく、黙然《もくねん》と文字を追う。女生徒も景とは関《かか》わらないよう無言で書架に近づき、目的の本を見つけたあとは、そそくさと書庫から出て行った。

まるで腫《は》れ物に触《さわ》るかのような態度だった。景には、周囲の人間にそんな態度を取らせてしまう何かがあるのである。

結構《けっこう》なことだ、と景は思う。他人と触《ふ》れあい、親しくなるには、彼が抱《かか》える事情は、あまりにも剣呑《けんのん》すぎる。いまの自分は、七年前の自分とは違《ちが》うのだ。

そして、女生徒が書庫を出た直後、景の体内を悪寒《おかん》が貫《つらぬ》いた。

思わず身を折り、跪《ひざまず》く。堪《こら》えきれずに咳《せ》き込み、呼吸と脈拍《みゃくはく》が激しく乱《みだ》れた。

発作《ほっさ》だ。

カプセルのヘヴィーユーザーが背負《せお》う宿命《しゅくめい》。悪魔を駆使《くし》して孤独《こどく》な戦いを続ける代償《だいしょう》が、この発作だった。景は淀《よど》んだ書庫の空気を貪《むさぼ》り、必死に体内の激流《げきりゅう》をやり過ごした。

最近間隔《かんかく》が短く、しかも唐突《とうとつ》になってきている。悪い兆候《ちょうこう》だ。

しかし、

「……問題ない」

自らに言い聞かせ、景はゆっくりと呼吸を整《ととの》えた。

七年前とは違う。何もかも、まるで違ってしまった。

そして、それは景自身が選んだことだ。

「馬鹿《ばか》め」

今日辺り、離れに寄る？　寄って、どうするというのだ。失《うしな》われた過去《かこ》に、なんの用がある？

自分には目的がある。そのための、「悪魔狩り」だ。他の何を犠牲《ぎせい》にしてでも戦わねばならない、譲《ゆず》れない目的なのである。

「……昨日の戦いは、いい機会《きかい》だったな」

おかげで目が覚《さ》めた。無駄《むだ》にしていい時間は、もはやないのだ。

やがて、昼休みの終わりを告げるチャイムが鳴った。

そのときには景も、少なくとも表面上《ひょうめんじょう》は落ち着きを取り戻していた。彼は仮面の表情を被ると、パン、と本を閉じ、教室に戻った。

夜が訪《おとず》れるまで、潜伏《せんぷく》を続けるために。

◆◆◆◆◆

現場には警官《けいかん》が立っていた。

崩《くず》れたブロック塀《べい》や、ひび割《わ》れたアスファルト。傾《かたむ》いた電柱《でんちゅう》。張《は》り巡《めぐ》らされたテープが、昨夜《さくや》の傷痕《きずあと》を囲んでいる。辛《かろ》うじて残った街灯が、無機質《むきしつ》な光で周囲を照《て》らしていた。

「やれやれだぜ」

路地裏《ろじうら》の奥を角から眺め、イーチャーは吐き捨てた。

鍛《きた》えられた大柄《おおがら》な肉体を包《つつ》むのは、大きくネックラインの開いたシャツに、派手なトレーニング・ウェアだ。ピアスの光る唇《くちびる》が、腹立たしげに曲《ま》げられていた。

「仮にも実働細胞《アクト・セル》のメンバーが、どこの誰《だれ》とも知れねえ雑魚悪魔持ち《ざこオーナー》相手に、ストリートファイトで相打《あいう》ちだ？　恥晒《はじさら》しめ」

「アーリーも雑魚には違いないさ」

そう、平然《へいぜん》と仲間を扱《こ》き下《お》ろしたのは、エッジだった。細身《ほそみ》のシャツにジャケット。セルフレームの眼鏡も細い。優男《やさおとこ》だが、現場を眺める表情は、不遜《ふそん》で冷酷《れいこく》なものだ。

イーチャーにエッジ、そしてアーリー。いずれもコードネームである。彼らは互《たが》いの本名を知らないのである。むろん、素性《すじょう》も。

だが、それぞれに立場も性格も異《こと》なる三人は、確《たし》かに仲間——あるいは共犯者だった。

セルネットの第四世代細胞《フォース・セル》。それが、彼らだ。

「で？　上には報告《ほうこく》するのか、ディアブロ」

イーチャーが問《と》いかけた。

ディアブロは一人離れた場所から、戦場《せんじょう》となった路地裏を見つめていた。

他の二人が二十歳《はたち》前後なのに比《くら》べ、彼はわずかに若《わか》かった。中肉中背《ちゅうにくちゅうぜい》で、服装《ふくそう》はネルシャツにジーンズ。外見はごく平凡《へいぼん》だ。

だが、彼の鋭《するど》い目つきは、その場の誰よりも冷厳《れいげん》としていた。事実、イーチャーにせよ、エッジにせよ、彼に対する態度《たいど》には、一目《いちもく》置くという以上の畏《おそ》れがあった。

しかし、そのときディアブロは、イーチャーの質問には答えなかった。無言《むごん》のまま歩き出す。イーチャーは鼻を鳴らしつつも、大人しく彼のあとに続いた。いつものことだった。彼らのリーダーは、常に必要最小限のことしか口にしない。

「まあ、今回は相手もやられてる訳《わけ》だし。黙《だま》ってりゃ上にもバレねえだろ」

「しかし、本末転倒《ほんまつてんとう》もいいところだ。本来俺たちの役目は、こうした『馬鹿騒《さわ》ぎ』が人目につかないよう動くことだぞ」

イーチャーと並んで歩きながら、エッジが忌々《いまいま》しそうに罵《ののし》った。

通常、セルネットの細胞は、組織的な活動を行わない。上位《じょうい》細胞の指令を伝達《でんたつ》したり、カプセルを流通《りゅうつう》させるぐらいだ。

ただし、実働細胞《アクト・セル》と呼ばれる細胞は例外で、彼らはカプセルに関《かか》わるトラブルが発生したとき、それが公《おおやけ》にならないよう、様々な調整《ちょうせい》、もしくは裏工作《うらこうさく》を行う。いわば、セルネットの実動部隊だった。

「それよりアーリーの後釜《あとがま》だ。どうするよ？」

「この前、俺の部下が一人、召喚に成功した。あいにく攻撃型《こうげきがた》の悪魔ではないが」

「自分の細胞から引き抜こうってか？　けど、使えねえ奴《やつ》なら、いない方がマシだぜ」

「顔の広い奴なんだ。使い道はある」

「ふん。まあ、悪魔持《オーナー》ちなら頭数にはなるか」

カプセルにまつわるトラブルで一番多いのは、悪魔持《オーナー》ちが起こすトラブルだ。悪魔を使役《えきし》する際《さい》には、必ずカプセルが服用《ふくよう》される。正常な精神状態《せいしんじょうたい》ではなくなるため、経験《けいけん》の浅《あさ》い者は、その力を無思慮《むしりょ》に行使してしまうのである。

従《したが》って、実働細胞《アクト・セル》の細胞構成員には悪魔戦の技量《ぎりょう》が求められる。イーチャーやエッジ、もちろんリーダーのディアブロも、悪魔戦に長《た》けた悪魔持《オーナー》ちだ。

イーチャーが納得《なっとく》しかけたとき、

「――そいつ、今晩中に会えるか？」

前を行くディアブロが、振り向かずに言った。

エッジは素早《すばや》くイーチャーと目配《めくば》せを交《か》わし、「呼《よ》びます」と即答《そくとう》した。

「前々から俺たちの活動に興味《きょうみ》を持っていた。誘《さそ》えば喜《よろこ》んで加わるでしょう」

「テストとかしないのか、ディアブロ？」

「差《さ》し当《あ》たり、顔の広さを使わせてもらう」

「は？　何に？」

「アーリーをやった奴を捜《さが》し出すためだ」

前を向いたままディアブロが答えた。イーチャーとエッジは、思わず顔を見合わせた。

「待てよ、ディアブロ。奴は相打ちだろ？」

「相手の男も病院に担《かつ》ぎ込《こ》まれています。カプセルユーザーだったことも確認済《かくにんず》みだ。状《じょう》況《きょう》から見て、共倒《ともだお》れになったと考えるのが一番妥当《だとう》ですよ」

二人は口を合わせて反論《はんろん》したが、ディアブロは静かに、

「相打ちではない」

と断言《だんげん》した。

「現場に残っていた悪魔の気配が、もうひとつ。第三者の介入《かいにゅう》が見受けられる」

「…………」

リーダーの台詞《せりふ》に、二人は口籠《くちご》もった。

イーチャーにせよ、エッジにせよ、悪魔を操《あやつ》る力には自信がある。実際、どちらも年季《ねんき》の入った悪魔持《オーナー》ちだ。

しかし、ディアブロは別格《べっかく》だった。二人より若い彼だが、この世界に踏《ふ》み込んだのは、遥《はる》かに古い。幾《いく》つもの悪魔戦に勝ち残ってきた、歴戦《れきせん》の実力者なのである。

「それに、あの街灯――なぜ、あれだけ残った。周囲の損害《そんがい》の中で浮いている」

「街灯《がいとう》？」

「似たような現場を見たことがある。まさか……いや」

と、そこでディアブロは口をつぐんだ。彼は、確信を持ったことでなければ、口には出さない。

代わりに、ちらりと肩越しに部下たちをにらむと、

「油断《ゆだん》するなよ」

と、低い声で静かに続けた。

「三人目の悪魔持ち《オーナー》。正体はともあれ——かなりの使い手だ」

4

「ほんとにやるの？」

「ああ」

乗り気でない水原に、景はぼそりと返事をした。

町中にあるパーキング。その隅《すみ》に設置された、自販機《じはんき》の前だった。

すでに日は落ちている。フェンス沿《ぞ》いに立つ街灯が、アスファルトに引かれた白いラインを照らしていた。

雨の夜の遭遇戦《そうぐうせん》から、三日が経過《けいか》していた。

幸《さいわ》いというべきか、セルネットに目立った動きはない。二人の悪魔持ち《オーナー》が同時に倒れたため、相打ちと見なされたのだろう――というのが、水原の意見《いけん》だった。より正確には、数時間前までの、意見だ。

立って自販機に背中を預《あず》ける景に対し、水原は地面にしゃがみ込んで、煙草《たばこ》を吹《ふ》かしていた。

脱色《だっしょく》したサラサラの髪に、こなれた感じに着崩《きくず》した制服。ハンサムで、背も高い。目元に小さな泣き黒子《ぼくろ》がある。見た目といい雰囲気《ふんいき》といい、軟派《なんぱ》で軽薄《けいはく》な感じのする少年だ。ヘラヘラ笑いが驚《おどろ》くほど似合《にあ》うのだが、一方でふとしたときに見せる表情はクールだった。

容姿《ようし》も性格も正反対な二人。だが、二人のコンビネーションがいかに優《すぐ》れたものであるかは、過去《かこ》の戦歴《せんれき》が証明《しょうめい》している。ウィザードが無敗《むはい》を誇《ほこ》ってきたのも、水原のバックアップがあってこそなのである。

そしていま、景は悪魔狩りを再開すると、相棒に告《つ》げたところだった。

「もうちょっと鳴《な》りを潜《ひそ》めてる方がいいと思うぜ？　甲斐氷太《かいひょうた》だって、まだお前のことつけ狙《ねら》ってるんだ」

「あいつが諦《あきら》めるのを待ってた日には、成人式《せいじんしき》を迎《むか》えることになる。これ以上時間を置いても、状況は好転《こうてん》しない」

景はきっぱり言った。水原も顔をしかめつつ、否定《ひてい》はしなかった。

「……お前の悪魔のことは、たいていの奴の耳に入ってる。特に、お前が標的《ひょうてき》に選ぶような悪魔持《オーナー》ちならな。以前みたいな戦い方はできないぜ？」

「承知《しょうち》の上だ」

「最近は、ネットとDDの抗争《こうそう》も鎮静化《ちんせいか》してる。動けば目につくし、それなりの戦力をお前の相手に割《さ》いてくるはずだ」

「好都合《こうつごう》だ。狩《か》り出す手間《てま》が省《はぶ》ける」

淡々《たんたん》と答える景に、水原は嘆息《たんそく》した。

頭を掻《か》きながら、相棒を見上げる。パーキングを見つめる景の横顔《よこがお》は頑《かたく》なだった。こうなると何を言っても聞かないのだ。

「……なんかあったの？」

「なぜ？　悪魔狩りは、ずっと前から続けてたことだ。再開するのに理由がいるか？」

「……あったんだな」

「だから、何も言ってないだろ、僕《ぼく》はっ」

景が怒《おこ》ったように言って、再《ふたた》びパーキングに視線を戻した。一見平静を装《よそお》っているが、長いつき合いの水原には、ふて腐《くさ》れているようにも見えた。

そして、焦《あせ》っているようにも。

焦り。そう――だから、悪魔狩りを再開すると言い出したのだ。しかし、何を焦っているのか。どうして？

水原は、景が悪魔狩りを続ける理由を聞かされていない。二人はコンビを組んでいるが、何も馴《な》れ合《あ》っている訳ではない。水原には水原の事情があり、アンダーグラウンドに関わる理由がある。そして、景はその理由を知らない。二人は互いに、自分にない技能《ぎのう》を補《おぎな》い合っているにすぎない。

しかし――

「……オッケー」

水原は立ち上がった。

景が視線を向ける。今度は彼が水原を少し見上げる形になった。チビなのだ。小柄《こがら》で、首筋《くびすじ》などびっくりするほど細い。

しかし水原は、景がその小さい身体に不屈《ふくつ》の意志と激しい闘志《とうし》を秘《ひ》めていることを知っている。

彼は強い。悪魔戦に限《かぎ》ったことではなく、強い。ときに気圧《けお》され、妬《ねた》ましく思うこともあるほどだ。得難《えがた》いパートナーだった。

「わかった、景。ウィザード、再始動だ」

ニヤリと不敵《ふてき》に笑い、それから水原は、軽いノリでウィンクした。

「ただし、最初はなるべく、こっそりやろうぜ、慌《あわ》てず気楽《きらく》に、着々とな」

◆◆◆◆◆

その夜もまた、雨だった。

「ほんとに来るのかよ？」

「間違いないですって、イーチャーさん。当たりですよ。当たり。間違いないです」

疑惑顔《ぎわくがお》のイーチャーに、エッグは調子のいい態度で請《う》け合った。

アーリーの抜けた穴を埋《う》めるために、エッジの細胞から呼ばれた男だ。エッジと似《に》たタイプの痩《や》せた優男だが、エッジのような落ち着きと切れ味がなく、代わりに薄《うす》っぺらな愛《あい》想《そ》があった。実働細胞《アクト・セル》に抜擢《ばってき》されたことで、浮かれているらしい。

戦友として頼《たよ》る気にはならない男だ。イーチャーがエッジを見ると、彼は、こんなもんだろ、というように肩を竦《すく》めてみせた。

「アーリーともう一人をやったのは、元はDDにいた男です。あの甲斐にも認《みと》められたって、凄腕《すごうで》の悪魔持ち《オーナー》。まあ、結局は、その甲斐の不興《ふきょう》を買って、DDから抜けたみたいですけどね。だから、いまはそいつをやっても、DDと拗《こじ》れることはありません」

顔が広い、というエッジの評価《ひょうか》は正しかったようで、ディアブロの指示《しじ》を受けたエッグは、その男を呼び出すことに成功していた。これから、その男と交渉《こうしょう》を持つ予定だ。

もっとも、それは表向き。イーチャーたちの狙いは、待ち伏せ《アン・ブッシュ》にあった。

場所は、町外れの古い映画館である。

「ここか……」

映画館の前に立ち、イーチャーは雨に濡れる建物を見上げた。

古いが大きい建物だ。中で悪魔戦になったとしても、十分な広さがある。エッジは無言《むごん》のまま周辺の地理を確認《かくにん》していた。閉鎖《へいさ》された商店街の店舗《てんぽ》が続いている。多少の騒ぎを起こしても、人目につくことはないだろう。

「……相変わらず、ディアブロのチョイスにはそつがない」

「のわりに、遅《おく》れてるじゃねえか。そいつが来る一時間前に集合じゃなかったのかよ」

「あ、ディアブロさんからは伝言《でんごん》もらってます。先に調べることがあるとか」

いまになって思い出すエッグに、イーチャーが舌打《したう》ちをする。エッジは彼の肩を叩き、

「行くぞ」と誰にともなく言った。

古い建物だけに、防犯設備《ぼうはんせつび》などないに等しい。三人は悠々屋内《ゆうゆうおくない》に忍《しの》び込んだ。

人のいないロビーは、いつになくがらんとしていた。扉《とびら》を開けて、ホールに入る。

ホールは暗く、さらにがらんと空虚《くうきょ》だった。だいたい外から見て取った程度の空間だ。

「やるならここだな」

とイーチャー。

敵が手練《てだ》れだとしても、四対一で負ける訳《わけ》はない。だが、だからといって手を抜くつもりは、イーチャーにも、またエッジにもなかった。用心深《ようじんぶか》さを持たない者に、セルネットの実働細胞《アクト・セル》は務《つと》まらないのだ。

だが——

「確かに。悪魔戦には、手頃《てごろ》な舞台《ぶたい》だ」

突然《とつぜん》声が響《ひび》き、同時に映写機《えいしゃき》の光が投射《とうしゃ》された。

エッジがぎょっと立ち竦《すく》むのを余所《よそ》に、イーチャーとエッジはただちにカプセルを口に放《ほう》り込んだ。

瞬時《しゅんじ》にそれぞれの悪魔を召喚《しょうかん》。イーチャーのそれは、狼《おおかみ》の姿《すがた》をしている。ただし、表皮《ひょうひ》の代わりに硬質《こうしつ》な突起物《とっきぶつ》で覆われた、体長三メートルの巨大《きょだい》な狼だ。

一方、エッジの悪魔は車輪《しゃりん》だった。円盤形《えんばん》で、縁《ふち》にはノコギリ状の刃《は》が連《つら》なり、しかも生物のように収縮《しゅうしゅく》している。

薄闇の中に、二人の瞳が赤く浮かび上がった。悪魔を召喚《しょうかん》した者に現《あらわ》れる現象だ。

「くそったれっ。エッジ！　その間抜《まぬ》けはクビだ！」

「あとにしろっ」

待ち伏せを仕《し》掛《か》けたつもりが、逆に誘《さそ》い込まれた。二人はただちに自分たちが置かれた状況を読み取っていた。

しかし、どちらも狼狽《ろうばい》する様子はない。この手の修羅場《しゅらば》は、幾度《いくど》となく潜《くぐ》ってきている。

敵は——スクリーンの前に座《すわ》っていた。

「テメエっ。なにもんだ！」

「今夜のお相手さ」

カタカタカタと映写機が回る。

投射される明かりを受けて、座っていた人物が立ち上がった。顔はわからない。目深《まぶか》に被《かぶ》ったフードで隠されているのだ。その人物は、身体をすっぽり覆い隠《かく》す、ブルーのウィンドブレーカーを身につけていた。

奇妙《きみょう》な衣装《いしょう》。まるでローブをまとった魔法使いのような——

「え？」

とエッジがもらした。

同時に、ホールの空間に、三体目の悪魔の気配が吹《ふ》き荒《あ》れた。

スクリーンだ。映写機の光を浴《あ》びて、背後《はいご》に映《うつ》る大きな影。それが、明滅《めいめつ》しながらゆっくりと姿を変え始めた。

シルエットが歪《ゆが》み、膨《ふく》れあがる。悪魔の気配もまた、急速《きゅうそく》に高まっていく。それも尋《じん》常《じょう》でない高みへと、ぐんぐん駆《か》け上《あ》がっていく。

厳《いか》つくせり出した肩と岩のようなフォルム。

丸太の如《ごと》き両腕と戦意に震える鉤爪《かぎづめ》。

額《ひたい》から反《そ》り返《かえ》る角《つの》と呼吸孔《こきゅうこう》の空《あ》いた仮面《かめん》。

印象《いんしょう》は、甲冑《かっちゅう》をまとう巨大な鬼《おに》。〝影〟は、全身を細いワイヤーのような物で雁字《がんじ》搦《がら》めに拘束《こうそく》されていた。自由を奪《うば》われながらも、堪《こら》えきれない攻撃《こうげき》本能と破壊衝動《はかいしょうどう》に打ち震えていた。呼吸孔の奥に点《とも》る朧《おぼろ》な眼光が、人間たちを睥睨《へいげい》する。三人は言葉もなく立ち尽《つ》くした。

イーチャーが喘《あえ》ぐように口を開ける。

ブルーのウィンドブレーカー。そして、〝影〟の悪魔。その正体を、彼は知っていた。

「ウィザードか⁉」

「みんなそう呼ぶ」

次の瞬間《しゅんかん》、〝影〟の声なき咆哮《ほうこう》が、広いホールを揺《ゆ》るがした。ワイヤーが千切《ちぎ》れ飛ぶ。

〝影〟がスクリーンの中から、厚《あつ》みを持って現世《うつしよ》に身を乗り出した。

「エッグ！　悪魔を出せっ」

エッジの叱責《しっせき》に、竦《すく》んでいたエッグが反射的にカプセルをのんだ。彼の悪魔が現世に現れる。

同時に──

「うおっ⁉」

〝影〟の身体がぐんと伸《の》びた。その印象からはかけ離れた、まさに影の如《ごと》き素早《すばや》く、無音《むおん》の動きだ。

〝影〟は主《あるじ》の傍《かたわ》らをすり抜け、五指を大きく広げる。エッグの悪魔が顕現《けんげん》するや否《いな》や、鉤爪で引き裂いた。

たった一撃だ。エッグが召喚した悪魔は、形を取った瞬間に、跡形《あとかた》もなく砕《くだ》かれた。悪魔のダメージが召喚者にフィードバックされ、エッグは泡《あわ》を吹《ふ》いて昏倒《こんとう》した。

しかし、イーチャーとエッジは怯《ひる》まない。息のあった連携《れんけい》で、左右から同時に攻撃を仕掛けた。

並の悪魔なら一溜《ひとた》まりもない攻撃を、しかし〝影〟はそれぞれ片腕で受け止めた。狼の牙《きば》と車輪の刃が、〝影〟の手甲《ガントレット》と火花を散《ち》らす。狼と車輪は全力をあげたが、〝影〟はびくともしなかった。

それどころか、徐々《じょじょ》に押し返していく。甲冑に覆われた両腕が、さらに膨《ふく》れあがる。二対一でなお、圧倒《あっとう》されていた。

「この……！」

化け物め、と唸《うな》るイーチャーに対し、ウィザードの声は涼《すず》やかだ。

「つまらないな」

〝影〟が再び声なき雄叫《おたけ》びを上げた。

力のベクトルをねじ曲《ま》げ、二体の悪魔をかち合わせる。衝撃《しょうげき》が悪魔を経由《けいゆ》して、召喚者たちを打《う》ち据《す》えた。それでも二人は意識《いしき》を繋《つな》ぎ止め、それぞれの悪魔を〝影〟の間合《まあ》いから遠ざけた。いや、遠ざけようとした。

だが、〝影〟は逃《に》がさない。身体が、腕が、伸び、また幻《まぼろし》のように位置を入れ替《か》えて、二体の悪魔を翻弄《ほんろう》した。桁外《けたはず》れの膂力《りょりょく》に劣《おと》らぬ卓越《たくえつ》した機動力は、まさに影そのものだ。

「――！　そうか、影だっ」

エッジが突然、車輪の悪魔を天井《てんじょう》近くまで浮き上がらせた。

敵の悪魔は影。ならば、その影が消えればどうか？

仲間の意図《いと》を察し、イーチャーが〝影〟の牽制《けんせい》に回る。その隙《すき》に、車輪の悪魔は、映写室に飛び込んだ。光源を破壊《はかい》した瞬間、ホールが暗闇に包《つつ》まれ、〝影〟の姿が消えた。狙いが当たった。二人が快哉《かいさい》を叫びそうになった、そのとき、ホールで光が爆発《ばくはつ》した。天井に設置された照明が、一斉《いっせい》に点灯《てんとう》したのだ。降り注ぐ光に瞳を焼《や》かれ、エッジが悲鳴を上げた。同時に、復活《ふっかつ》した〝影〟が車輪を捕《と》らえ、そのまま床《ゆか》へと叩きつけた。

「今度からは、待ち合わせの二時間前に来るようにするんだな。お持てなしには、周到《しゅうとう》さが必要だ」

「くっ……！」

ダメージによろめくエッジを庇《かば》いつつ、イーチャーは歯軋《はぎし》りした。

悠然《ゆうぜん》と舞台に立つウィザード。噂に聞いた通りの小兵《こひょう》だった。しかも、声は若い。まだ少年と呼べる若さだ。

だが、ウィンドブレーカーに包まれた身体からは、イーチャーなど到底及《とうていおよ》ばない威圧感《いあつかん》が放たれている。それに、激烈《げきれつ》なまでの闘争心《とうそうしん》。声こそ平静《へいせい》だが、ウィザードもまた、彼の悪魔に匹敵《ひってき》する荒《あら》ぶる感情《かんじょう》をにじませている。

当然だ。そうでなくて、どうしてあれほどの悪魔が操《あやつ》れるだろうか。

「ひ、退《ひ》くぞっ」

イーチャーとエッジは、それぞれの悪魔を足止めに残して、ホールの外に逃げ出した。その場で手綱《たづな》を取らずとも、悪魔は自立的《じりつてき》に動いてくれる。むろん、致命的《ちめいてき》なダメージを負《お》う確率《かくりつ》は跳《は》ね上がるが、いずれにせよ、このままでは勝ち目はない。

それに、

「外は雨だっ。街灯《がいとう》さえ潰《つぶ》せば、影も消える。ディアブロと合流して、反撃するぞ！」

ホールから出た二人は、全力でロビーを駆け抜け、映画館の外に出た。

外に出て、立ち尽《つ》くした。

目の前を炎《ほのお》の壁《かべ》が塞《ふさ》いでいたのだ。鼻を突《つ》くのはガソリンのにおい。雨の中、地面に撒《ま》かれたガソリンが、もうもうと黒煙《こくえん》を上げて、真《ま》っ赤《か》な炎を揺《ゆ》らしていた。

「……馬鹿な」

続いて頭上で二階の窓が吹き飛んだ。

炎の照り返しを受けながら、鮮《あざ》やかなブルーの色彩《しきさい》が、空中へと躍《おど》り出る。建物の壁面《へきめん》に、炎に照らされた巨大な影が落ち、それがぐっと盛《も》り上がって悪魔の形を取った。ウィザードは、自《みずか》らの〝影〟の肩を足場《あしば》にし、軽《かろ》やかに地面へ降り立った。

「雨の花火ってのも、悪くないだろ？」

「……わかった」

ククク、と楽しげに肩を揺すり、ウィザードはさらなるカプセルを口にした。噛《か》み砕《くだ》く唇《くちびる》が、はっきりと嘲笑《ちょうしょう》の形を結んでいた。

気分は上々《じょうじょう》。そんな様子だ。狂気《きょうき》と歓喜《かんき》が綯《な》い交ぜになって、炎すら圧《あっ》する猛々《たけだけ》しい熱を放っている。

「そら。さっさと悪魔を呼び戻せよ。楽しい楽しい悪魔の宴《うたげ》は、これからがたけなわだ」

〝影〟が主《あるじ》の傍《かたわ》らに、巨大な獣《けもの》のように寄《よ》り添《そ》った。炎の中に屹立《きつりつ》する、魔法使いと、その僕《しもべ》。ドラッグが見せる悪夢そのままに、ウィザードは二人と正面から対峙《たいじ》した。

「……なぜだ」

「ん？」

「なぜここまでする？　お前、いったい、何が目的だっ？」

イーチャーが震えながら問《と》うた。ウィンドブレーカーに包まれたウィザードが、フッと肩を竦ませた。

フードの下からわずかにのぞく唇。

極《きわ》めつきの冷笑《れいしょう》を浮かべ、

「馬鹿だな。僕《ジャンキー》たちにそんなの、関係ないだろ」

◆◆◆◆◆

あとに残ったのは、悪魔を砕《くだ》かれた二人の男と、雨に打たれてようやく火勢《かせい》の弛《ゆる》んだ炎。あちこちに残る破壊跡《はかいあと》だった。

「慌てず気楽に、着々と……」

水原は達観《たっかん》した面持《おもも》ちで、頬《ほお》を引きつらせた。

「ま、わかっちゃいたけどなー」

景はまだウィンドブレーカー姿のまま、雨に打たれて立っていた。もっとも、さっきまで彼を突き動かしていたカプセルの昂揚《こうよう》は、薄《うす》れている。これが同一人物かと思うほど生《せい》気《き》のない顔をしていた。

不意に、切れかけたネジが微動《びどう》したように、

「……また、始まったな」

「景？」

水原が振り向いた。景は苦《にが》く嗤《わら》った。

ガソリンと雨水の混じり合った地面では、二人の男がマネキンのように倒れている。景の手でやったことだ。いつか彼も、こんな風に路上に転がる日がくるのだろう。

それでもやはり、これは自分の選んだ道だった。悪魔狩りの再開も。カプセルも。

「ここの後始末《あとしまつ》は任《まか》せろよ。つっても、こいつらに押しつけるだけだけどな。お前、先に帰れ」

「……頼《たの》む」

ぼそりとつぶやいて、景はのろのろ歩き出した。

足下《あしもと》はおぼつかない。すぐに、例の発作も襲《おそ》ってくるだろう。悪魔戦のあとは特に酷《ひど》い。今夜は一睡《いっすい》もできないに違いない。

こんな夜を、あと幾度《いくど》経験することになるのか。それは景にも想像できないことだ。

「――景」

立ち去る景に、水原がもう一度声をかけた。

「風邪《かぜ》ひくな？」

冗談《じょうだん》めかした口振《くちぶ》りで言った。景は無表情に頷《うなず》き、映画館の前を去っていった。

◆◆◆◆◆

「……やはり」

駆けつけたディアブロが目にしたのは、炎の中で高らかに笑うウィザードの姿だった。

すでに二人の部下は倒れていた。戦闘が終わった直後《ちょくご》だ。いま不意《ふい》を突けばあるいは——とも思ったが、すぐに考えを改《あらた》めた。

ディアブロには一人だけ、自らの師《し》と仰《あお》ぐ悪魔使いがいた。かつて彼が所属していた細胞《さいぼう》のリーダーだ。セルネットの悪魔持《オーナー》ちの中ではナンバー2と見なされていた人物で、おちゃらけた態度の裏に深慮遠謀《しんりよえんぼう》を秘《ひ》めた男だった。組織《そしき》にあっては珍《めずら》しいほど部下の面倒《めんどう》見《み》が良く、当時粋《いき》がっていた自分は、ずいぶんと世話《せわ》を焼かせたものだ。

彼を破《やぶ》ったのが、あのウィザードだ。

「さて……」

仇討《あだう》ちなど性《しょう》に合わない。だが、このまま引き下がる訳にもいかない。

ディアブロはじっとウィザードを見据《みす》えながら、次なる行動を考え始めた。

5

気がついたとき、景の足は、あの離《はな》れへと向かっていた。

我ながら度《ど》し難《がた》い。どれほど自らを戒《いまし》めても、心が弱ると、過去の記憶《きおく》に慰《なぐさ》めを求めようとする。

『関係者以外立入禁止』。そう書かれた看板《かんばん》を尻目《しりめ》に、景はいまにも潰《つぶ》れそうな離れに近づき、引き戸を開けて中に入った。

離れの中は、七年前の記憶より狭《せま》い。景は弱々しい足取りで壁際《かべぎわ》に近づくと、以前持ち込んだ毛布《もうふ》を手に取り、それにくるまった。

身体中雨に濡れているが、それを拭《ふ》く気力も湧《わ》かない。だが、汚《よご》れた毛布にくるまって横たわると、思いも寄らなかったほど身体が楽になるのがわかった。

自制《じせい》の弛《ゆる》んだ脳裏《のうり》に、古い思い出が次々と浮かび上がってきた。そうした思い出のすべてに、懐《なつ》かしい少女の笑顔《えがお》があった。

七年前、景はクラスでいじめを受けていた。しかし、少女だけが、いついかなるときも、彼の側《そば》にいてくれたのだ。

乱暴《らんぼう》で、自分勝手で、喧嘩《けんか》っ早《ぱや》くて、でも寂《さび》しがり屋《や》で。

大好きだった。

悪魔に魂《たましい》を売った者には、思い出すことさえ罪深《つみぶか》い気がする。

いま彼女はどうしているだろう。彼女がいまの自分を見れば、いったいどう思うだろう。

神様——と景はカプセルに関《かか》わってから初めて、純粋《じゅんすい》な心で祈《いの》りを捧《ささ》げる。

神様。どうかもう二度と、彼女と逢《あ》うことがありませんように。彼女の思い出の中の自分を、七年前のまま残《のこ》してくれますように——

景の呼吸が少しずつ穏やかになっていく。

自らの予想《よそう》に反《はん》し、その夜景は、安《やす》らかな眠りについた。

6

派手《はで》な音に、景は叩《たた》き起こされた。

とっさにポケットのカプセルに手を伸《の》ばす。意識を一気《いっき》に覚醒《かくせい》させ、神経を研《と》ぎ澄《す》ませて周囲の気配《けはい》を探《さぐ》る。

雨が止《や》んでいた。

離れの中に陽《ひ》が差し込んでいる。夜が明けたのだ。身体は意外なほど回復《かいふく》していた。意識もクリア。活力《かつりょく》が戻っている。

離れの外に誰《だれ》かいた。

さっきの音。木の板が割れるような音だった。立ち入り禁止の看板だろうか？　外にいる何者《なにもの》かが割った？　しかし、どうして？

悪魔の気配はない。景は緊張《きんちょう》を解《と》かぬままゆっくりと身を起こし、被《かぶ》っていた毛布を床に落とした。

足音が聞こえた。近づいてくる。景もそろりと入り口に近づいた。

ウィンドブレーカーを着ていることを思い出す。一瞬迷《まよ》ったあと、素早《すばや》く脱《ぬ》ぎ捨《す》てる。下は制服だ。幸い乾《かわ》いている。ポケットから眼鏡《めがね》を取り出してつける。念《ねん》のためカプセルを手の中に。

気配は引き戸の前に立った。景は呼吸を整《ととの》え、引き戸を一気に開けた。

目映《まばゆ》い陽光《ようこう》に、一瞬目を細め——

「……！」

夢の続きでも見ているのかと思った。

ドアの外に立っていたのは、陽の光を浴びて立つ、一人の少女だった。

栗色《くりいろ》の髪と澄《す》んだ瞳。整った顔立ちに、健康的で伸びやかな四肢《しし》。

そして、はっきりと残る、かつての面影《おもかげ》。

少女は驚《おどろ》きに目を丸くし、息をのんで立ち尽《つ》くしている。見開かれた瞳に、同じ驚きを浮かべる自分の顔が映《うつ》っていた。

「け、景ちゃん……」

少女が呆然《ぼうぜん》とつぶやいた。景は呆然どころの騒《さわ》ぎではなかった。

姫木梓《ひめきあずさ》。

その、あまりに懐かしい名前が、景の中で再び息を吹《ふ》き返す。

まるで、嵐《あらし》のように。

アメリカから帰国した幼《おさな》なじみとの、七年ぶりの再会だった。

曇天―be cloud―

1

一見普通《いっけんふつう》の大人《おとな》しそうな奴《やつ》なのに、その実《じつ》、その少年はとても変《か》わっていた。

たとえば昼休み。グラウンドで遊《あそ》ぶクラスメイトたちから離《はな》れて、飽《あ》きもせずアブの羽《は》ばたきを眺《なが》めていたり。

たとえば放課後《ほうかご》。寂《さび》しげな花壇《かだん》の縁《ふち》に腰《こし》を下ろし、通りを行き交《か》う人の流れを、観察《かんさつ》し続けたり。

たとえば夕暮《ゆうぐ》れ。風に揺《ゆ》れる雑木林《ぞうきばやし》に入り込み、梢《こずえ》の奏《かな》でるささやきに、耳を傾《かたむ》けたり。

「いつも何してるの？」

と聞いてみても、恥《は》ずかしそうに口籠《くちご》もるだけで、何も教えてくれないのだ。

自分の目には見えない何かが、少年の目には映《うつ》っている。他人には聞こえない何かを、少年だけが耳にしている。そんな気がして、不安な気持ちになった。

ある曇《くも》り空の日だ。

彼女はいつものように、学校が終わったあと、秘密《ひみつ》の隠《かく》れ家《が》である古い離《はな》れに向かった。雑木林と見捨《みす》てられた水田《すいでん》に囲まれた、彼女と少年の秘密の王国。しかし、離れに少年の姿がない。気配《けはい》を感じ、裏《うら》に回ってみた。すると、少年は水田の畔《あぜ》にしゃがみ込んで、じっと水面《すいめん》を見つめていた。

なんだろうと思い近づいてみて、思わずぎょっとした。放置《ほうち》され、半《なか》ば沼《ぬま》のようになった水田。その上澄《うわず》みの水面に、ボロボロになった人形が浮《う》かんでいたのだ。

昨夜の大雨でどこからか流されてきたのだろう。片腕《かたうで》はもげ、髪《かみ》は乱《みだ》れ——しかし、セルロイドの顔は高貴《こうき》な笑《え》みを湛《たた》えている。

人形は水面をくるくると回っていた。増水《ぞうすい》した流れに身を任《まか》せ、まるで踊《おど》っているように、くるくると軽《かろ》やかに。

そして、ぽちゃんと水に沈《しず》んだ。

ブロンドの髪が水面に広がり、のみ込まれる。上澄みの底に見えるシルエットが、泥の中に沈んでいく。

少年が手を伸《の》ばした。

無心《むしん》で、水底《みなそこ》へ。

その、あまりに儚《はかな》く透《す》き通るような横顔《よこがお》を目にし、彼女は思わず叫《さけ》んでいた。

「景《けい》ちゃん！」

少年はビクリと全身を痙攣《けいれん》させて動きを止めた。

しゃがみ、手を伸ばしかけた姿勢《しせい》のまま、のろのろと顔をこちらに向ける。いつになく表情《ひょうじょう》のない顔に、一瞬《いっしゅん》過ぎった感情を見て、彼女の背筋《せすじ》がぶるっと震《ふる》えた。

しかし、「何してるの？」と尋《たず》ねると、少年はいつもの気弱《きよわ》な笑みを浮かべ、はにかむように、なんでもないと答えた。

それから二人は離れに戻り、普段《ふだん》通り遊び始めた。曇り空が暗澹《あんたん》とした茜色《あかねいろ》に染《そ》まり、日が沈んで空気が冷たくなり出すまで、遊び続けた。

別れ際《ぎわ》に、

「景ちゃん」

「うん？」

「……勝手に」

「え？」

「勝手にどこかに行っちゃったりしたら……駄目《だめ》だからね」

彼女がぶっきらぼうに言うと、少年はきょとんとした。

そして優《やさ》しい笑顔を浮かべ、穏《おだ》やかに頷《うなず》いた。

「そんな訳《わけ》、ないよ」

彼の言うことは嘘《うそ》ではなかった。

少年を残し、どこかに行ってしまったのは、彼女の方だったのだ。

2

姫木梓《ひめきあずさ》は帰国子女《きこくしじょ》だ。

日本に戻ってきたのは一週間前。七年ぶりの帰国になる。

スタイルが良く、目鼻立ちも整《ととの》っている。長い栗色《くりいろ》の髪はポニーテールにまとめ、いかにも活動的《かつどうてき》だ。ただ道を歩いているだけでも、全身が自然と弾《はず》むような躍動感《やくどうかん》を感じさせた。

運動神経が良く、スポーツ全般《ぜんぱん》が得意《とくい》。内緒《ないしょ》だが、アメリカで習《なら》った護身術《ごしんじゅつ》は、そこいらの男では太刀打《たちう》ちできないレベルにある。もちろん英語はぺらぺらだし、転入《てんにゅう》してからの成績も悪くない。なかなかの優等生《ゆうとうせい》だ。

だが、帰国後の彼女が見せる表情には、どこか翳《かげ》りがあった。彼女本来の持ち味である明るい陽気《ようき》な笑顔は、滅多《めった》に見られなかった。周囲に溶《と》け込《こ》む社交的な笑みと、その直後に浮かぶ寂しげで虚《むな》しそうな表情。そんな顔ばかりだ。

ひとつには、七年ぶりに帰国した日本の教室に、まだ馴染《なじ》めずにいるため。

だが、もうひとつは、七年前と様変わりしてしまった故郷に対する感傷《かんしょう》のためだった。

特に、ずいぶんと変わってしまった、幼《おさな》なじみに対する。

――『姫木さん』か……

かつてはなんの衒《てら》いもなく「梓ちゃん」と呼《よ》んでくれた少年と、梓はつい先日再会を果《は》たしていた。子供《こども》のころ、二人が秘密の遊び場にしていた場所――古い離れで。

しかし、その再会は、梓が密《ひそ》かに予想していたような、甘酸《あまず》っぱいものではなかった。

転入した葛根東高校《くずねひがしこうこう》。梓のクラスは二年C組。席が窓際《まどぎわ》なので、梓は暇《ひま》さえあれば外の景色《けしき》を眺《なが》めている。まだ部活には入っていないので、放課後は特に暇なのだ。

そして、ぼんやりしていると思い出すのは、再会した幼なじみのことばかりだった。

――景ちゃん……雰囲気《ふんいき》、ずいぶん変わってたな。

ほっそりとした女の子のような容姿《ようし》。上目遣《うわめづか》いの目つきに、ぼそぼそとつぶやく喋《しゃべ》り方。どこか他人と違う、独特《どくとく》の気配。

そんな七年前との共通点は、しかし、言いようもないほど趣《おもむき》を変えていた。かつての景は、確《たし》かに大人しい男の子だったが、とても柔《やわ》らかな物腰《ものごし》の、優しい少年だったのだ。

それが――

「……どうしちゃったんだろ」

他人を突《つ》き放《はな》す素《そ》っ気《け》ない言動《げんどう》に、眼鏡《めがね》の下の冷たい視線《しせん》。何より、いまの彼は、以前はなかった暗い影のようなものを背負《せお》っている。気になってそれとなく聞いてみたのだが、学校での評判《ひょうばん》も良くなかった。友達など、一人もいないらしい。

帰国が決まったとき、梓は景との再会を楽しみにしていた。以前のように仲良《なかよ》くなれるか不安だったが、それでも親しく接《せっ》し合《あ》えることは信じて疑《うたが》わなかった。

しかしいま、梓は景に話しかけることすら躊躇《ちゅうちょ》している。彼女自身、まだ帰国し、転入したばかりで、周《まわ》りに馴染めていない。そんな状態《じょうたい》で、学校でも「浮いて」いる景と積極《せっきょく》的《てき》に関《かか》わるには、クラスの目が気になるのだ。

第一、離れて再会したとき、具体的《ぐたいてき》な言葉は口にしなかったにせよ、景ははっきりと梓を拒絶《きょぜつ》する態度《たいど》を見せていた。

なんだか寂《さび》しい。

幼なじみなんて、互《たが》いに成長してしまえば、そんなものなのだろうか？　それでも、自分たち二人だけは特別だと思っていたのに……

「はあ……」

と梓が思わずため息をついたときだ。

「あれま。梓ってば、帰国早々、恋煩《こいわずら》い？」

「――って、コラ。祐子《ゆうこ》。変なこと言わないでよ」

「だぁってぇ〜」

と、いつの間にやって来たのかクラスメイトの松崎《まつざき》祐子は、腰《こし》をクネクネくねらせた。

「いまの横顔《よこがお》は明らかに、恋するオトメの横顔だったわ。梓ちゃんってば――キャッ」

「そ、そんなこと、ない、わよ――」

梓がわずかに赤らんでそっぽを向く。すると、「むっ⁉」と祐子は鋭《するど》くにやけ笑いを引っ込めた。

「待ちなさい、梓。まさか、図星《ずぼし》？　図星なのっ？」

「へ？　そ、そんなこと――」

「また口籠《くちご》もる！　しかも頬《ほお》を染《そ》める！　キーッ、この裏切《うらぎ》り者、いつの間にっ⁉　なんて娘《こ》なの。こっそり抜《ぬ》け駆《が》けしようなんて、そんなの祐子さんは許《ゆる》さないわよっ。このヤンキーかぶれメ！」

「ちょ、ちょっと、祐子！」

祐子が梓のポニーテールをつかみ、「このこの」とぐいぐい引っ張った。口では怒《おこ》っているが、彼女の顔は、実に楽《たの》しそうだ。

そうして梓がジタバタしていると、もう一人のクラスメイト、清井美加《きよいみか》が二人の側《そば》に寄ってきた。

「ほらほら、祐子。梓が嫌がってるでしょ」

「でもでも美加、梓ったら酷《ひど》いんだ。ボクたちをのけ者にして、自分だけダーリンを！」

「大丈夫《だいじょうぶ》よ、祐子。きっと梓が、ダーリンの友達を紹介《しょうかい》してくれるはずだから、きっと」

「み、美加まで……」

梓が情《なさ》けない顔をすると、堪《たま》らずに美加が噴《ふ》き出し、祐子も髪を放して笑い出した。梓はぶすっとしていたが、やがて二人と一緒《いっしょ》に笑顔を見せた。

たわいないやり取り。いつもの光景《こうけい》だった。

「それより、祐子。そろそろ出ましょ。麻里奈《まりな》、もう着いてるころよ」

「あ、ほんとだ。梓は出られる？」

「うん」

麻里奈というのは違うクラスの生徒で、祐子や美加の親友らしい。今日一緒にショッピングをするのだが、梓のことも紹介してくれるというのである。

梓はまだクラスに馴染んでいない。しかし、友達はできた。こんな風に気楽《きらく》に話せるのは、まだ祐子と美加の二人だけだが、やがてもっと大勢《おおぜい》の友人ができるだろう。そうやって周りに馴染んでいくのが、学校というものだ。

七年前とは違う。たった二人、世界中を敵《てき》に回す気でいた、幼いあのころとは。

——そうよ。向こうだって、いきなり昔《むかし》の話を持ち出されたって、迷惑《めいわく》だろうし……

仕方がないことだ。そう、自《みずか》らに言い聞かせる。しかし、胸の奥のつかえは、まるで取れなかった。

寂しい。

理屈《りくつ》ではないのだ。

「梓っ。行くよ」

祐子が梓を促《うなが》すように呼ぶ。梓は慌《あわ》てて席を立った。

そして、ふと思い出した。

以前はなかった暗《くら》い影。

違う。景は昔から、それを秘めていた。そして、かつての自分は、その影が彼の中で成長するのを、怖《おそ》れていたのではなかったろうか?

3

「姫木さん」

とっさにそう呼んだ瞬間《しゅんかん》、梓の顔が強張《こわば》ったのがわかった。

いつもの自分らしい、冷淡《れいたん》な口調《くちょう》。無関心《むかんしん》な視線。しかし、仮面《かめん》を被《かぶ》りながらも、景は胸が痛むのを自覚《じかく》した。そして、いまもまだ胸が痛むという事実に、恐《おそ》れおののいた。

「帰ったんだ。いつ？」

「うん、帰った。き、昨日の午後に……」

「そう。高校は？　葛根東？」

「……うん。そう」

「じゃあ、また同級生だね」

淡々《たんたん》と、機械的に会話しながらも、景の鼓動《こどう》は激《はげ》しさを増していた。

七年ぶりの再会。せめてずっと思い出の中に――そう願っていた相手と。二度と神には祈《いの》るまい、と景は固《かた》く誓《ちか》った。

「ハハ……そうだね。またよろしくね」

急速《きゅうそく》に沈んでいく梓の声。景は内面の動揺《どうよう》を見事に隠《かく》し、

「ああ。また学校で」

「うん……」

梓が微笑《ほほえ》んだ。強張った、無理矢理《むりやり》作ったような愛想笑《あいそわら》い。見ていられない。景は彼女

の隣《となり》を通り過ぎ、逃げるようにその場を離れた。

◆◆◆◆◆

「……クソ」

「ん？　どした？」

「なんでもない」

カーペットに胡座《あぐら》をかいたまま、景は苦々《にがにが》しく答えた。水原《みずはら》は、座っていた椅子《いす》をギシッと軋《きし》ませて振り返ったが、黙《だま》り込む相棒《あいぼう》を見て、それ以上何も聞かなかった。軽く肩を竦《すく》め、パソコンデスクに向き直った。

水原の家の、彼の部屋だ。二人とも制服姿。授業が終わったあと、落ち合ったのである。

二人の間に交友があることは、学校では知られていない。しかし、もし二人のクラスメイトたちがこのことを知れば、彼らは一様に驚《おどろ》いたはずだ。

陰気《いんき》で無口《むくち》。いつも図書室の書庫に籠《こ》もっている、暗い同級生、物部《もののべ》景。

陽気《ようき》で無責任《むせきにん》。校内どころか他校《たこう》にまで知られている有名な軟派男《なんぱおとこ》、水原勇司《ゆうじ》。

容姿《ようし》も性格《せいかく》も、正反対の二人なのである。両者の間に接点《せってん》があるなど、たとえ本人たちの口から聞かされても、すぐには信じないだろう。

そして、二人もまた、互いの間に交友があることを周囲《しゅうい》に対し、伏《ふ》せていた。

自分たちが『カプセル』と呼ばれるドラッグのユーザーだ、などと言える訳《わけ》がない。

ましてや、自分たちの正体が、アンダーグラウンドにおいて畏怖《いふ》と共にその名をささやかれる名うての悪魔持《オーナー》ちウィザードと、その秘密の相棒である情報屋なのだ——という事実など。

「……でさ？」

と、ブラウザを操作《そうさ》しながら、気の抜けた口調《くちょう》で水原がつぶやいた。

「結局、悪魔狩《あくまが》りの再開は見送るってことでいーのね？」

「……ああ。もうしばらく様子《ようす》を見る」

「あ、そ。それならそれで、いいんだけどさ……」

もともと悪魔狩りを再開するのは、時期尚早《じきしょうそう》と見ていた水原だ。「また始める」と言い出した相棒が、考え直したのなら文句《もんく》を言うつもりはない。

しかし——

「珍《めず》しいじゃん」

「何が？」

「お前が自分の意見を急に撤回《てっかい》するなんて、さ」

「別に、意見を撤回する訳じゃない。状況《じょうきょう》の推移《すいい》に合わせた、妥当《だとう》な判断《はんだん》だ」

景は口を尖《とが》らせながら反論《はんろん》した。

言い訳が入っている。これは、何か隠《かく》し事があるときのパターンだ。

とはいえ、ここで「何かあった?」と聞いたところで、答えが返る可能性《かのうせい》はゼロ。妙《みょう》なところで頑固《がんこ》な捻《ひね》くれ者なのは、長いつき合いで身に染《し》みている。

さりとて、このままうやむやにしていて、より深刻《しんこく》な事態《じたい》を招《まね》くのも願い下げだ。少なくとも、相棒が心変わりした——一度言い出したことを自分から翻《ひるがえ》すなど、本当に珍しいことなのだ——理由がどの辺にあるのかは、なんとなくでも知っておきたい。

景の態度が変化したのは、あの映画館での悪魔戦のあと。前日の後始末《あとしまつ》について、直接《ちょくせつ》会って報告したときからだ。

——ひょっとして、やっぱブランクが響《ひび》いてたのか?

景と水原はもう何年も前から、葛根市のアンダーグラウンドに関わってきた。

若者の間に蔓延《はびこ》る、カプセル。そのカプセルの作用で「悪魔」を召喚《しょうかん》した悪魔持《オーナー》ちたち。彼らが水面下《すいめんか》で激《はげ》しい抗争《こうそう》を繰《く》り返す中、景と水原の二人は、どこの組織《そしき》にも属《ぞく》さず、それぞれの目的のために、悪魔を狩り続けてきた。

しかし、ある事情《じじょう》から、しばらくその活動を休止《きゅうし》していた。景は平気なように言っていたが、戦闘《せんとう》の勘《かん》が鈍《にぶ》っていたとしてもおかしくはない。その事実を、先日の戦いで自覚《じかく》したとも考えられる。

ただ、

──……にしちゃあ、いまいち歯切《はぎ》れが悪いよな。

あるいは、もっとプライベートなことだろうか？　しかし、常《つね》に行動を共にしているからわかるが、この男に「プライベート」などと呼べるものなどあったためしがない。何しろ、学校で過ごす時間すら「潜伏《せんぷく》」に過ぎないと日頃から発言している奴だ。寝《ね》ているときでも悪魔狩りのことしか考えていないように見える。

結局水原は、

「……何かあった？」

「何もない」

案《あん》の定《じょう》の答えだった。

ちらりと様子を見る。あの顔、あの声、そして即答《そくとう》ということは、要《よう》するに何かあったのだ。頼《たよ》りになるのは認《みと》めるが、同時に厄介《やっかい》な相棒である。

「ひょっとして──恋とか？　キャッ」

「…………馬鹿《ばか》か」

景は冷《さ》め切った声で答えた。だが、その直前の「間」に、水原は思わず振り返り、マジマジと相棒を凝視《ぎょうし》した。

「……ウソ」

「お、おい、待て。早とちりするな？」

「うわー。そうか。そうなんだ。うわー」

「だから、待てって！　何、勝手な妄想《もうそう》してるんだ！」

色白の秀麗《しゅうれい》な顔が、真《ま》っ赤《か》に染《そ》まっている。こんな景を見るのは初めてだ。水原は品のない笑みを顔一杯《いっぱい》に広げた。

「照《て》れるな、ウィザード。この水原勇司。自慢《じまん》だが、色恋沙汰《いろこいざた》じゃ人後《じんご》に落ちないぜ？　恥《は》ずかしがることたーない。お兄サンに言ってみ？」

椅子《いす》の背もたれに抱《だ》きつくようにして、水原が顔を近づける。景は深々《ふかぶか》とため息をつき、次《つ》いで、ぞっとするほど酷薄《こくはく》な視線を、目の前の相棒に突《つ》き刺《さ》した。

「情報収集は済《す》んだのか？」

「情報はギブ・アンド・テイクが基本《きほん》」

「水原っ」

「へいへい」

あまりやりすぎるとガキみたいにへそを曲《ま》げかねない。水原は首を竦《すく》めてディスプレイに向き直った。

そして画面を見つめながら、

「セルネットに特に大きな動きは見当《みあ》たらない。この前潰《つぶ》した実働細胞《アクト・セル》のことも話題になってないみたいだ。まあ、全員まとめて潰したからな。上手《うま》くすれば、潰されたこと自体、伝わってねえかもよ」

先日景と水原が戦った相手は、セルネットと呼ばれるカプセル密売組織《みつばいそしき》の構成員《こうせいいん》たちだった。

セルネットは「細胞《セル》」という四人ひと組のグループから構成される秘密主義の組織だ。特に実働細胞《アクト・セル》と呼ばれる実動部隊は、他の細胞との繋《つな》がりが薄《うす》い。四人をまとめて始末《しまつ》してしまえば、彼らが襲《おそ》われたことすら、組織の他の人間には、すぐには伝わらない。

しかし景は、水原の見解には否定的《ひていてき》だった。

「全員潰したという確証《かくしょう》はない。むしろ、まだ一人──あの細胞のリーダーは、残っていると思う」

「どうして？　偶然鉢合《ぐうぜんはちあ》わせしたときに一人、あの映画館で三人やったぜ？」

「そうなんだが──」

景は一度口を閉じ、言葉を選ぶように先を続けた。

「これは実際《じっさい》戦《たたか》った感触《かんしょく》で言うんだが……先に倒した一人はもちろん、映画館で戦った三人組は、全員『兵士《へいし》』のように感じた。それなりに鍛《きた》えられていたようだが、戦闘全体を見回し、指揮《しき》を執《と》る人間がいなかったんだ。それに、三人組の方の一人は、他の二人に比《くら》べて明らかに経験値《けいけんち》が低《ひく》かった。連携《れんけい》も、そいつだけ取れてなかったしな。あの男が、たとえば抜けた一人目の穴埋《あなう》めとして、急場凌《きゅうばしの》ぎに細胞入りした悪魔持《オーナー》ちだったとしたら──やはり、彼ら全員の上に立つリーダーがいたはずだ」

冷静に持論《じろん》を述《の》べる景は、ついさっきからかわれてムキになっていた少年とは、まるで別人だ。実際に戦場に立った者らしい、血肉のある言葉だった。水原は、むう、と眉根《まゆね》を寄せた。

「けどよ。だったら、どうしてリーダーだけあそこに現れなかった？　不自然だろ」

「ああ。不自然だ。だが、何か理由があったというケースは、十分に考えられる」

「にしても、部下が全滅《ぜんめつ》したんなら、何かリアクションがあっていいはずだぜ」

「それも、その通りだな。不自然ではある。しかし、あそこに現れなかったのと同じで、絶対《ぜったい》にないとは言えない。そして、一人残ったにもかかわらず、その後なんのリアクションも起こさず身を潜《ひそ》めているとすれば、──何か意図《いと》があってのことだ。警戒《けいかい》する必要がある」

知らず鋭《するど》い眼差《まなざ》しになりながら、景は淡々《たんたん》と話した。

水原は顔をしかめた。あまりにも穿《うが》ちすぎだ、と彼にしてみれば思うのだが……

——こういうときのこいつの意見ってのは、疎《おろそ》かにゃできねえからな。

こと悪魔戦に関して、この相棒の勘《かん》を軽《かろ》んじるつもりは、水原には毛頭《もうとう》ない。何しろ、こう見えて歴戦《れきせん》の古強者《ふるつわもの》だ。危険《きけん》を察知《さっち》する能力は、街の不良など足下《あしもと》にも及《およ》ばない。

「……あの実働細胞《アクト・セル》のリーダーが健全《けんぜん》で、しかも自分の細胞がぶっ潰されたってのに、ネットに報告するでもなく沈黙《ちんもく》している——としよう。そいつの狙《ねら》いは、なんだ？」

「決まってる」

景は顔を上げた。彼のクラスメイトたちが知ることのない不敵《ふてき》で挑発的《ちょうはつてき》な表情のまま、剃刀《かみそり》のような微笑《びしょう》を浮かべた。

「僕らを捜《さが》してるのさ」

◆◆◆◆◆

セルネットに属《ぞく》する人間は、全員コードネームで名乗り合う。たとえ同じ細胞の人間でも、本名を教えることはほとんどない。

従《したが》って、ディアブロは、イーチャーやエッジ、アーリーの本名を知らなかった。むろん、加わった直後に倒されたエッグの本名もだ。彼らがどこの誰《だれ》で、どういう素性《すじよう》の人間だったのかを知ったのは、彼らが病院に担《かつ》ぎ込まれ、警察によって身元《みもと》が判明《はんめい》したときだった。もっとも、地方紙の片隅《かたすみ》に小さく羅列《られつ》された名前を見ても、それが彼らだという実感は湧《わ》かなかった。ディアブロの中で、彼らはあの雨の晩、アンダーグラウンドから消えたのだ。いずれも軽傷《けいしよう》で、記憶《きおく》の混乱が見られる——という記事を読んだあとは、新聞を丸め、屑《くず》入れに捨《す》てた。

カプセル中毒《ちゆうどく》で破滅《はめつ》した人間は、その後カプセルに関する記憶を失《うしな》う。悪魔戦で敗《やぶ》れた者も同様だ。身体《からだ》が無事だったとしても、今後《こんご》彼の部下——かつての部下——が戦線《せんせん》に復《ふつ》帰《き》することはない。そしてまた、彼らからアンダーグラウンドの秘密がもれることもないだろう。オカルトの闇《やみ》に覆《おお》われたカプセルの世界は、何事もなかったかのように続いていくのである。

とはいえ——

「奴らに先行させたのは失敗《しつぱい》だったな」

リーダーの到着《とうちやく》を待たなかった彼らのミス——とは、状況的《じようきようてき》に言いがたい。運が悪かったと言えばそれまでだが——油断《ゆだん》があったことは事実だろう。

ただし、油断がなければ勝てていた勝負だとも言い切れなかった。

何しろ、あの、悪魔狩りのウィザードが用意《ようい》を調《ととの》え待《ま》ち構《かま》えているところに乗り込んだのだから。

あの晩ディアブロの到着が遅《おく》れたのも、彼がウィザードの存在《そんざい》を感じたためだ。アーリーが倒された現場を見て、これがウィザードの仕業《しわざ》である可能性に気づいた。その裏づけを取っていて、到着が遅れたのである。

セルネットの上層部は、まだ彼が部下を失ったことを知らない。彼が報告していないからだ。そして彼は、このことを報告するつもりはなかった。

ここ最近、セルネットは敵対組織との衝突《しょうとつ》を避《さ》ける傾向《けいこう》にある。となれば、彼の指揮する実働細胞《アクト・セル》に指令《しれい》が下《くだ》ることもない。もう一度部下を見繕《みつくろ》い、使えるレベルまで鍛《きた》える必要はあるが、わざわざ一部始終を話す必要はなかった。上層部にしろ、要は彼の細胞が役目を果《は》たしさえすれば、それでいいのだ。

つまり、トラブルに見舞《みま》われはしたものの、ディアブロの立場としては「終わった」ことだ。また普段通りの生活に戻ったところで、なんの問題もなかった。

のだが――

「……ウィザード。まさか、あんな子供《こども》とはな」

ディアブロ自身、まだ十八だ。普段はごく普通の高校生に過ぎない。

しかし、戦闘が終わったあとで垣間見《かいまみ》たウィザードの姿は、彼よりさらに若《わか》く——というより、幼《おさな》く見えた。さすがに中学生ということはないだろうが、巷《ちまた》でささやかれる凄腕《すごうで》の印象《いんしょう》からは、ずいぶんとかけ離《はな》れていた。

実際、ウィザードは、その実力が広く知られる一方、正体《しょうたい》は謎《なぞ》に包《つつ》まれていることで有名だった。「影」の悪魔を使うということが知られたのも、ほんの数か月前だ。いわんや、顔を見た者が、どれほどいるか。

「さて……どうする？」

部下が倒された憤《いきどお》りは、ディアブロにはなかった。犯罪《はんざい》組織である。それも、本名を隠《かく》したつき合いの、ドライな組織だ。仲間意識《いしき》がなかった訳ではないが、リスクを冒《おか》して復《ふく》讐《しゅう》を考えるような集団ではない。ましてや、敵はただ者ではない。葛根市で一、二を争《あらそ》おうかというほどの悪魔使いだ。

だが、その相手がウィザードであることが、ディアブロの胸に不吉《ふきつ》な闘志《とうし》を点《とも》していた。

かつて彼が属していた細胞。そのリーダーは、世の中の人間すべてを見下《みくだ》していた彼が、唯一慕《ゆいいつした》い、目標としていた人物だった。セルネットの中でも高い地位にいた重鎮《じゅうちん》だったが、あるときウィザードの討伐《とうばつ》に着手《ちゃくしゅ》し、それ以来《いらい》姿を消した。むろん、名は知らない。知っているのはキメリエスというコードネームだけである。

敵討《かたきう》ちを気取《きど》るつもりはない。そんなものは柄《がら》ではない。

しかし——

「あの人も敵《かな》わなかった、ウィザードに挑《いど》む……」

それは、ひどく魅力的《みりょくてき》な誘惑《ゆうわく》だった。

何しろ、相手はおそらく、すぐ側にいる。

「……少なくとも、状況は『行け』と言ってるな」

手がかりは、あのときあの場に居合《いあ》わせた、ウィザードの仲間らしき男。彼が着ていた制服だ。

あの制服は、葛根東高のもの。ならば、まだ高校生と見えたウィザードもまた葛根東高の生徒である可能性は高い。

つまり、ウィザードは、彼の後輩であるかもしれないのだ。

「やってみるか」

ディアブロ——葛根東高三年、風間俊《かざましゅん》は、ニヤりと笑って行動を開始した。

4

景の日常《にちじょう》に変化はなかった。

誰《だれ》とも口をきかず、誰とも目を合わせない日々。唯一の例外は水原だが、悪魔狩り再開を延期《えんき》したあとは、彼と打ち合わせをする機会《きかい》も減《へ》った。

とはいえ、カプセルに手を出して以来《いらい》、ずっと似《に》たような毎日だ。そうした孤独《こどく》な生活のリズムが、身体に染《し》みついている。緊張《きんちょう》を伴《ともな》った孤立《こりつ》こそ、景が日常に求めるものであり、そうでなくば奇襲《きしゅう》や闇討《やみう》ちが当然の如《ごと》く横行《おうこう》する悪魔持《オーナー》ちたちの夜を、これまで生き延《の》びて来られたはずがなかった。

だが、そんな硬質《こうしつ》な灰色《はいいろ》の生活は、表面上変化のないまま、その裏では少なからず揺《ゆ》れ動いていた。

理由はひとつしかない。同じ時間、同じ場所に、彼女がいると意識しているからだ。

彼の幼なじみ、姫木梓が。

いまもそうだった。

曇《くも》り空の昼休み。いつものように独り図書室に向かう廊下《ろうか》の途中で、表には出さないまま、景はぎくりと身を強張《こわば》らせた。

廊下を反対側から向かってくる女子グループ。その中に、梓がいた。

景にとって同級生の女子――女子に限らないのだが――など、個人個人の識別《しきべつ》すら必要としない「他人」に過ぎない。それが、曇天《どんてん》の薄暗《うすぐら》い廊下で、これだけの距離《きょり》があるというのに、梓だけは一瞬で、「彼女だ」と察知《さっち》できてしまった。

しかも、察知した瞬間に脳裏《のうり》が梓のことで占《し》められる始末《しまつ》だ。

――おいおい、なんて様《ざま》だ。

我《われ》ながら呆《あき》れるしかない。いや、呆れるのを通り越《こ》して、怒鳴《どな》りたくなる。

顔を伏《ふ》せ、歩調《ほちょう》はあくまでもそのままに、景は黙然《もくねん》と歩を進める。

やがて梓の方も、景に気がついた。彼女もまた、軽く緊張したのが――びっくりするほどよく――わかる。

二人の距離が近づき、すれ違《ちが》い……

とっさに梓が顔を向けた。

何か言いたそうな顔が、視界の隅《すみ》に映《うつ》る。その顔を消すために、景は断固《だんこ》として前に進んだ。

振り向いて彼女の反応《はんのう》を確かめたい。

その欲求《よっきゅう》は、自制心《じせいしん》には絶対《ぜったい》の自信《じしん》を持つ景ですら、危《あや》うく抑《おさ》えきれないほど衝動的《しょうどうてき》で強かった。

──冗談《じょうだん》じゃないぞ、物部景。いや、ウィザード。彼女と関《かか》わる必要も資格《しかく》も、お前には、まったくないんだっ。

それどころか、自分と関わることが彼女にとってどれほどのマイナスになるか。

カプセル中毒──しかも末期《まっき》──で、あらゆるジャンキーたちから恨《うら》みと怖《おそ》れを買う悪魔持《オーナー》ちの幼なじみ。

そんな存在が、平凡《へいぼん》な女子高生にとって、有益《ゆうえき》か否《いな》か。考えるまでもないことだ。

いまや自分は、存在そのものが梓にとっての害《がい》となる。ならばせめて、その害を少しでも遠ざけるのが、景に取《と》り得《う》る唯一《ゆいいつ》の手段《しゅだん》だった。梓と再会したあと、景が出した結論《けつろん》である。

水原には無論《むろん》言わないが、悪魔狩りを延期したのも、梓が自分の側《そば》に現れてしまったからなのだ。

──当面《とうめん》は様子を見る。どうせすぐに、忘れるさ。

現《げん》に、帰国して周りに馴染《なじ》めずにいた彼女も、昼休みを一緒に過ごす友人ができたらしい。そして、新たな友人たちと過ごしていれば、七年前の黴《かび》くさい記憶《きおく》など、すぐに風化《ふうか》してしまうはずだった。

七年も前の、失《うしな》われた時間など。

——それがベストだ。

決して誰にも見られないよう、景は小さく、自嘲《じちょう》した。

自《みずか》らの結論に、彼は満足《まんぞく》している。

誰がなんと言おうと、満足しているのだ。

◆◆◆◆◆

——駄目《だめ》か……

完全に無視《むし》されてしまった。ちょっとショックだ。

梓は落胆《らくたん》のため息をついた。そして、隣《となり》を歩いていた美加が不審《ふしん》な顔をしたのに、慌《あわ》てて笑顔を返した。

——わたしに気づかなかった……とか？

気を取り直してそんな風に考えようとしたが、やはり無理だった。気づかなかったはずはないのだ。微《かす》かに——ほんの微かにだが、景が梓に気づき、緊張しているような気配が伝わってきた。

もし、自分一人だったら、景は声をかけてくれただろうか？

想像してみる。しかし、望《のぞ》ましい結果はでなかった。

景はたぶん、視線を合わせることすらしなかっただろう。そんな雰囲気《ふんいき》だった。

それに、梓から話しかけることだって、難《むずか》しかったに違いない。彼女をきっぱりと拒絶《きょぜつ》する意志が、景の小柄《こがら》な身体全部から漂《ただよ》っていた。

しかし、

——どうして？

子供のころのような、ある意味不躾《ぶしつけ》で押しつけがましい関係を結びたい訳ではない。ただ、少しでいいから話がしたい。過去の友情《ゆうじょう》を確かめ合いたいだけなのだ。なのに、どうして景は、あんなにも梓のことを近づけまいとするのだろうか。

七年前のことなど、なかったことにしてしまいたい。そんな風に思われている気さえする。

——それとも、ほんとうに、そうなのかもしれない。

七年前、梓と景はクラスメイト全員からのけ者にされていた。景はいじめを受けていて、梓だけが彼の味方《みかた》だった。

二人とも、互いの存在が救《すく》いであり、梓は景が、景は梓がいてくれたからこそ、毎日を過ごすことができた。二人一緒だったから、何も恐《こわ》くなかったのだ。

なのに、梓は景を残し、両親に連《つ》れられてアメリカに渡《わた》った。どうしようもなかったとはいえ、残された景はさぞ辛《つら》かったに違いない。

もし、そのことが景の中に暗い凝《しこ》りとなって残っているのなら……気《き》軽《がる》に声をかける資《し》格《かく》は、梓にはない。他人がどう思おうと、二人にとっては重大《じゅうだい》なことだ。

――怒《おこ》ってる……のかな？

考えれば考えるほど、梓は落《お》ち込《こ》んでいった。再びため息がこぼれた。

そのとき。

「あっ」

前を見ていなかった梓は、廊下に立っていた男子生徒にぶつかった。

慌てて離れ、ポニーテールを翻《ひるがえ》しながら大きく頭を下げる。

「ご、ごめんなさい。わたし、ぼうっとしてて――」

ぶつかった男子生徒は何も言わず立っていた。顔を上げる。その生徒は、梓ではなく、彼女が歩いてきた廊下の先を、両目を細めて見つめていた。

「あの……」

と声をかけても、振り向きさえしない。

そして、さらに数秒じっと視線を向け続けたあと、

「あいつ、君の知り合い？」

「え？」

梓がきょとんとする。男子生徒は、ようやく彼女に顔を向けた。

たぶん上級生——三年の生徒だ。引《ひ》き締《し》まった細身の体格で、知的《ちてき》な風貌《ふうぼう》をしている。

ただ、梓を見る目は、何かしら底知《そこし》れないところがあった。

落ち着いた声で、

「背の低い、小柄《こがら》な彼。知り合いなのか？」

景のことだ。さっきすれ違ったのを見ていたらしい。

しかし、どうしてそんなことを聞くのか？

梓が返事できずに口籠《くちご》もっていると、「梓っ」と背後《はいご》から、祐子が呼《よ》んだ。

「済《す》みませんでした」

と繰り返し、梓は男子生徒の側を立ち去った。

祐子たちの側に駆《か》け寄《よ》る。「何やってんのよ」という祐子のぼやきに適当《てきとう》な詫《わ》びを返し、
梓はちらりと、肩越《かたご》しに後ろを振り返った。あの男子生徒は、まだ同じ場所に立ったまま、
景の消えた方向を見つめていた。

嫌な予感がした。

◆◆◆◆◆

仮《かり》に、自分がウィザードだったとする。

また、ウィザードが葛根東の生徒だったと仮定する。

正体《しょうたい》を伏《ふ》せながら悪魔狩りを続ける自分は、果たしてどのような高校生活を送るだろうか？

部活動？　あり得《え》ない。友人？　言うまでもなく、不要《ふよう》。

ただし、カモフラージュ程度《ていど》のつき合いは不可欠《ふかけつ》だ。中途半端《ちゅうとはんぱ》な馴《な》れ合《あ》いは正体発覚《はっかく》の糸口《いとぐち》になりかねないが、周りに誰もいないようでは、かえってクラスの注目を集める羽目《はめ》になる。

適度《てきど》な言動。適度な対人関係。何もかもを平均値《へいきんち》にすることは難しく、また逆《ぎゃく》の意味で人目《ひとめ》を引きかねないが、かといって突出《とっしゅつ》しすぎることは厳密《げんみつ》に慎《つつし》まねばならない。成績、生活態度、服装から言動に至《いた》るまで、重要なのは周囲《しゅうい》と同化《どうか》することだ。クラスでの風間俊が、そうしているように。

そうした観点《かんてん》からすると、二年B組の物部景は、完全に落第点《らくだいてん》だった。

ごく簡単に調べただけでも、彼がクラスから孤立《こりつ》していることは、疑《うたが》う余地《よち》がなかった。

無視されているなら問題はないように見えるが、「意識的」に無視されているということは、少なくとも「意識はされている」ということだ。しかも、彼に対する周囲の印象《いんしょう》は、極《きわ》めて悪い。もし彼の周辺でカプセルに関わる事件が発生すれば、彼に疑惑《ぎわく》が向けられる可能性はかなり高いに違いない。

——ウィザードほどの人物にしては、少々お粗末《そまつ》というものだな。

ただし、

——たとえば……そうだな。ウィザードが重度の——日常生活に支障《ししょう》を来《きた》しかねないほどの、カプセル中毒《ちゅうどく》だった場合。

自らの近くにクラスメイトを置く訳にはいかなくなる。急な発作《ほっさ》や禁断症状《きんだんしょうじょう》も、一度や二度ならともかく、頻繁《ひんぱん》に起こるようなら誤魔化《ごまか》しようがない。

そして、ウィザードは歴戦《れきせん》の戦士だ。彼がこれまでに摂取《せっしゅ》してきたカプセルたるや、並《なみ》大抵《たいてい》の量ではないはずだった。

「ふむ」

ディアブロは表向き何食《なにく》わぬ顔で教師が板書した文字をノートに写しながら、あの夜見たウィザードの姿を思い起こしていた。

ブルーのウィンドブレーカーをまとう、幽鬼《ゆうき》のような姿。遠目《とおめ》に見たあの姿を、廊下で見かけた下級生——物部景の後ろ姿に重《かさ》ね合《あ》わせてみた。

体型はほぼ一致《いっち》。身にまとう気配も。歩き去る動きも。

極《きわ》めてよく似《に》ている。

——だが断定《だんてい》はできない。

焦《あせ》る必要はなかった。いまは目星《めぼし》をつけるだけで十分だ。時間をかけて彼を観察《かんさつ》し、その正体を見極《みきわ》めれば、それでいい。

ディアブロはそう判断《はんだん》した。

そして、そう判断しつつも、自分が大人しく観察を続ける気がないことを自覚《じかく》して、少々驚《おどろ》いた。

——なんだ。俺《おれ》は興奮《こうふん》しているのか？

自問《じもん》してみる。

答えは口元に現《あらわ》れた。ディアブロは、猛々《たけだけ》しく好戦的《こうせんてき》な笑みを、自らの唇《くちびる》に浮かべていた。

街の伝説のようにささやかれながら、誰一人その正体を知る者のない、凄腕の悪魔使い。

自らが憧《あこが》れていたあの人ですら、ついに仕留《しと》めることができなかった悪魔持ち《オーナー》ウィザード。

いま自分は、迫《せま》りつつある。

そうだ。自分はいま、確かに興奮している。ごく平凡《へいぼん》な男子生徒である風間俊の世界に、セルネットの切れ者である悪魔持ち《オーナー》ディアブロが、侵食《しんしょく》しようとしていた。

「……それもいいさ」

ぼそり、と彼はつぶやいた。

物部景の正体。

いますぐ調べる方法は、ある。

5

放課後《ほうかご》のチャイムが鳴ったころ、もともと曇《くも》っていた空は、灰色《はいいろ》から薄墨色《うすずみいろ》へと色合いを変えていた。

連《つ》れだって下《げ》校《こう》するクラスメイトたちの流《なが》れに逆《さか》らい、景は四階の図書室に移動《いどう》した。

今日も、水原と合流する予定はない。悪魔狩りのために夜の街に繰《く》り出すこともない。家に戻っても寝《ね》るだけだ。だから、近頃景は、放課後まで書庫に籠《こ》もるようになっていた。

廊下や教室より暗い書庫に入り、蛍光灯《けいこうとう》の明かりを点《つ》ける。人工《じんこう》の光に照《て》らされた書庫は、昼間よりもっと無機質《むきしつ》だ。だが、それでもここは、景にとって安息《あんそく》の場所だった。完全な孤独を確保《かくほ》できた気がして、景はほっと息をついた。

書架《しょか》から読みかけの本を取り出し、踏《ふ》み台《だい》に腰掛《こしか》けて、そっとページを捲《めく》る。静寂《せいじゃく》が精《せい》神《しん》を癒《いや》してくれた。そのまま静かに俗世《ぞくせ》を離れ、書物の世界へと没頭《ぼっとう》する。

どれぐらい時間が経《た》っただろうか。

不意《ふい》に景は、険《けわ》しい顔つきになって、本から顔を上げた。

「……なんだと？」

悪魔の気配がする。それも、校内だ。

——誰だ⁉　葛根東の生徒に、僕以外の悪魔持《オーナー》ちはいないはずだぞっ？

セルネットが隠密性《おんみつせい》に優《すぐ》れた組織《そしき》であることは、とっくの昔から承知《しょうち》している。当然、身の回りに悪魔持《オーナー》ちが潜《ひそ》んでいる可能性には、常に注意を払ってきた。

この高校に悪魔持《オーナー》ちはいない。それは、水原と二人で慎重《しんちょう》に探《さぐ》った上で、一年も前に結《けつ》論《ろん》を出したことだ。

——部外者か？　それとも見落としていた？

どちらにしても厄介《やっかい》だが、特に後者だとすれば、用心《ようじん》せねばならない。あれだけ調査《ちょうさ》して見つけられなかった以上、その悪魔持《オーナー》ちは自分の悪魔を完璧《かんぺき》に制御《せいぎょ》している腕利《うでき》きだということになる。

——場所は……下。二階——いや、一階の、昇降口《しょうこうぐち》。

景は本を閉じ、書架に戻すと、隣の図書室に出るドアを、乱暴《らんぼう》に引き開けた。

間《ま》が悪く、直《す》ぐ側《そば》の机《つくえ》で、女生徒が一人勉強をしていた。ぎょっとした様子で振り返り、景の顔を見て——なぜか——凍《こお》りついたように動きを止めた。

どこかで見た顔だ。しかし、少なくとも彼女は悪魔持《オーナー》ちではない。

——ちっ。落ち着け。

逸《はや》る気持ちを抑《おさ》えながら、景は足早《あしばや》に図書室を出た。

相手の狙《ねら》いがわからない。図書室に居残《いのこ》っていた彼女のように、校内にはまだ生徒が残っている。トチ狂《くる》ったジャンキーが校舎《こうしゃ》に入り込んだのなら、騒《さわ》ぎが起きそうなものだが、その様子もない。この悪魔持《オーナー》ちは、自分の悪魔を召喚《しょうかん》しただけで、何も行動を起こしていないのだ。

まずは相手の意図《いと》を探《さぐ》る。そう判断《はんだん》して、景は階段を三階に下りた。携帯《けいたい》を取り出し、水原に連絡しようとした。

が、

——校内に生徒は残っている……

い、梓は？

胸の奥に氷塊《ひょうかい》が落ちた。これまで味わったことがない種類《しゅるい》の、全身が総毛立《そうけだ》つような恐《きょう》怖《ふ》を感じた。

「くっ……！」

抑えきれず、景は廊下を走り出した。階段をさらに下り、二階へ。途中《とちゅう》、すれ違った生徒が驚く顔を向けるのを黙殺《もくさつ》しつつ、梓がいる二年C組の教室を目指す。

ドアを開け放ちたい衝動《しょうどう》を堪《こら》え、窓から教室の中をのぞき込んだ。残っていた生徒は、二、三人。梓の姿はない。

――帰ったのか？

わからない。彼女はまだ部活には入っていないはずだが……

「くそっ。こいつはいったい何者なんだ？」

悪魔の気配《けはい》はまだ消えなかった。意図が読《よ》めないだけに、こちらも迂闊《うかつ》に動けない。

と――

悪魔の気配が強まった。攻撃《こうげき》の予兆《よちょう》。景は思わず身構《みがま》えるが、悪魔の気配は一階の昇降口。距離《きょり》も離れている。

――何をする気だっ？

とっさの判断《はんだん》だった。景は制服のポケットに手を入れ、忍《しの》ばせていたカプセルを一錠《いちじょう》、口に含《ふく》み、噛《か》み砕《くだ》いた。

ドロリとした内容物《ないようぶつ》をのみ込むと、途端《とたん》に身体の芯《しん》が灼熱《しゃくねつ》を発《はっ》する。強いアルコールを脳《のう》に直接注ぎ込まれたような、強烈《きょうれつ》な酩酊感《めいていかん》。意志の力で理性《りせい》を保《たも》ち、カプセルの力で強化された感覚を、謎の悪魔に向ける。

悪魔が動いた。

早い。一階から外へ。外壁《がいへき》を伝《つた》って、上へ。景は廊下の窓に移動。窓を開け、気配のする方へ――

ガラスの割《わ》れる音がした。同時に、悪魔の気配が消失《しょうしつ》した。

そして――

頭上から降《ふ》り注《そそ》ぐガラスの破片《はへん》の真下《ました》に、数名の女生徒に交《ま》じって梓の姿があった。景の双眸《そうぼう》が、張《は》り裂《さ》けんばかりに見開《みひら》かれた。

外は曇り空。だが、グラウンドの照明が点《とも》り、十分な明るさがある。影ができるのに、十分な明るさが。

景は、ほとんど窓から飛び降りる勢《いきお》いで身を乗り出した。

突《つ》き出《だ》した上半身が、校舎の壁に影《かげ》を作り――その影が弾丸《だんがん》のように壁面《へきめん》を這《は》った。

重力に引かれるより早く地面に到達《とうたつ》。次《つ》いで、壁を蹴《け》り大地の上を、一直線に梓のもとへ。

　降り注ぐガラスの破片に、女生徒たちが悲鳴を上げた。梓が顔を青くし、側にいた友人を突き飛ばした。
自身はその場に残ったままだ。切《き》っ先鋭《さきするど》いガラスの刃が、容赦《ようしゃ》なく彼女の上に――

「させるか！」

景の両目が、禍々《まがまが》しい、鮮血《せんけつ》のような赤色に染《そ》まった。同時に、物理《ぶつり》法則《ほうそく》を無視《むし》して伸びていた影から、巨人《きょじん》のようなシルエットが浮かび上がった。

カプセルをのんだ者にだけ見える悪魔の姿。景が自《みずか》らの影の中に飼う、甲冑《かっちゅう》をまとった鬼《おに》の悪魔だ。

〝影〟は、その巨大な両腕を振るい、落下《らっか》するガラスを残らず弾《はじ》き飛《と》ばした。風圧《ふうあつ》で梓の髪先が跳《は》ね――

　ガラスが地面に落下した。

間一髪《かんいっぱつ》。

が、息つく暇《ひま》もなく、景はただちに自らの悪魔を現世《うつしょ》から掻き消した。

顔面《がんめん》は蒼白《そうはく》。梓の窮地《きゅうち》を救《すく》った安堵《あんど》感《かん》など微塵《みじん》もない。

敵の狙《ねら》いがわかったからだ。

「……やられた」

誘き出された。


「敵」の狙いは物部景。しかも、この「敵」は、自分と梓の関係まで見抜いている。

景は吐き気すら覚えながら、必死に歯を食いしばった。

◆◆◆◆◆

「ビンゴ」

校舎の片隅《かたすみ》から一部始終《いちぶしじゆう》を見届《みとど》けたディアブロは、ごく平然《へいぜん》とつぶやいた。

ただし、平然としているのは表面《ひようめん》だけだ。いま彼は、かつてないほどの昂《たか》ぶりを感じ、そのことに愉悦《ゆえつ》を覚《おぼ》えていた。

「ありがとう、物部君」

ゆっくりと舌《した》なめずりをするように、ディアブロは独《ひと》りごちる。

「君のおかげで、退屈《たいくつ》な高校生活にも、結構《けつこう》な思い出ができそうだ」

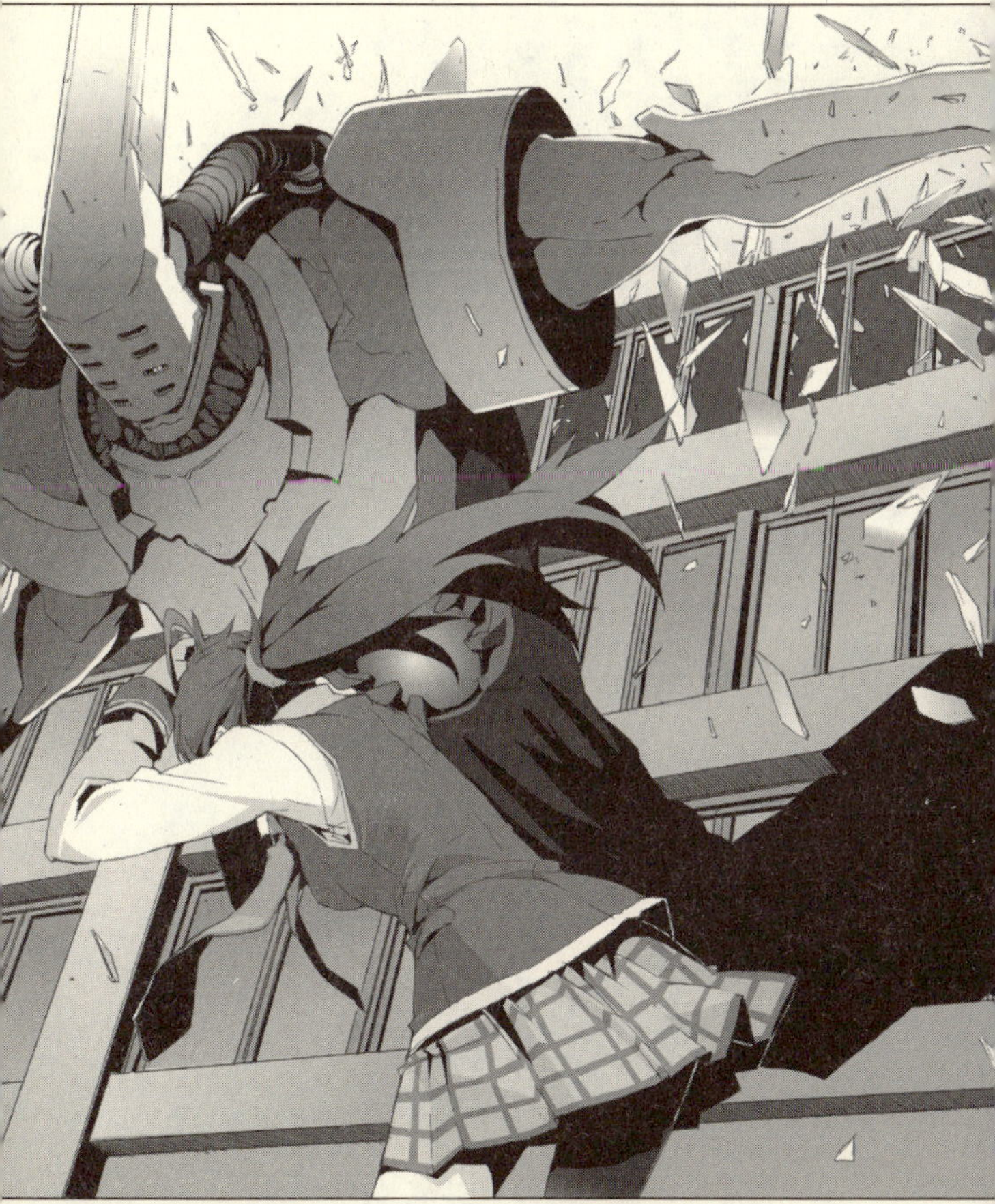

落日―to the night―

1

「……景《けい》ちゃんは絶対、草食動物《そうしょくどうぶつ》タイプよね」

二人の隠《かく》れ家《が》である寂《さび》れた離《はな》れ。古い畳《たたみ》にぺたんと尻餅《しりもち》をついたまま、少女は目を丸くした。

少年は返事をする余裕《よゆう》もない。少女と同じように尻餅をついているが、両手は彼女の二の腕《うで》を握《にぎ》ったままだ。目の前で雪崩《なだれ》を起こした段ボールの山を、呆然《ぼうぜん》と見つめていた。段ボールは離れの押し入れに詰《つ》め込《こ》まれていた。下に敷《し》いてあった毛布《もうふ》を少女が強引《ごういん》に引っ張り出したせいで、崩《くず》れ落《お》ちてきたのだ。

まだ埃《ほこり》がもうもうと立っている。少年が腕を引っ張るのがもう少し遅《おそ》ければ、少女は下敷きになっていたところだ。

そして――

少女は、自分の腕をつかむ少年を振《ふ》り返った。彼のシャツの肩《かた》に汚《よご》れた跡《あと》がついている。

彼女を庇《かば》ったとき、段ボールにぶつけたのだ。

少女がじっと見つめていると、

「……え？」

と、ようやく少年が、彼女の台詞《せりふ》に反応《はんのう》した。彼女は視線《しせん》を逸《そ》らして言った。

「だって、そうじゃない。いつもは大人しくしてるくせに、危ないときは平気で無茶《むちゃ》するし、っていうか逆ギレするし――」

「はあ……」

少年はまだショックを引きずっているらしい。ぶっきらぼうな少女の口振《くちぶ》りに、生返事で応《こた》えた。

しかし、すぐに少女が不機嫌《ふきげん》なことに気がついた。

「だ、大丈夫だった？　怪我《けが》しなかった？」

「……わたしは平気。見ればわかるでしょ」

少年の態度《たいど》は、もうすっかり元通《もとどお》りだ。いつもと変わらない姿に、少女はこっそり唇《くちびる》を尖《とが》らせる。

護《まも》るのは彼女の役目《やくめ》なのだ。大人しい、気の弱い少年を、彼女がいつも護っているのだ。

なのに、こんな風に助けられて、しかも何ひとつ特別なことはしていないような顔をされたのでは、調子が狂《くる》ってしまう。

おどおどしてて、泣き虫で。

優《やさ》しいのに、ときに捨《す》て身《み》で。

「ほんと、草食動物……」

「え？　な、なに？」

裏のない眼差《まなざ》しで、少年が問いかけた。少女は乱暴《らんぼう》に、なんでもない、と言い返した。

そして、お礼を言いそびれたことに気づいて頬《ほお》を膨《ふく》らませ、少年をさらに狼狽《うろた》えさせるのだった。

それから七年——
少年は、少女が想像もしてみなかった、鋭利《えいり》で苛烈《かれつ》な牙《きば》を生やす。

2

衝撃《しょうげき》と破《は》壊音《かいおん》。それに続く、呼吸することさえ忘れた、沈黙《ちんもく》。

すべてが通過したあと、姫木梓《ひめきあずさ》はまず、友人たちに怪我がないことを確かめた。

友人たちは皆、何が起きたのかわからないという表情で青ざめていた。たぶん自分も似たような顔をしているのだろう。

改めて周囲を見回す。

地面に散乱《さんらん》するガラス片は、どれも小さい物ばかりだった。だが、当たっていればただでは済《す》まなかったはずだ。今頃《いまごろ》になって手足が震《ふる》え始めている。もう一度、誰《だれ》にも怪我がないことを確認《かくにん》した。

頭上《ずじょう》を見上げる。割れたのは三階にある教室の窓《まど》ガラスらしい。だが、どうして割れたのかわからなかった。風はないのである。誰かが誤《あやま》って割ったのだろうか？　しかし、この騒《さわ》ぎで顔を出さないということは、三階の教室にも誰もいないとしか思えない。

「……な、何いまの？　事故？」

誰かがつぶやいた。

違う。

反射的《はんしゃてき》にそう思った梓は、しかしすぐに思い返した。

事故に決まっている。だって――事故でなければ、なんだというのだ？

ぶるっと身体が震え、梓は自分の肩を抱いた。それから、あれ、と疑問《ぎもん》に思った。

――さっきわたし、よけられない……って思ったのに。

頭上に降《ふ》り注《そそ》ぐガラスの破片《はへん》。あのとき梓は、直撃《ちょくげき》すると思い、目を閉《と》じた。

しかし、ガラスは当たらなかった。それどころか、梓の足下《あしもと》には、一片の破片も落ちていなかった。まるで、彼女が目を閉じた瞬間《しゅんかん》、突風《とっぷう》で吹き飛ばされたかのようだ。

——どうなってるの？

梓は途方《とほう》に暮《く》れた表情で、もう一度校舎を見上げた。

◆◆◆◆◆

——怪我人はゼロか。なら、警察沙汰《けいさつざた》にもなるまい。

ディアブロは梓たちの様子を一瞥《いちべつ》し、すぐに興味を失《うしな》った。

姫木梓は餌《えさ》にすぎない。彼の本命《ほんめい》はウィザード——物部景《もののべ》なのだ。

その物部景は、悪魔《あくま》を召喚《しょうかん》して姫木梓の危機《きき》を救ったあと、速《すみ》やかに召喚した悪魔を消した。いまは息を潜《ひそ》めている。あるいは、こちらの思惑《おもわく》に——自《みずか》らが罠《わな》にかかり、誘《おび》き出《だ》されたのだということに——気がついたのかもしれない。

だが、そうだとしても、すでに手遅《ておく》れだった。

ディアブロはウィザードの正体《しょうたい》を突き止めた。しかし、ウィザードはディアブロの正体——風間俊《かざましゅん》のことを知らない。この、圧倒的優位《ゆうい》は、いかに悪魔狩《が》りのウィザードであろうと易々《やすやす》とは覆《くつがえ》せない。日常生活を送る悪魔持《オーナー》ちにとって、自らの個人情報を握られるということは、致命的《ちめいてき》なのだ。

——それにしても、思いの外《ほか》、あっけなかったな。

物部景と姫木梓の関係がどういったものか、ディアブロは知らない。しかし、長きにわたりアンダーグラウンドで戦い抜いてきた歴戦《れきせん》の悪魔持《オーナー》ちにしては、あまりにも迂闊《うかつ》な行動だった。

油断《ゆだん》していたのか。もしくは、彼にとって姫木梓とは、それほど大事な人間なのか。

——いずれにせよ正体はつかんだ。あとはどうとでもできる。

ディアブロは直《ただ》ちに決着をつけようとはしなかった。

ディアブロの目的は、ウィザードとの勝負にある。彼を打《う》ち負《ま》かすことが望《のぞ》みだ。

無論、悪魔持《オーナー》ち同士の戦いである。正々堂々《せいせいどうどう》などなんの意味もないことはわかっている。

だが、それでもこだわりたかった。柄《がら》ではないと自覚しつつも、ウィザードに「挑《いど》んで」みたかったのである。

——焦《あせ》ることはない。

自分の優位は揺《ゆ》るがない。イニシアチブはこちらにあるのだから。

「せいぜい、じっくりと料理させてもらうさ。こちらの好きなようにな」

ディアブロは静かにつぶやき、何食《なにく》わぬ様子《ようす》で自分の教室に戻った。

甘《あま》い判断《はんだん》だった。

◆◆◆◆◆

相棒《あいぼう》からの連絡を受けた水原勇司《みずはらゆうじ》は、さすがに顔色《かおいろ》を失った。それでも取《と》り乱《みだ》さなかったのは、長年ウィザードの戦いを支《ささ》え続けた彼だからこそだろう。無茶《むちゃ》な相棒のおかげで、修羅《しゅら》場《ば》だけは飽《あ》きるほど踏《ふ》んでいる。

「つまり、敵《てき》はお前の正体を完全に把握《はあく》したとみて間違《まちが》いないんだな?」

『おそらく——いや、楽観視《らっかんし》する場合じゃないな。間違いなく知られたと考えるべきだ』

景の声は幾分上《いくぶんうわ》ずっていた。悪魔を駆使《くし》した興奮《こうふん》だけでなく、正体を暴《あば》かれたことへの動揺《どうよう》が感じられる。

だが、水原と同じく、冷静さを失ってはいなかった。自らが置かれた窮地《きゅうち》を理解《りかい》し、それでいて打開《だかい》せんとする意志が感じられた。

強固《きょうこ》な闘志《とうし》と緊張感《きんちょうかん》。携帯越《けいたいご》しにも伝わる気配《けはい》に、よし、と水原は胸中で頷《うなず》いた。かなりキビシイが、まだイケる。

二人は即座《そくざ》に対応策を講《こう》じた。水原も、すでにスクーターの進路を変えている。ようやくデートまで漕《こ》ぎつけた、ミス文清《ぶんせい》の安達礼子《あだちれいこ》さん二十歳《はたち》。待ち合わせ場所に背中を向け、葛根東高《くずねひがしこう》へとスクーターを走らせる。

『スピードが勝負だ』

と景。

「運《うん》もね」

水原がつけ加える。スロットルは全開。携帯片手に冷《ひ》や冷《ひ》やものの運転だが、知らず頬《ほお》がにやけ始めた。

「ひょっとすると他の連中《れんちゅう》が嗅《か》ぎつけてくるかもしれねえな」

『馬鹿犬《ばかいぬ》が暇《ひま》を持て余《あま》してないことを祈《いの》ろう』

「マスコミとか警察も――」

『他に妙案《みょうあん》は？』

「ないね」

『なら』

「ちぇ。しゃーねえか」

言いつつ、ニンマリと水原は笑った。猛《もう》スピードですれ違う下校途中の葛根東生。目を丸くして唖然《あぜん》とこちらを見る顔に、思わず笑みが深くなる。

――オレもガキだなあ。

と、気分良く自嘲《じちょう》した。

角《かど》を曲《ま》がり、校舎が見える。正門――ではなく、裏門《うらもん》へ。

「――着いたぜ！」

『よしっ。始める』

3

ディアブロの高校生活は作り物である。すべては彼の想定に基《もと》づいて設計《せっけい》され構築《こうちく》された虚構《きょこう》にすぎない。

しかし、それだけに維持《いじ》するためには時間と労力《ろうりょく》を必要とした。「ディアブロ」がウィザード相手に多大な成果《せいか》を上げたあとだろうと、「風間俊」は彼の平凡《へいぼん》な日常を、間断《かんだん》なく演《えん》じなければならない。

教室に戻ると、残っていた数名《すうめい》のクラスメイトたちが、興奮して話をしていた。話題はついさっき起こった、窓ガラスが割れた一件だ。級友たちが驚《おどろ》きと好奇心《こうきしん》を浮かべる中、ディアブロは彼らと同じ表情を作って、事件に関する質問を投《な》げ掛《か》ける。さっき服用《ふくよう》したカプセルの影響《えいきょう》はまだ残っているが、それを感じさせない自然な態度《たいど》だ。

そのうち、

「よお。見に行こうぜ」

という一人の提案《ていあん》に残りの級友が頷く中、ディアブロは頃合《ころあ》いと見て、さり気なく辞退《じたい》した。

襲撃《しゅうげき》から八分が経過《けいか》。事件に驚いて足を止めていた生徒たちも、徐々《じょじょ》に下校を再開し始めるころだ。その中に紛《まぎ》れて一度帰宅する。そのあとどのような行動に出るかは、戻ってから考えればいい。

級友たちが物見高《ものみだか》く教室を出るのを見送《みおく》り、ディアブロは教科書とノートをカバンに詰《つ》めた。携帯を確認し、机を離《はな》れる。

ドアを開けようとしたとき、その手が止まった。

「……なに？」

悪魔の気配。

ウィザードだ。

人目がなくて幸《さいわ》いだった。ディアブロは教室のドアに手をかけたまま動きを止めた。級友たちには見せない目つきで、宙《ちゅう》をにらんだ。

ウィザードが再び悪魔を召喚した。まだカプセルの効果が残っているので、気配を探るのは訳もなかった。場所は、校舎の外。いや、外壁《がいへき》に設置《せっち》された非常階段《ひじょうかいだん》だ。校門に面《めん》した位置《いち》である。

ウィザードの悪魔は荒《あら》ぶっていた。悪魔自身が、まんまと嵌《は》められたことに激《はげ》しく憤《いきどお》っているかのようだ。

そして、ウィザードはその気配を隠そうとしていなかった。むしろ見せつけているのかと思うほど、悪魔が猛《たけ》るに任《まか》せている。

——どういうつもりだ。

ウィザードがこちらの正体に気づいたとは考えられない。第一、悪魔の敵意《てきい》はディアブロの方へ向けられていない。ただ怒《いか》り狂《くる》い、その波動《はどう》を撒《ま》き散《ち》らしているだけだ。意図《いと》が読めなかった。

——威嚇《いかく》？　馬鹿な。

さっきの一幕《ひとまく》が並《なみ》の悪魔持《オーナー》ちにできることはないのは明白《めいはく》だ。完全にコントロールされた悪魔の使役《しえき》。明確な目的意識《もくてきいしき》からなる一撃離脱《ヒット・アンド・アウェイ》。威嚇されて動揺するような人間の仕業《しわざ》ではない。ウィザードほどの使い手が、襲撃者の力量《りきりょう》に気づかないとは思えないが。

——追い詰められて焼《や》きが回ったか？

だとすれば興醒《きょうざ》めもいいところだ。思わず舌打ちして、ディアブロは教室を出た。幾分《いくぶん》表情を険《けわ》しくしたまま、廊下《ろうか》を歩き階段へ。

と、その足が再び停止する。

ウィザードの悪魔が動いた。

◆◆◆◆◆

「よしっ。始める」

簡潔《かんけつ》に告げ、景は携帯を切った。

いま景が立っているのは、校舎の外壁を伝う非常階段の中程《なかほど》だ。一度深呼吸をして眼下《がんか》を見下ろした。

梓たちは現《あらわ》れた教師に従《したが》って、一度校内に戻っている。グラウンドではサッカー部員たちが練習を再開し、残っていた生徒たちも再び下校し始めていた。

グラウンドの照明を浴《あ》びて、オレンジ色に照らされた生徒たち。景は双眸《そうぼう》を剃刀《かみそり》の如《ごと》くに細め、ドライアイスのような声で、

「悪いな」

とつぶやいた。

カプセルを口に放《ほう》り込む。

嚙《か》み砕《くだ》き、嚥下《えんか》する。

神経を稲妻《いなずま》が迸《はし》り、身体《からだ》の芯《しん》が炎に包《つつ》まれた。衝撃《しょうげき》が脳《のう》を貫《つらぬ》き、そのまま景の内面から外界へと噴出《ふんしゅつ》した。

照明を浴びて落ちていた影が、ずるりと校舎の外壁を這《は》う。落下するように地面へ。持ち上がり、形を成《な》し、吼《ほ》える。

景の魂《たましい》が形成《けいせい》し、召喚した、彼の悪魔だ。その姿は鎧《よろ》われた鬼《おに》。影の中から浮かび上がった悪魔はワイヤーのような細い線で四肢《しし》を拘束《こうそく》されていた。〝影〟は力任《ちからまか》せにそれを引き千切《ちぎ》り、自らの自由を奪《うば》い返した。

仮面《かめん》に覆《おお》われた頭部をもたげ、声なき声を轟《とどろ》かせる。

悪魔はカプセルをのんだ者にしか見えない。それでも、〝影〟が吼えた瞬間、校門に向かっていた生徒のうち何人かは、本能的な何かを感じて身を竦《すく》ませた。

まずはそいつらから始めた。

◆◆◆◆◆

ウィザードが悪魔を高速《こうそく》で奔《はし》らせたとき、ディアブロは反射的に身構《みがま》え、ポケットのカプセルに手を伸《の》ばしかけた。

しかし、

——違う！　こっちには来ない。

悪魔は校門に向かった。校舎とは反対の方角だ。狙《ねら》いがわからない。わからないまま悪魔の気配がさらに強まり、ディアブロの疑惑《ぎわく》も同じように膨《ふく》れあがる。

そして——悲鳴《ひめい》が上がった。

一般生徒の悲鳴だ。

「なっ⁉」

とっさに廊下から振り向いた。

ウィザードの悪魔は止まらない。校門近くから今度はグラウンドの真ん中へ。再び、悲鳴。今度は複数《ふくすう》だ。

ディアブロは出てきたばかりの教室に飛び戻った。

窓から校庭へ視線を飛ばす。ぎくりと頬が引きつった。

グラウンドを縦横《じゅうおう》に奔る黒い染《し》み。ウィザードが操《あやつ》る、影の悪魔だ。まるで水面《すいめん》すれすれを泳ぐ獰猛《どうもう》なシャチのように、次から次へと生徒を襲っている。その度《たび》に、襲《おそ》われた生徒が意識を失い、周囲の人間が悲鳴を上げているのだ。いまや校庭にいる生徒たちは混乱《こんらん》のただ中にあった。

「ウィザード……貴様《きさま》！」

ディアブロは目を剝《む》き、歯を食いしばった。

彼を捜しているのだ。

ウィザードは、ほとんど手当《てあ》たり次第《しだい》に生徒を襲っていた。いや、正確には、複数人で固まっているグループの中の一人を選び、問答無用で襲っている。そうやって「反応」を見ているに違いない。

カプセルをのんだ者には、悪魔が目視《もくし》できる。してしまう。いま現在校内に残っていて、しかも悪魔が見えるとくれば、さっきの事件の襲撃者と見て、まず間違いはないだろう。つまり、悪魔に襲われたとき、反応すればクロ、そうでなければシロ、ということになるのである。

しかし、これは。

「ふざけるなよ……」

ディアブロは呻《うめ》くように吐《は》き捨《す》てた。

無茶苦茶《むちゃくちゃ》だ。およそ、正気《しょうき》の沙汰《さた》とは思えない。

あらゆる悪魔持《オーナー》ち、カプセルユーザーにとって、悪魔の存在《そんざい》を公《おおやけ》にすることは絶対のタブーだ。不用意《ふようい》な騒《さわ》ぎを起こすことは極力回避《きょくりょくかいひ》すべきであり、ましてや己《おのれ》の身辺《しんぺん》は「綺《き》麗《れい》」にしておくのが常識《じょうしき》と言える。

なのに、一人の敵を捜《さが》すために、一般人を片《かた》っ端《ぱし》から悪魔で襲う？　それも、自分が通う高校の生徒を？

常軌《じょうき》を逸《いっ》している。

ただし、

――これは……躱せんっ！

ウィザードは悪魔を完璧《かんぺき》に制御《せいぎょ》している。襲撃対象の精神に傷を負わせるような真似《まね》はせず、衝撃を与えて意識を奪っているだけだ。襲われた者も、数分で回復するだろう。だが、だからといって悪魔に襲われるとわかっていながら、平然とその牙に身を晒《さら》せる訳がない。ましてや悪魔持《オーナー》ちなら――特に、それが腕の立つ熟練《じゅくれん》の悪魔持《オーナー》ちなら、反応せずにはいられないだろう。

無論《むろん》ディアブロとて例外ではなかった。ウィザードの狙いは、確かに図《ず》に当たっているのである。

しかし、かといって……

――ここまでするとは。

思わず鳥肌《とりはだ》が立った。

確かに、ウィザードは完全に追《お》い詰《つ》められている。死に物狂《ものぐる》いの反撃《はんげき》に出るのも当然だ。

だがまさか、十分と置《お》かず、ここまで思い切った逆襲《ぎゃくしゅう》に打って出るとは思わなかった。

数々の戦果《せんか》を上げながら功《こう》を誇《ほこ》るでもなく、淡々《たんたん》と無敗《むはい》記録を更新《こうしん》するクレバーな戦術《せんじゅつ》家《か》。それが、悪魔狩りのウィザードに対するカプセルユーザー間での通説《つうせつ》だが……

「……悪い冗談《じょうだん》だ」

そして、ディアブロが歯噛《はが》みする間にも、ウィザードの悪魔はグラウンドの生徒たちを「調べ」尽《つ》くし、次に校内へと移動した。

まずは一階の教室から。校門に近い場所から虱潰《しらみつぶ》しにする気らしい。まだ校内に残っている生徒の数などたかが知れているはずだから、時間的な余裕はない。

他の連中《れんちゅう》に交《ま》じってやり過《す》ごすか？　いや。集団でいたとして、その中の誰が襲われるかなど完全に運任せだ。何より、あの影の悪魔が牙を剥《む》いて迫《せま》ってきたとき、狙いが隣《となり》の誰かだったとしても反応しないでいる自信はない。

――どうする？

逃げるか？　それとも、迎《むか》え撃《う》つか？

ぞわり、と背筋《せすじ》を冷たい電流《でんりゅう》が走った。体内に残るカプセルの残滓《ざんし》と、胸中《きょうちゅう》を満たす攻《こう》撃《げき》本能が、悪魔を現世《うつしよ》に呼び出そうとする。

が、ディアブロは自制《じせい》した。

無謀《むぼう》とも取れる、ウィザードの反撃。事実、無謀なのだ。優位に立っているのは、あくまでもこちら。ならば、それを自ら崩《くず》すなど愚策《ぐさく》というものだ。

ここは一度退《ひ》く。

——校門から出ようとする生徒は、真《ま》っ先《さき》に襲われるはず……

ディアブロは早足《はやあし》で廊下を奥へと進み、階段を下りた。昇降口《しょうこうぐち》から校舎の外へ。そして、表の正門には向かわず、裏門から校外に出ることにする。

もっとも、油断はしない。

——俺《おれ》がウィザードなら、裏には間違いなく見張《みは》りを立てる。

初めてウィザードを確認した映画館《えいがかん》。あのとき、ウィザードは仲間を連《つ》れていた。それも、この学校の生徒をだ。

予想通り、裏門ではスクーターにまたがり、校舎から出ようとする人間を監視《かんし》している生徒がいた。あのときの男だった。雨の晩《ばん》、ウィザードと共にいた軟派《なんぱ》な雰囲気《ふんいき》の優男《やさおとこ》。

目が合った。

動揺は毛ほども見せない。自然な仕草《しぐさ》で視線《しせん》を逸《そ》らし、普段通りの足取りで男の側《そば》に近づいていく。

男の視線が自分に向かって、真《ま》っ直《す》ぐ向けられているのがわかった。ディアブロはそれを黙殺《もくさつ》した。

すれ違う。裏門を抜ける。

男は無言《むごん》のまま、スッと視線を校舎に戻した。

ディアブロは歩調《ほちょう》を乱すことなく、整然《せいぜん》と歩《あゆ》み去《さ》り——

◆◆◆◆◆

水原は振り返らなかった。

振り返らないまま携帯を取りだし、景のナンバーをコールする。

開口一番《かいこういちばん》、

「来た。こいつだ」

◆◆◆◆◆

裏門から百メートルほど離《はな》れたときだった。背後でウィザードの悪魔が動きを止めた。

ディアブロもまた、足を止めた。

舌打ちする。これだけ離れていても、はっきりとわかった。

奴《やつ》の悪魔は、こ、ち、ら、を、見、て、い、る。

見つかった。

「……やれやれ」

いいだろう。ならば、迎え撃つまで。

4

『身長一七〇から七五。髪は黒の真ん中分け。スカした感じの優等生《ゆうとうせい》タイプだが、身体は締《し》まってたな。野郎《やろう》だから名前までは覚えちゃいねえが、確か三年の生徒だ』

「そいつだという根拠《こんきょ》は？」

『悪辣《あくらつ》な悪魔持《オーナー》ちに襲われて、学校中が悲鳴の渦《うず》だぜ？　平然と裏から立ち去る生徒がいたとして、ウィザード君ならどう思いますか？』

「わかった。スクーター借《か》りるぞ！」

『キー差したまま、裏門出たとこに停《と》めてる――って、ヤバい。向こうも感《かん》づいたぞ。走り出した！』

「すぐ行くっ」

景は携帯を切り、裏門へと飛び出していった。

決定的な情報を敵に握《にぎ》られている以上、この機《き》を逃《のが》してはあとがない。走りながら、さらなるカプセルを口に入れる。全身を痺《しび》れさせる快感《かいかん》と昂揚《こうよう》を、戦意《せんい》へと転換《てんかん》する。

敵は梓を狙《ねら》ったのだ。二度目がないという保証《ほしょう》はない。断《だん》じて、放置《ほうち》はできない。

裏門を抜けた。停車していた水原のスクーターに飛び乗り、スターターを――

「待って、」

女の声だった。

まさに、心臓《しんぞう》が飛び出るほど驚いた。完全に不意《ふい》を打たれた。

梓に見られた。そう思い、蒼白《そうはく》になって振り返った景は、別の意味でぎょっとした。裏門まで彼を追いかけてきたのは、梓ではなかったのだ。

そこには、見知らぬ女子生徒が立っていた。場合が場合なので、景はまともに困惑《こんわく》した。

「君は……」

ハッと気づく。「見知らぬ」ではなかった。見たことのある顔だ。ついさっき、図書室《としょしつ》で鉢合《はちあ》わせした女子である。

しかし、どうしてここに？　なぜ自分を？

いまはそれどころではない。しかし、自覚しつつも景は凍《こお》りついたように動けなかった。

すると、彼女はそっと微笑み、

「待ってて」

「すぐに追いつくから。それまで、負けないで」

「――え？」

「なっ」

絶句《ぜつく》する景を残し、彼女はくるりと背中《せなか》を向けた。そして、愉快《ゆかい》そうな――まるで思い人とデートの約束《やくそく》を取りつけたような楽しげな足取りで、校舎へと戻っていった。

残された景は、啞然《あぜん》と彼女を見送った。

◆◆◆◆◆

尾行《びこう》してくるのは、裏門にいた男だ。ウィザードのためにスクーターを置いてきたらしい。徒歩でディアブロを追跡《ついせき》している。

――こいつから先に片づけるか？

この男は悪魔持《オーナー》ちではないだろう。ただの勘《かん》だが、たぶん間違っていない。

ただ、片づけるのは簡単だとしても、悪魔を召喚すれば、ウィザードにこちらの位置が知られる。何より、悪魔の情報を、さらに与えることになる。それでは面白《おもしろ》くない。

悪魔戦も上級者同士《じょうきゅうしゃどうし》の戦いとなれば、単に悪魔の力のみならず、その戦術が勝敗《しょうはい》を分けるようになる。特に、悪魔の能力は個体差《こたいさ》が激《はげ》しいため、相手の悪魔に関《かん》する情報を事前にどれだけつかんでいるかが勝因《しょういん》に直結《ちょっけつ》するのだ。

ウィザードの悪魔も、長い間謎《なぞ》のヴェールに包まれていた。「奴の悪魔は『影』だ」と悪魔持ち《オーナー》間に知られるようになったのは、いまから数か月前——ウィザードが、ドラッグ・ドッグズのヘッド、甲斐氷太《かいひょうた》を打ち負かしたときからだ。

以来、ウィザードは一線から退《しりぞ》いていた。カプセルの蔓延《はびこ》った最初期のころから悪魔狩りを続けていたウィザードが、その活動を休止《きゅうし》せざるを得なかったのである。悪魔持ち《オーナー》にとって悪魔の情報を知られるというのは、それほどデリケートな問題なのだった。

ディアブロの悪魔は、ウィザードの〝影〟ほど特異《とくい》なタイプではない。典型的《てんけいてき》な戦闘型の悪魔で、戦闘力も格別《かくべつ》高くない。ただ、視覚《しかく》と聴覚《ちょうかく》を共有《きょうゆう》できるため、召喚者から離れた遠隔行動を可能とする。つまり、遠距離からの攻撃が、彼と彼の悪魔の真骨頂《しんこっちょう》なのだ。

——だが。

完全に戦闘態勢《たいせい》に入ったウィザード相手に、遠距離からの奇襲《きしゅう》が成功する可能性は低《ひく》い。結局は距離を開けつつも、正面からやり合うことになるだろう。

映画館で垣間見《かいまみ》、ついさっき校内で確認したウィザードの〝影〟。噂《うわさ》に違《たが》わぬ強力な悪魔だった。

果たして勝てるか？

「……試《ため》してみよう」

ぶるりと武者震《むしゃぶる》いが走る。

ディアブロは悪魔を召喚した。

◆◆◆◆◆

来た。

逃亡《とうぼう》していた悪魔持《オーナー》ちが悪魔を召喚したのを察知《さっち》し、景は口元を引き締めた。アクセルはそのまま。夜の車道を、悪魔の気配目がけ走り続ける。

——まだ遠《とお》い……遠隔《えんかく》操作タイプか？

とすれば少々厄介《やっかい》だ。悪魔を足止めに使い、召喚者自身は逃《に》げ切る算段《さんだん》かもしれない。

「……いや。それは、ない」

水原は敵の顔を確認した。敵もそのことには気づいたはずである。すでに条件《じょうけん》はイーブン。逃げたところで身の安全は確保《かくほ》できない。

敵はおそらく、映画館で始末した実働細胞《アクト・セル》のリーダーだ。切れ者である。もはや、景を倒すしか手はないと察していることに違いない。

あとは、どちらかが相手の悪魔を倒して召喚者を潰《つぶ》すだけのこと。景の、もっとも得意《とくい》とする分野だった。

悪魔戦だ。

――『それまで、負けないで』

不意に脳裏《のうり》に甦《よみがえ》る台詞《せりふ》。景は奥歯を噛み、首を振った。

――いまは目の前の敵に集中しろ。

敵の悪魔は速《すみ》やかに移動を開始している。真《ま》っ直《す》ぐこちらへ。速い。かなりのスピードを持つ悪魔だ。景はアスファルトに落ちる影の中から、待機《たいき》させていた悪魔を浮上《ふじょう》させた。スクーターの斜《なな》め後方に、仮面に覆《おお》われた頭部が現れる。呼吸孔《こきゅうこう》の奥の眼光が、朧《おぼろ》な光を夕闇《ゆうやみ》に向けた。

接敵《せってき》。正面。

「こいつかっ!」

道路沿《ぞ》いの家屋《かおく》。その屋根《やね》に現れたのは、鳥とトカゲを人型に合成《ごうせい》したようなキメラだった。

体長は二メートルほどだが胴体部《どうたいぶ》は小さく、四肢《しし》が長い。また、全身が風切羽《かざきりばね》に似《に》た羽《う》毛《もう》に覆われているため、敏捷《びんしょう》な印象を受ける。巨大な眼球《がんきゅう》は昆虫《こんちゅう》の複眼《ふくがん》のようで、不気味《ぶきみ》なくせに、ある種《しゅ》の知性《ちせい》を感じさせた。

あごともクチバシとも見える口が、景に向かって威嚇《いかく》の咆哮《ほうこう》を浴《あ》びせる。屋根から跳躍《ちようやく》。両腕の先から鉈《なた》のような爪《つめ》が伸び、景の頭上へと振り下ろされた。

〃影〃が立ち上がる。

キメラの爪と〃影〃の手甲《ガントレット》がガチリと嚙み合った。

〃影〃はそのまま握り潰《つぶ》そうとするが、キメラは空中でくるりと反転。今度は踵《かかと》の先にある爪で〃影〃を切《き》り裂《さ》こうとする。〃影〃が上体を反《そ》らし回避《かいひ》。が、間に合わず、甲冑《かっちゅう》の表面で火花が飛んだ。やはり、速い。

キメラはそのまま体重を感じさせない動きで〃影〃の肩に着地した。甲冑の隙間《すきま》に爪を立てようとするが、それより早く景は、悪魔を地面に落ちる影に沈《しず》めた。

キメラが足場《あしば》を失ったところへ、〃影〃の腕だけを立体化させて鉤爪《かぎづめ》を振るう。キメラは踊《おど》るように身をくねらせた。宙に灰色《はいいろ》の羽毛が舞《ま》った。〃影〃が再《さい》浮上。キメラを捕《と》らえんとするが、敵はスルリと追撃を躱《かわ》す。スクーターは走り続けている。二体の悪魔は、景と併走《へいそう》する形で激突《げきとつ》し続けた。

ほんの数秒の手合わせだ。が、景は鋭《するど》く冷徹《れいてつ》に、自らの優勢《ゆうせい》を悟《さと》っていた。

敵のキメラは身軽《みがる》で素早《すばや》い。強い攻撃本能の中にも冷静に敵を仕留《しと》めようとする殺し屋じみた強さを感じる。

だが、攻撃が軽い。キメラの爪は悉《ことごと》く〝影〟の甲冑に弾《はじ》かれている。対して、〝影〟は強い膂力《りょりょく》のみならず、キメラに劣《おと》らぬ反射神経《はんしゃしんけい》を持っていた。現に、最初はトリッキーな動きに翻弄《ほんろう》されていた〝影〟も、次第に敵の動きを捕捉《ほそく》しつつある。

敵の悪魔持《オーナー》ちもまた、景と同じ判断《はんだん》を下したらしい。一時的に後退《こうたい》し、〝影〟との間に距離を取った。これは悪魔ではなく、その主の判断に間違《まちが》いない。やはり遠隔操作型の悪魔。そして、場慣《ばな》れした悪魔持《オーナー》ちだ。

逃《のが》さじと追う〝影〟。キメラがさらに後退し、〝影〟がぴたりと追撃する。

そのときだ。

キメラの動きが一転《いってん》した。〝影〟の胸元に飛び込むや、巨腕の一撃《いちげき》をかいくぐり後背《こうはい》に抜《ぬ》ける。そして、〝影〟ではなく、一直線に景を狙《ねら》って駆《か》け寄《よ》った。

悪魔相手では分が悪いと見て、狙いを召喚者《しょうかんしゃ》に変更《へんこう》したのだ。悪魔そのものではなく悪魔持《オーナー》ちを狙うのは、悪魔戦のセオリーである。

それだけに——

「甘いっ」

斜《なな》め後方《こうほう》からスクーターに急迫《きゅうはく》するキメラに向かい、景は鋭《するど》く腕を振った。地面に落ちる景の影が、その動きを正確《せいかく》にトレースした。

すると、景の影の指先から、細い線《せん》が矢のように放《はな》たれた。〃影〃を拘束《こうそく》していたワイヤーだ。このワイヤーもまた、景の悪魔なのである。

ウィザードの裏《うら》の手《て》。キメラは急停止したが、そのときにはワイヤーが絡《から》まり、動きを奪《うば》われていた。

〃影〃がギロリと振り返り、丸太《まるた》の如《ごと》き腕を高々と持ち上げる。

勝負あった。

と、景が思った瞬間《しゅんかん》だった。

離れた場所で、化《ば》け物《もの》じみた悪魔が現世《うつしよ》に召喚された。

他の連中《れんちゅう》が嗅ぎつけてくるかもしれない、と水原が危惧《きぐ》した。

馬鹿犬が暇を持て余していないことを祈る、と景は返した。

間《ま》の悪いことに、葛根市最強の悪魔持《オーナー》ち、ドラッグ・ドッグズの甲斐氷太は、退屈《たいくつ》で死にそうなところだった。

5

「面白《おもしろ》そうじゃねえか」

甲斐としては、その理由だけで十分すぎた。参謀《さんぼう》ビーグルが思わずもらした情報《じょうほう》に、甲斐はあっさりと食《く》いついた。

「いいねいいね。町中で堂々《どうどう》悪魔戦。燃《も》えるね。イカスね。男前《おとこまえ》だね。ほっとく手はねえ。乱入《らんにゅう》しようぜ」

身にまとう痛烈《つうれつ》なまでの覇気《はき》。瞳《ひとみ》の奥で燃える破壊衝動《はかいしょうどう》。銀の鋲《びょう》や鎖《くさり》で飾《かざ》られた黒革《くろかわ》のジャンパーをまとい、スリムなブラックジーンズを穿《は》いたその男は、まるで鉄条《てつじょう》を束ねたような剣呑《けんのん》な男だった。

リーダーである甲斐の発言に、アルコールとドラッグの入った男たちは、一斉《いっせい》に賛同《さんどう》の雄叫《おたけ》びを上げた。市内最凶《さいきょう》の武闘派集団《ぶとうはしゅうだん》、DDことドラッグ・ドッグズ。戦闘と聞いて血の騒《さわ》がない者は、ただの一人も存在しない。バイクにまたがり、酒瓶《さかびん》を翳《かざ》し、勇躍《ゆうやく》して街に繰《く》り出した。

しかし。

「……ん？」

しばらくして甲斐の瞳に、酒やクスリに濁《にご》らない、怜悧《れいり》な光が浮かんだ。市街戦を繰り広げる二体の悪魔の内、一方の気配が引っかかった。甲斐のずば抜けた戦闘センスに、反応するものがあったのだ。

自他共《じたとも》に認《みと》める最強の悪魔使い、甲斐氷太。その甲斐に、過去唯一《ゆいいつ》土をつけた人物こそ、悪魔狩りのウィザードである。以来《いらい》甲斐は、ウィザードを執拗《しつよう》につけ狙い、リベンジに燃えている。彼との再戦を熱望《ねつぼう》していることを、公言《こうげん》してはばからない。

だからこそ、直感《ちょっかん》するものがあった。

——おいおい……まさか？

ウィザードがどれほど慎重《しんちょう》な男か、甲斐は誰よりも知っている。

一方で、いざというとき彼がどれほど大胆《だいたん》な行動に出るかも骨身《ほねみ》に染《し》みてわかっていた。

軽いノリで動き出した甲斐だったが、いつしか彼の面差《おもざ》しは紅潮《こうちょう》していた。甲斐は祈《いの》るような気持ちで、二体の悪魔が激突《げきとつ》する現場へとバイクを走らせた。

もっとも、この晩甲斐の闘志《とうし》は空回《からまわ》りして終わった。彼の祈りが天に通じるのは、あと少し先のことになるのだ。

◆◆◆◆◆

言うまでもなく、いまこの状態《じょうたい》でDDの介入《かいにゅう》を許《ゆる》せる訳はない。

——くそっ！

景はスクーターを倒《たお》し、甲斐が召喚《しょうかん》した悪魔の気配から逃《のが》れるように走らせた。その隙《すき》を突《つ》いて、キメラがワイヤーの拘束《こうそく》から脱出《だっしゅつ》した。

ただ、再び景を攻撃《こうげき》しようとはしなかった。DDの介入を良しとしないのは、向こうも同様らしい。速《すみ》やかに戦場を離脱《りだつ》した。

「馬鹿犬めっ。余計《よけい》なときに、余計なことを——！」

これで、キメラとの勝負は持ち越しだ。正体は調べればわかるとしても、決着を先延《さきの》ばしにするメリットなど皆無《かいむ》である。景は苛立《いらだ》ちと焦《あせ》りを募《つの》らせた。頭に血が上り、冷静な判断が下せなかった。

——いや、待て。落ち着け！

敵の——キメラ使いの立場に立って考えてみる。向こうにしても、決着のつかないまま徒《いたずら》に時間を経過《けいか》させるのが得策《とくさく》のはずはない。景の正体を暴《あば》いた手法《しゅほう》からわかる通り、敵は計算高く冷徹《れいてつ》で、しかし必要とあらばリスクを背負《せお》って行動することも辞《じ》さない人物だ。このまま大人しく引き下がるだろうか？

考えろ。正面切って戦えば、景の〝影〟に勝てないことを悟《さと》ったいま、敵が取る次の手段は何か？　敵が突《つ》く、こちらの弱点は？

「——！」

戦慄《せんりつ》が景を貫《つらぬ》いた。

同時に、冷たく熱い――凍結《とうけつ》した鉄の刃《やいば》のような興奮が過《よ》ぎった。

「上等《じょうとう》っ……！」

景は三度《みたび》スクーターの向きを変え、アクセルを全開にした。

◆◆◆◆◆

――姫木梓だ。

すでに尾行《びこう》は捲《ま》いている。ディアブロは人目を気にする余裕もなく、全力疾走《ぜんりょくしっそう》で葛根東に舞《ま》い戻《もど》った。

――しかし……なんという強さ！

いまもなお、影の悪魔とぶつかり合った手応《てごた》えが残っている。荒《あら》ぶる戦意《せんい》に、湧《わ》き出《で》る力。息苦《いきぐる》しいほどの闘争本能《とうそうほんのう》。自分とは、はっきりと格《かく》が違った。悪魔狩りのウィザード。街の伝説に偽《いつわ》りはなかったのだ。

――悔《くや》しいが、まともにやって勝ち目はない。

だが、まともにやらずとも勝利は手にできる。姫木梓。彼女が物部景の、つまりはウィザードのアキレス腱《けん》であることは証明済《しょうめいず》みだ。彼女の身柄《みがら》を押さえれば、ディアブロにも勝機《しょうき》は訪《おとず》れる。

さっき通過《つうか》した裏門を、ディアブロは再びくぐり抜けた。まだ残っている可能性は高いっ。

――姫木は事故のあと、校内に戻った。状況の説明も求められたはず。

悪魔を校内に先行《せんこう》させる。外壁を、中庭を、廊下を走らせ、彼女の姿《すがた》を捜《さが》した。

目論見《もくろみ》は当たった。保健室だ。不安《ふあん》げな面持ちの姫木梓が、まだ残っていた。

が、彼女は一人ではなかった。教師が二名。そして、あのとき一緒《いっしょ》にいた女子生徒たちが数名、同室に集《あつ》まっている。悪魔の目を介してその光景を見たディアブロは、昇降口の手前で足を止めた。

――どうするっ？

即座《そくざ》に判断した。悪魔でさらう。この際《さい》目撃者の存在は考慮《こうりょ》から外すべきだ。リスク度《ど》外視《がいし》でウィザードとの決着を優先《ゆうせん》させる。

「勝《か》たせてもらうぞっ」

ディアブロは悪魔に命《めい》じ、保健室の中に飛び込ませようとした。

「そこまでだ」

背後《はいご》で男の声がした。ディアブロは愕然《がくぜん》として振り返った。

目の前に見知らぬ男が立っていた。

会ったことも話したこともない男。なのに、ディアブロは彼のことを、よく知っていた。

なぜ？　見当識《けんとうしき》の混乱《こんらん》に襲われた。自分はこの男のことを知らない。なのによく知っているのだ。

「いささかやりすぎだ、ディアブロ君。悪いが葛根束《こ》では、こちらの『仕込《しこ》み』が進んでる最中《さいちゅう》でね。引っかき回されると少々困《こま》る」

「……な、だ、誰だ⁉」

「『バール』という名前。キメリエスから聞いたことはないか？」

ディアブロは絶句《ぜっく》した。

バール。かつてディアブロが仕《つか》えた細胞リーダー、キメリエスの上位者《じょういしゃ》。セルネットを創設《そうせつ》した執行細胞《ファースト・セル》の一角だ。秘密組織《ひみつそしき》の頂点に君臨《くんりん》し、その実態《じったい》は闇《やみ》に包《つつ》まれている。

なぜ、いま、ここに？

「筋《すじ》は良かったが――間《ま》が悪かった。許《ゆる》せ」

バールと名乗《なの》った男は、一瞬同情《どうじょう》するような表情を見せ――

しかし、容赦《ようしゃ》なくディアブロを襲った。

ディアブロの意識が、深い霧《きり》に包まれた。

6

コードネームを決めろ。

そう指示《しじ》されたとき、彼は数秒考えた末に、

「悪魔《ディアブロ》」

と答えた。

あの人は苦笑《にがわら》いを浮かべた。まんまじゃない、と。

そして、言った。

でもまあ、あんたらしいわね。

それからだ。彼の中で風間俊が「従《じゅう》」となり、ディアブロが「主《しゅ》」となったのは。

敵対組織との抗争《こうそう》。セルネット内部の引《ひ》き締《し》め。新規《しんき》ユーザーの管理《かんり》。それまでの人生では経験《けいけん》したことのない、危険《きけん》な日々と生きている実感《じっかん》。

楽しかった。

たとえそれが闇の中の——太陽の光に耐《た》えられない世界の、密《ひそ》やかな出来事だったとしても。

ディアブロは、あの時間を愛《あい》していたのだ。

◆◆◆◆◆

気がついたとき、ディアブロは裏門に近い駐輪場《ちゆうりんじよう》で横たわっていた。

すでに夜は更《ふ》け、校舎に人の気配はない。辺りはしんと静まり返っている。

のろのろと身を起こす。自らの身に何が起きたのか思い出そうとしたが、意識を失《うしな》う直前の記憶は、完全に空白《くうはく》になっていた。

——何が……あった……？

姫木梓を人質《ひとじち》に取るべく、葛根東に帰ってきた。そこまでは覚《おぼ》えている。しかし、その後どうして意識を失ったのかは覚えていなかった。

——悪魔に……襲われたのか？

ウィザードに？　いや、そんなはずはない。自分が葛根東に到着《とうちやく》したとき、ウィザードはまだ校外《こうがい》にいた。それに、あの影の悪魔が襲いかかってきたなら、そのことは察知《さつち》できたはずだし、覚えているはずだ。

「……いったい、何が……」

「それはこちらの台詞《せりふ》だ」

静かな落ち着いた声は、駐輪場の奥から届いた。

振り向き、闇の中に目をこらす。屋根の下、小柄《こがら》な少年が一人、柵《さく》に背を預《あず》けて立っていた。こちらをにらむ双眸《そうぼう》が闇の中で赤く点《とも》っていた。

ディアブロはため息をついた。

「……DDは？」

「諦《あきら》めて帰ったよ。町中を暴走《ぼうそう》して、最後は警察と追《お》いかけっこだ」

「……らしい幕《まく》だな」

「同感」

唇《くちびる》に淡《あわ》い苦笑が浮かんだ。ディアブロはゆっくりと立ち上がり、少年と正面から対峙《たいじ》した。

「ウィザード？」

「いまさらだね」

「そうかな？　ん。まあ、そうかもな」

「正直、今回は相当焦《あせ》った」

「そうか？　なら、少しは気が晴《は》れる」

「言ってくれる。実際えらい目に遭《あ》ったよ。わからないことも山積《やまづ》みだ。あなたが気絶《きぜつ》してる間、これからのことを考えてたんだけどね。頭が痛《いた》い」

「そいつは悪かった」

ククク、とディアブロは低く、愉《ゆ》快《かい》に笑った。少年は笑わなかった。闇の奥で仏頂面《ぶっちょうづら》をする少年を思い浮かべ、ディアブロの笑いがさらに深まった。まあ、嫌がらせ程度はできたらしい。

そのあと、会話が途《と》切《ぎ》れた。

少年はスッと柵から離《はな》れ、片《かた》手を上着のポケットに入れた。その手をポケットから出し、指で何かを弾《はじ》いて寄《よ》越《こ》した。

ディアブロが手のひらでつかむ。見るまでもなくわかる。カプセルだ。

「……俺の勝ち目は薄《うす》そうだ」

「知るか。さっさとのんでくれ。僕はもう、帰って寝《ね》たい」

「なんだよ。つれないな」

「疲《つか》れてるんだ」

その、あまりに正直な口調《くちょう》に、ディアブロは軽《かる》く噴《ふ》き出した。同じ闇に生きる、後輩《こうはい》の生徒。出会い方が違っていれば、異《こと》なるつき合いができただろうか？

と、少年は急に思いついたように、

「聞いていいかな？　あなたは何世代の細胞だったんだ？」

「第三世代」

「納得《なっとく》。大物《おおもの》だ」

「そう言ってもらえると光栄《こうえい》だな。ちなみに、コードネームは『ディアブロ』という」

「悪魔《ディアブロ》？」

少年は眉《まゆ》をひそめた。

「適当《てきとう》な……まんまじゃないか」

ディアブロはもう一度、今度は闊達《かったつ》な笑い声をもらした。

◆◆◆◆◆

深夜に届いた景からのメールは、たったひと言だけだった。

『終わった』

「終わった？」

水原は疲れた声と表情で、力なく笑った。

「いやいや。気持ちはわかるが、景よ。どうにもきな臭《くさ》いことだらけだぜ？」

そう独りごちて、水原は携帯を閉《と》じた。

閉じた直後に、もう一通のメールの着信《ちゃくしん》。

『バーカ』

安達礼子さん二十歳からだった。水原は渋面《じゅうめん》で夜空を仰《あお》いだ。

7

さて、真《しん》に重大な事件が起きたのは、それからさらに数週間後のことだ。

◆◆◆◆◆

「話があるんだ」

そう話しかけてきた女子生徒を見て、景は内心身構《ないしんみがま》えた。ついにきたか、と思った。

彼女の名は、倉沢麻里奈《くらさわまりな》。クラスは違うが、梓とつき合いのあるグループの一人である。

あの日、図書室で鉢合《はちあ》わせした少女──「負けないで」と景に告げた少女だった。

言うまでもなく、景は彼女の背後関係を調べていた。だが、その正体は結局知れないままだ。梓と関連《かんれん》するグループの少女だけに、思い切った行動に出ることが躊躇《ためら》われたのである。

麻里奈は景を学校の屋上《おくじょう》に呼び出した。

放課後《ほうかご》だ。階下の教室では自由な時間を満喫《まんきつ》する生徒たちのざわめきが聞こえる。

ゆるやかな微《び》風《ふう》に黒髪をなびかせ、麻里奈は景に微笑みかけた。

色のある口振《くちぶ》りで、

「ウィザード、貴方《あなた》が好きだ」

景の唇が引き結ばれた。

想定《そうてい》していた中でも、最悪《さいあく》の展開《てんかい》。彼女もまた、景の正体に気づいている。この七年間、必死に隠《かく》し通《とお》していた事実だというのに、一度バレるとこの様《ざま》である。

「……何を言ってるの？」

「おや。なんて型通りの応答《おうとう》だい。まさか誤魔化《ごまか》せると思ってるの？」

「倉沢さん。何か勘違《かんちが》いしてるんじゃないか？」

「……呆《あき》れた。ほんとに誤魔化す気かい？　ある意味大胆不敵《だいたんふてき》だね」

クスクスと麻里奈が笑う。態度《たいど》も言葉遣《づか》いも、日頃《ひごろ》の彼女と違っていた。

「予想はしてたけど、全然覚《ぜんぜんおぼ》えてないみたいだね。貴方はボクの、命の恩人《おんじん》だっていうのに」

「……え？」

「やっぱり。もうだいぶ前の話だけどさ。雨の晩だ。あのころボクは、まだ何も知らなかった。二人の悪魔持ち《オーナー》の諍《いさか》いに巻《ま》き込《こ》まれたとき、貴方は颯爽《さっそう》と、ボクの前に現《あらわ》れたじゃないか」

とっさには思い出せなかった。だが、思い出したときには、身を竦《すく》ませた。

あ、の、晩、だ。先日倒した風間俊。彼が率《ひき》いていた実働細胞《アクト・セル》と衝突《しょうとつ》するきっかけとなった、真夜中の戦い。あ、の、と、き、助けた少女だ。戦いのあといなくなり、そのままいつしか忘《わす》れてしまっていた。

そう。自分はあのとき、顔を見られている。

「ねえ、ウィザード。ボクとデートしよう。一度でいい。そのために、ボクはこの世界に足を踏《ふ》み入れた」

「…………」

「ん？　今度は無視《むし》？　愛の告白をした女の子に対して、ずいぶん冷たいね、貴方は」

——畜生《ちくしょう》。どうする⁉

すでに景はカプセルをのんでいた。おそらくは麻里奈も。先日に引き続き、校内で悪魔戦をやらかす羽目《はめ》になるのだろうか？

駄目《だめ》だ。状況が違い過ぎる。そんなことはできない。

景はあえて彼女に背中を向けた。反撃《はんげき》の準備《じゅんび》だけは整《ととの》え、黙然《もくねん》と出口に向かった。

「ウィザード？　ねえ？」

「…………」

攻撃はこなかった。景は屋上を出て階段を下り、思わず息を吐《は》き出した。

「くそっ……いったいどうなっている」

これは果たして偶然《ぐうぜん》なのか？　真綿《まわた》で首を絞《し》められるように、自分の察知《さっち》できていない場所から、じわじわと暗雲《あんうん》が押し寄せてくる気がした。麻里奈は——あるいは先日の風間俊もまた、その暗雲の一端《いったん》であるような気がするのだ。

何かが動き出している。巨大《きょだい》で、容赦《ようしゃ》のない何かが。

気のせいだろうか？

——倉沢麻里奈。何か手を打たねば……

景がそう決意したときだった。甲高《かんだか》い悲鳴《ひめい》が響《ひび》き、校内が一斉《いっせい》にざわめき出した。

「なに？」

何が起きたのか？　当惑《とうわく》する景のもとに、誰かの叫《さけ》び声が聞こえた。

「おいっ。誰か屋上から飛び降りたぞ⁉」

——飛び降りた……⁉

誰が？　決まっている。屋上にいたのは一人だけだ。

景は絶句《ぜっく》して立ち尽くした。校内の騒《さわ》ぎは、刻々《こっこく》と拡大《かくだい》していった。まるでドラッグに蝕《むしば》まれていくかのように。

物部景と姫木梓の上に、そして葛根市の夜に生きるあらゆる者たちの上に、夜の帳《とばり》が舞《ま》い降りようとしていた。

妖香—aroma—

1

違和感《いわかん》のある光景だった。

薄闇《うすやみ》に沈《しず》んだキャンパスは、広く、清潔《せいけつ》で、豊《ゆた》かな緑と静寂《せいじゃく》に包まれている。その中に、無骨《ぶこつ》なパトカーが幾台《いくだい》も、赤色灯を回しながら停車していたのだ。

ときおり鳴らされるサイレンの音が、いやにくっきりと耳に残る。それは、大勢《おおぜい》の人間がいながら、交《か》わされる言葉がほとんどないためだろう。連行されているのは、すべて大学の学生たちだ。二十名近くいるが、抵抗《ていこう》する者はいない。全員がぼんやりと生気のない顔つきをし、おぼつかない足取りで警官《けいかん》たちの誘導《ゆうどう》に従《したが》っていた。

大学校内で乱闘騒《らんとうさわ》ぎになるぐらいなら、静寂の方がずっといい。しかし、学生たちを連行する警官たちの顔には、拭《ぬぐ》い切れぬ不安と困惑《こんわく》があった。

市を騒がせた、十代《ティーン》若者による新ドラッグ『アロマ』の一大ムーブメント。その顚末《てんまつ》にしては、あまりにそぐわない光景だ。

「……気味が悪いな」

「まったくだ」

やや離《はな》れた位置で見守る二人の刑事《けいじ》が、陰気《いんき》な表情《ひょうじょう》で愚痴《ぐち》をもらした。

電撃的《でんげき》とも言える、今回の一斉摘発《いっせいてきはつ》。結果は、『パーティー』のスタッフをほぼ全員押《お》さえながら肝心《かんじん》の首謀者《しゅぼうしゃ》数名は取り逃《に》がすという、画竜点睛《がりょうてんせい》を欠く幕切《まくぎ》れとなった。しかし、二人の顔が浮《う》かないのは、逮捕《たいほ》した学生たちの様子——そして何よりも、この事件《じけん》全体に対する得体の知れなさ故《ゆえ》だった。

「結局『アロマ』は、全部押収《おうしゅう》か」

「ああ。とはいえ、あれはブレンドとセッティングが肝心な訳《わけ》だからな。レシピも不明のまま。据《す》わりが悪いったら……」

「いずれにせよ、これ以上は勘弁《かんべん》だな。今回の摘発で、終わりにして欲《ほ》しいもんだ」

「同感」

刑事たちは心の底から言うと、澱《おり》のような疲労《ひろう》をため息にして吐《は》き出した。

『アロマ』の『パーティー』は、単なるドラッグ・パーティーとは違《ちが》っていた。閉鎖《へいさ》的で排他《はいた》的。ドラッグを利用した催眠《さいみん》やマインド・コントロールが、日常《にちじょう》的に行われていたという噂《うわさ》すらある。むしろ、カルト集団《しゅうだん》の集会に近かったらしい。そのくせ、組織《そしき》の運営《うんえい》はスマートで、その手の集団に見られる偏《かたよ》った思想とも無縁《むえん》だった。

多額《たがく》の金銭《きんせん》が動いていたはずだが、バックに麻薬密売《まやくみつばい》組織《そしき》が噛《か》んでいた形跡《けいせき》はない。ユーザーを洗脳《せんのう》して何らかの運動員に仕立てていた様子も見当たらない。とにかく目的がわからないのだ。ただ純粋《じゅんすい》にドラッグを楽しんでいたとしか思えないが、それにしては秘密《ひみつ》主義《しゅぎ》的な要素が多すぎる。こうして『パーティー』の母体であった大学サークルを摘発したいまでも、行き場をなくした謎《なぞ》が山積していた。

刑事二人は煮《に》え切らない表情のまま、屠所《としょ》にひかれる羊の群《む》れのような学生たちを眺《なが》めていた。

ところが、沈《しず》んでいた刑事の片方《かたほう》が、突然《とつぜん》右の眉《まゆ》を持ち上げた。キャンパスを横切って真《ま》っ直《す》ぐこちらに近づいてくる二人組を見つけたのだ。

もう一人の刑事の肩《かた》を叩《たた》き、あごをしゃくる。すると、彼も二人組に気づいて、半ば呆《あき》れ、半ば面白《おもしろ》がる表情を浮かべた。

近づいてくる二人組は、どちらも少女だった。いや、少女というには語弊《ごへい》があるかもしれない。二人とも、すでに二十歳《はたち》は過《す》ぎている。連行される生徒たちと同年代な訳だが、彼らとは瞳《ひとみ》の色が違っていた。瑞々《みずみず》しい活気に満ちているのだ。

一人はロングの黒髪《くろかみ》。もう一人は栗色《くりいろ》の髪をポニーテールにしている。刑事たちにとっては、どちらもよく知った顔だった。刑事の一人は芝居《しばい》がかった仕草で顔を振《ふ》り、大仰《おおぎょう》に両手を広げた。

「これはこれは。学生探偵《たんてい》のお出ましだ。感想はどうだい、ミス・ホームズ？　あんたたちの地道な調査《ちょうさ》と情報提供《じょうほうていきょう》が、見事に結実しちまったぜ？」

「どうかしら？　あと一日、皆《みな》さんが早く動いてくれてれば、主催者《しゅさいしゃ》たちも捕《つか》まえられたかもしれませんよ？」

からかうような刑事の態度《たいど》に、黒髪の女性《じょせい》は澄《す》まし顔で言い返した。

背筋《せすじ》が真っ直ぐに伸《の》び、黒い瞳《ひとみ》が物怖《ものお》じすることなく相手の目を見返している。柔和《にゅうわ》で淑《しと》やかな印象の容姿《ようし》なのだが、口を開けると秘《ひ》めたる凛々《りり》しさが浮き彫《ぼ》りになった。

「例の『車椅子《くるまいす》の男』。彼も結局、行方《ゆくえ》の知れないままだそうじゃないですか。これで終わるとは思えません」

「これだよ。いきなり顔突《つ》っ込《こ》んで来ては、嫌《いや》なことを言う」

「あら？　今回はいきなりじゃないでしょ？　あのサークルの実態がわかったのは、誰《だれ》のおかげだったかしら？」

「千絵《ちえ》っ」

黒髪の女性の得意げな態度を、ポニーテールの女性が苦笑《くしょう》を浮かべつつたしなめた。

こちらは、黒髪の女性とは好対照の、健康美に溢《あふ》れる女性だ。まさに成熟《せいじゅく》に向かいつつある身体《からだ》は躍動《やくどう》感に満ちており、一方、万事《ばんじ》に控《ひか》えめな物腰《ものごし》は、大人の落ち着きを感じさせる。

彼女たちはこの大学の学生だが、同時に、市で一番の老舗《しにせ》である探偵事務所《じむしょ》の見習い職員《しょくいん》でもあった。中でも、千絵と呼《よ》ばれた女性は、事務所の所長——市警幹部《しけいかんぶ》のOBにも顔が利《き》く、この世界では有名な名物探偵だ——の大のお気に入りらしく、主に、ビジネスとしては成立しづらいような学生間のトラブルを担当《たんとう》していた。

ただ、根っからの探偵気質のようで、気になる事件があれば、事務所の看板《かんばん》を利用して警察の捜査《そうさ》にもずかずか踏《ふ》み込んでくる。事あるごとに正論《せいろん》をぶち、しかも往々《おうおう》にして的を射《い》てしまうので、刑事たちの間では煙《けむ》たがられている女性なのだ。

もっとも、本気で嫌《きら》っている刑事は少ないだろう。実際《じっさい》彼女は、捜査に協力して実績《じっせき》を残しているし、何よりも——多少生意気ではあっても——ガッツがあり真っ直ぐな性格《せいかく》は、刑事たちには好ましいものなのだ。その上年配の人間に対して礼儀《れいぎ》正しいので、古株《ふるかぶ》のベテラン刑事の中には、彼女を娘《むすめ》か孫のように可愛《かわい》がっている者もいた。

「ともあれ、『アロマ』の件は、これにて一件《いっけん》落着だ。ご苦労だったな、ミス・ホームズ」

「一件落着ですって？　とんでもない。この事件は主催者を捕《つか》まえるまで、本当の意味で解決《かいけつ》はしませんよ。今回捕まえたメンバーの中から、少しでも主催者たちの情報が得られればいいんだけど……難《むずか》しいでしょうね」

「あんたのレポート通りなら、下《した》っ端《ぱ》は何も知らんのじゃないか？　そもそも『車椅子の男』にしても、確《たし》かな証拠《しょうこ》は何もないんだろ？」

「『アロマ』をブレンドしてるのは、極《きわ》めて優秀《ゆうしゅう》なドラッグ・デザイナー。部内の意見も、その点では一致《いっち》してるはずでしょ？」

「それはそうだが……というか、どうしてそんなことまで知ってるんだ？　また事務所のボス経由《けいゆ》か？」

「あら、ご存《ぞん》じないの？　私結構《けっこう》、部内にファンが多いのよ」

「……おいおい」

平然と微笑《ほほえ》む女性に、苦笑いというには些《いささ》か強張《こわば》った笑みを刑事《けいじ》が見せる。

そのときだった。突然《とつぜん》、「おいっ!?」と、警告と狼狽《ろうばい》が混《ま》じった声が響《ひび》いた。同時に、連行されていた学生たちの列が乱《みだ》れた。

二人の刑事、それにポニーテールの女性が、弾《はじ》かれたように顔を向ける。学生たちを誘《ゆう》導《どう》していた警官の一人が、地面に倒《たお》れていた。彼だけではない。近くにいた学生数名も、突然意識《いしき》を失い、順に地面に崩《くず》れ落ちていった。

そんな中、一人立ち尽《つ》くす、ブロンドの男子学生がいた。彼はシャツのポケットから、手のひらに収《おさ》まる程度《ていど》の、小さなプラスチック容器《ようき》を取り出していた。容器には穴《あな》が複数《ふくすう》開いており、そこからうっすらと細い煙《けむり》が——

「『アロマ』よ！」

千絵が鋭《するど》く叫《さけ》ぶのと、ポニーテールの女性が飛び出すのは、ほぼ同時だった。刑事が制《せい》止《し》する間もない。野生の鹿《しか》が渓谷《けいこく》を駆《か》け下りるような俊敏《しゅんびん》な動きだ。あっという間に距離《きょり》を縮《ちぢ》めた。

しかし、それより早く、側にいた警官が男子学生に飛びかかった。相手が丸腰《まるごし》と見て、とっさに取り押さえようとしたのだ。

それまでぼんやりと視点《してん》の定まっていなかった男子学生の目が、警官を見て妖《あや》しく瞬《また》いた。ゆらっ、と身体と腕《うで》を揺《ゆ》らし、容器を辺りに漂わせた。

「吸《す》っては駄目《だめ》！」

ポニーテールの女性が叫んだが、遅《おそ》かった。学生を押さえつけようと彼に接触《せっしょく》した警官が、身体をよろめかせて崩れ落ちた。

男子学生が痙攣《けいれん》するように笑った。連行されていた学生たちも、ぼんやりと——あるいはニヤニヤと薄笑《うすわら》いを浮《う》かべながら見守っている。まだ残っている警官たちは、何が起きたのかわからず愕然《がくぜん》と立ちつくした。しかし、ポニーテールの女性は、怯《ひる》むどころか、逆《ぎゃく》に地面を蹴《け》る足に力を込めた。

呼吸《こきゅう》を止めて学生に駆《か》け寄《よ》るや、手刀でプラスチック容器を弾《はじ》き飛ばす。そして、返す動作でシャツをつかみ、学生を投げ倒した。

学生は呻《うめ》き声をもらしたが、それ以上は暴《あば》れなかった。ポニーテールの女性は、倒れた学生は無視し、自分が弾き飛ばしたプラスチックの容器に駆け寄った。素早《すばや》く上着を脱《ぬ》ぐと、地面に転がる容器の上に覆《おお》い被《かぶ》せた。

「梓《あずさ》さん！」

千絵が声をかけて走り寄る。後《おく》れを取った二人の刑事も、慌《あわ》てて側に寄った。男子学生は、まだ残っていた警官たちが、おっかなびっくり取り押さえていた。

「大丈夫《だいじょうぶ》？」

「……ええ。屋外なら、わたしでもなんとかなるわ。でも、ちょっと吸っちゃったみたい。頭がくらくらする。景ちゃんみたいにはいかないわね」

「無茶《むちゃ》なことを！　ほら。肩貸《かたか》すから」

千絵は、相棒《あいぼう》を叱《しか》りながら、それでもどこか頼《たの》もしそうに、彼女の身体《からだ》を支《ささ》えた。

ポニーテールの女性——梓は、ばつが悪そうな顔で、素直に千絵の肩を借りた。そして、ちらっと上着を被《かぶ》せた容器に視線を投げた。

目敏《めざと》く気づいた千絵が、

「……やっぱり、似《に》てる？」

「ええ。この感じ……景ちゃんの言ってた通りだと思う」

小さくささやかれた問いかけに、梓も声を潜《ひそ》めて答えた。二人が封《ふう》じられた容器を見る目つきには、まるで恐《おそ》るべき仇敵《きゅうてき》を見るかのような緊張《きんちょう》感が漲《みなぎ》っていた。

そこに、警官の増援《ぞうえん》を依頼《いらい》し終えた刑事二人が、近づいてきた。

手柄《てがら》を賞賛《しょうさん》すべきか、それとも民間人の危険《きけん》な真似《まね》を咎《とが》めるべきか。そんな、義務《ぎむ》感と仲間意識の葛藤《かっとう》が、隠《かく》す様子もなく見て取れる。

結局二人は、梓と千絵の前で肩を竦《すく》めると、

「ヘイ、ジャパニーズ・ガール。いまのはカラテか？　それともジュードーか？　まさかニンジャ・アタックじゃないだろうな？」

ロス市警のやり手刑事が惚《とぼ》けた台詞《せりふ》を口にする。梓は思わず千絵と視線を交《か》わし合った。

にっこり品のある笑みを浮かべて首を振り、

「いいえ、マイク。ヤマトナデシコの、ちょっとした嗜《たしな》みです」

二〇〇七年、冬。アメリカ、ロサンゼルス。

事件《じけん》は、まだ最初の一幕《ひとまく》を終えたばかりだった。

2

昔、葛根市《くずね》では『カプセル』と呼ばれるドラッグが流行《はや》っていたらしい。

昔、といっても、ほんの数年前の話だけど。

◆◆◆◆◆

「ねえ、どうしよう？　どうしたらいいと思う？」

「どうって言われても……んー」

消沈《しょうちん》する蘭子《らんこ》に詰《つ》め寄られ、歩美《あゆみ》は顔をしかめて唸《うな》った。

真新しい、引っ越《こ》したばかりの、友人の部屋。しかし、壁《かべ》にはすでに、蘭子がお気に入りのアニメやゲームのポスターが貼《は》られている。テレビの前にもDVDケースの山が積み上がっていた。

また増《ふ》えたな、と歩美は頭の片隅《かたすみ》で思った。もともと好きだったのは知っているが、両親が離婚《りこん》し、家族仲が気まずくなってからは、増える一方だ。クラスの連中が知れば、さぞ驚《おどろ》くに違いない。もっとも、蘭子が自分の趣味《しゅみ》をクラスで公言するとは思えなかった。

友人は多くても、この部屋に入ったことがあるのは、幼《おさな》なじみの歩美だけだ。当然、こんな相談をする相手も、自分しかいないのだろう。

といっても、歩美自身、蘭子の部屋に入るのは、久《ひさ》しぶりのことだったが。

「努《つとむ》くん。いつから家に戻《もど》ってないの？」

「……なんだかんだで二週間近く。最初は友達の家に泊《と》まってたみたいなんだけどさ」

「おばさんはなんて？」

「全然駄目。『あんたはあんな風になるな』だって。ふざけてると思わない？　誰《だれ》のせいで努が出てったと思ってんのよ。ねえっ？」

「んー……」

よくある話――しかし、当事者にしてみれば、深刻《しんこく》な問題だ。しかも、出て行った弟がドラッグを扱《あつか》うグループのもとに入り浸《びた》っていると聞けば、蘭子も気が気ではないのだろう。

――努くんか。そういや、しばらく会ってなかったな。

歩美はテーブルの上のペットボトルを口に当てた。

時計を見る。午後八時四十分。蘭子の母親はまだ仕事で、帰る気配もない。テーブルの上には、夕食代わりにコンビニで買ってきたスナック菓子《がし》が開いていた。

歩美は葛根東の制服《せいふく》のままだが、蘭子は普段着《ふだんぎ》に着替《きが》えている。レイヤード風に加工されたカットソーとパーカー。部屋着にするにはもったいないような可愛《かわい》らしいデザインの物で、いかにも彼女に似合《にあ》っていた。

歩美はペットボトルをテーブルに戻し、カーペットの上で行儀《ぎょうぎ》悪く胡座《あぐら》をかいた。

「……『パーティー』ねえ。聞いたことはあったけど、そんなに流行ってたんだ？　いま」

「あたしだって知らなかったよ、そんなの。でも、スゴイみたいよ？　『アロマ』っていう、においでトリップするクスリだって。で、色々ブレンドして楽しめるんだって。他のクスリと一緒《いっしょ》にやったり、お酒飲みながら焚《た》いたりもするみたい。うちのクラスにもやったことあるって子がいた」

「その子はどこで手に入れたの？」

「手に入れたっていうか、ナンパされたとき、オトコの方が持ってたって。でも、ほんとはちゃんとブレンドしたのが一番いいんだって言ってた。『アロマ』を売ってる専門家《せんもんか》の——オペレーターって言ってたかな？　そういう人にセッティングしてもらって楽しむのが一番キクって」

「それが、その……？」

「そう。『パーティー』。でもさ。それって、絶対《ぜったい》ヤバイよね？　ドラッグの売人ってことだよ？　ヤクザとかいるかもしれないじゃん？　努の奴《やつ》、絶対バカだよ。お金だって持ってないくせに」

バカだバカだとひとしきり罵《ののし》ったあと、蘭子はまたしゅんとなってうつむいた。

明るく染《そ》めた前髪《まえがみ》が、ひと房《ふさ》、額《ひたい》に垂《た》れかかる。いつも無邪気《むじゃき》に振《ふ》る舞《ま》う蘭子には、珍《めずら》しい表情《ひょうじょう》だ。しかし、わずかに憂《うれ》いの差す子供《こども》っぽい容貌《ようぼう》は、普段以上に可愛らしい、と歩美はこっそり思った。

学年の人気者で花のように明るく愛らしい友人より、沈《しず》んで哀《かな》しそうにしている友人の方が好ましく思ってしまう。いつからだろうか。唯一《ゆいいつ》の幼《おさな》なじみに対し、捻《ひね》くれた感情を隠《かく》しつつ接《せっ》するようになったのは。中学に入ってから？　それとも、それぞれ違《ちが》う友達グループとつき合うようになってから？

――いかんいかん。

歩美は頭《かぶり》を振って、物思いを振り払《はら》った。

「で？　蘭子としては、努くんのことを連れ戻したい訳なのね？」

「と、当然だよー。だって、このままじゃ絶対ヤバイじゃん。あんなのでも、一応《いちおう》弟な訳だしさぁ」

「でも、連れ戻したところで、また出て行くかもよ？　根本的な問題は、解決《かいけつ》してないんだから」

「そ、それはそうカモだけど……でも、とにかくクスリは嫌《いや》なのっ。だって、絶対ろくなこと、なんないじゃんっ」

「……ん。正論《せいろん》だね」

ぺたんと座《すわ》ったまま唇《くちびる》を尖《とが》らせる蘭子に、歩美は素《そ》っ気《け》なく頷《うなず》いた。

「とはいえ、簡単《かんたん》じゃないと思うけどな。いま、努くんとは連絡《れんらく》つかないんでしょ？　連れ戻そうにも居場所《いばしょ》がわかんないし」

「居場所はだから、『パーティー』の会場だよ。たぶんそこにいるって」

「『たぶん』じゃない。そもそも、そんなヤバそうな場所、私たちだけで乗り込む気なの？　それに、参加したいからって、すぐに入れるとは限《かぎ》らないじゃない。ひょっとすると誰かの紹介《しょうかい》とか必要かもしれないよ？」

「そ、そっか……」

歩美の指摘《してき》に、蘭子はあっさり口を閉《と》ざした。もともと、そんなにしっかりしている方ではない。これまでも、何か悩《なや》み事があれば歩美に相談し、彼女のアドバイス通りにしてきた蘭子だ。

歩美は内心やれやれとため息をつきつつ、頭を悩《なや》ませた。

――クスリ、か。こんな街でもあるんだなあ。そういうの。

葛根市は、どこにでもある平凡《へいぼん》な地方都市だ。少なくとも、歩美はそう思っている。東京みたいな大都市ならともかく、こんな田舎《いなか》で、ただの高校一年の女子が――努など、まだ中学生だ――ドラッグ売買のグループと関《かか》わるなんて、ちょっと「嘘《うそ》っぽい」気がする。

それとも、単に自分が古いだけなのだろうか。正直言って、歩美にはクラスメイトたちの実態《じったい》など想像《そうぞう》がつかない。自慢《じまん》じゃないが、人づき合いは苦手な方だ。幼なじみでなければ、蘭子のような社交的な少女とは縁《えん》がなかっただろう。

――あー、いかん。またズレてきた。

努を更生《こうせい》させる方法。何があるだろうか。蘭子の弟とはいえ、自分に、誰か他の人間の生き方を変えさせることができるとは思えない。いや、蘭子もそこまで期待している訳ではないだろう。とりあえず、ドラッグとは縁を切らせたいだけなのだ。もちろん、それだって十分大事だが。

「まずは情報《じょうほう》収集かなあ……」

「情報?」

「だって、そのグループのこと知らないことには、手の出しようもないじゃない」

その上で、なんとか大人を巻《ま》き込《こ》んで――しかし、頼《たよ》れる大人など、心当たりはない。

蘭子は、相変わらず歩美の言葉にうんうん頷いていた。頼りにならない。前途《ぜんと》は多難《たなん》だ。そもそも、情報収集と簡単に言ってはみても、その方法すら漠然《ばくぜん》としていて、具体策《さく》は思いつかなかった。すべて、まったくの手探《てさぐ》りだ。

ただ、

――ドラッグ……そう言えば。

「……蘭子さあ。ほら。私らが小学校のころ、なんかドラッグが騒《さわ》ぎになってたことあったでしょ？　あれ、なんて言ったっけ」

「カプセルのこと？」

「あーそう。それそれ。ヤンキーグループがクスリを巡《めぐ》って抗争《こうそう》してたんだっけ？」

「セルネットとＤＤがね。他にも、ちっちゃいグループはいっぱいあったけど」

「ＤＤ？」

「ドラッグ・ドッグズのＤＤ。一番ヤバかったグループだよ」

蘭子の答えに、ふーん、と生返事をしたあと、しばらくして歩美は顔をしかめた。

「……てか、なんであんた、そんなに詳《くわ》しいの？　それも、クラスの子の口コミ？」

「違うよ。努が言ってたの。あいつ、昔からアングラとかに憧《あこが》れてたからさ。つまんない噂話《うわさばなし》ばっか、やたらと詳しかったんだ。最強のオーナーがどうだとか。悪魔《あくま》狩《が》りのウィザードだとか……」

「オーナー？　それに、悪魔――なんですって？」

「『悪魔狩りのウィザード』。あだ名かなんかじゃない？　あたし、興味《きょうみ》なかったから、そんなに聞かなかったし。とにかく、カプセルって超怪《ちょうあや》しげなクスリだった訳じゃん？　オカルトっぽい雰囲気あったりさ。だから、飲んでる連中も、もったいぶったのが多かったみたいだよ」

「んー。じゃあ、詳しいのは努くんだけなのか。蘭子は、他にそういうの詳しい人知らないの？　努くんの友達とかでもいいから」

「えー？　どうだろ。心当たりないなあ。それに、あいつ友達なんかいないよ。確か」

蘭子は困《こま》った顔で答えた。

となると、残るは蘭子が話を聞いたというクラスメイトだけだ。ナンパされたという少女から、誰かを紹介してもらうしかない。あまり期待できそうにないが。

――あとでネットでも検索《けんさく》かけてみるか。それとも、それっぽいクラブとか調べた方があるかな。

クラブってどんな恰好《かっこう》して行けばいいのだろう。いやいやそんなのどうでもいいじゃん、と頭の片隅《かたすみ》で思いつつも、わからないものだからあれこれ考えてしまう。うーん、と腕組《うでぐ》みをして唸《うな》っていたのだが、ふと、蘭子の視線《しせん》に気がついた。

蘭子は歩美を、申し訳《わけ》なさそうな――しかしどこか嬉《うれ》しそうな瞳《ひとみ》で見つめていた。歩美が戸惑《とまど》った顔を向けると、

「――ゴメンね」

とつぶやいた。

「もうすぐクリスマスってときに、こんなヤな相談しちゃって」

「え、なに？　いいよ、別に。そんなの」

「そう？　でも……なんかアユと話すの久《ひさ》しぶりだったし」

「………」

蘭子が照れ隠《かく》しのように顔をうつむける。歩美も返事に困って、つい目を逸《そ》らした。

どうやら蘭子の方も、歩美が感じているのと同じ「なんとなく」な気まずさは感じていたらしい。実際《じっさい》、こんな風に二人で話し込むのも、ずいぶん久しぶりなのだ。

――なんなんだろうな。

別に、喧嘩《けんか》をした訳ではない。ただ、少し――いつも近くにいるからこそ、逆《ぎゃく》に縁遠くなっただけだ。

歩美と蘭子は家も近所で、小中高と同じ学校に通っている。子供《こども》のときはいつも一緒《いっしょ》に

遊んでいた。蘭子は、いまの彼女のように積極的な性格《せいかく》ではなく、どちらかといえば気の弱い性格だった。どこに行くときも、マイペースな歩美の後ろにくっついているような子供だったのだ。

それが、中学に入って別のクラスになったころから、異《こと》なる交友関係を持つようになった。特に、蘭子の、いわゆる「女の子」としての可愛《かわい》らしさが目立つようになってからは、彼女の周りには歩美の知らない顔が、男女を問わず集まるようになった。同学年の中でも、ハンサムだったり美人だったり——あるいは運動神経《しんけい》が良く、スポーツが得意といった「華《はな》やかな」者たちだ。歩美は、蘭子が自然とそういうコミュニティの中にとけ込んで行くのを、遠くに眺《なが》めていることしかできなかった。

寂《さび》しく思わなかったといえば嘘《うそ》になる。しかし、歩美は歩美で、蘭子とは別に仲の良い友達を作っていた。蘭子たちのグループとは接点がないが、それぞれ個性《こせい》的で、気のいい友人たちだ。中学のときは、彼女たちとそれなりに楽しくやっていたし、いまでもそれは変わらない。

——「棲《す》み分け」ってやつかな。

と歩美は思う。

アヒルの子と白鳥の子。雛《ひな》のころは見分けがつかずとも、成長すればそれぞれ「違《ちが》う種」なのだと、周りも、自分たち自身も気づくようになる。

歩美は別に、白鳥になりたかった訳ではない。自分を卑下《ひげ》するつもりはまったくなくて、要するに「違う」だけなのだ。アヒルにはアヒルの、白鳥には白鳥の喜びや苦しみがあるに違いないのだから。

現《げん》に、白鳥はいま、仲間に悩《なや》みを打ち明けることもできず、独《ひと》りで抱《かか》え込んで苦しんでいた。

「ちゃんと相談に乗ってくれて、ありがとうね。嬉《うれ》しい」

「……ん」

こういうとき、とっさに気の利《き》いた冗談《じょうだん》も言えない自分は、なんてつまらない奴《やつ》なんだろう。しかし、歩美がそんな風に居心地《いごこち》悪くしていると、蘭子は柔《やわ》らかくクスッと笑った。

「それ」

「え？」

「『ん』ってやつ。アユの口癖《くちぐせ》。変わってないね」

「そ、そう？」

「うん」

そう頷《うなず》いて、蘭子はまた笑う。歩美はそんな幼《おさな》なじみを見ながら、胸《むね》の中で嘆息《たんそく》した。

蘭子は本当に可愛くなった。同性の自分が見てそう思うのだから、よっぽどだ。その辺のグラビア・アイドルなんか目じゃない。きっと、これからもっと可愛く、美人になっていくのだろう。アヒルには見上げることしかできない、遥《はる》かな大空を目指して。

と、それまでクスクス笑っていた蘭子が、

「あ！」

と大声を出し、目を丸くした。

「そうだ。思い出した！」

「な、なに？　急に？」

「カプセルだよ、カプセル！　うちの学校の、トラブル・シューティング！」

「……はあ？」

歩美のしかめ面《つら》をよそに、蘭子は興奮《こうふん》して目を輝《かがや》かせた。歩美は驚《おどろ》きつつ、ひとつ懐《なつ》かしい発見。蘭子は興奮すると、目をまん丸にする。子供のときと一緒だ。

「アユ知らない？　昔うちの学校で、カプセル絡《がら》みのトラブル・シューティングやってた二人組の先輩《せんぱい》がいたって話。あたしたちとは入れ替《か》わりで、いまは卒業しちゃったと思うけど」

「トラブル・シューティング——って、要するにトラブルの解決《かいけつ》ってこと？　てか、入れ替わりなら、私が知ってる訳ないじゃん。それとも、そんなに有名だったの？」

「少なくとも、その業界じゃ有名人だったみたいだよ。あたしが葛根東受験するとき、努の奴《やつ》が言ってたもんっ」

「業界って……」

鼻息を荒《あら》くする蘭子の前で、逆に歩美は白けた顔になった。他人が興奮すればするほど、反対に冷めてしまう性格なのだ。

「なんて言ったかなあ。なんとかってクラブだか部活で、そういうこと請《う》け負ってたの。えっと……会？　そうそう、研究会だ。――あ！　実践捜査《じっせんそうさ》研究会！　実践捜査研究会だよ！　絶対《ぜったい》それっ。部活の先輩も、ちょっと言ってた。カプセルだけじゃなくて、悩《なや》み相談とか、ストーカー対策とか、色々力になってくれてたって！」

「そ、その研究会が、いったいどうしたの？」

「どうしたって――決まってるじゃない、アユ！　その人たちに協力してもらうんだよっ。同じ、ドラッグのトラブルな訳だし」

「え？　でも、卒業してるんじゃないの？」

「そんなの関係ないよ。連絡先《れんらく》は誰かに聞けばわかると思うしさ」

すべてを一挙《いっきょ》に解決する方法を思いついたかのように、蘭子は意気揚々《ようよう》と意見を述《の》べた。

歩美は唐突《とうとつ》すぎる話に、「んー」と難《むずか》しい顔をした。

「入れ替わりで卒業って……カプセルが騒《さわ》がれてたのって、ぎりぎり四年前ぐらいのはずよ？　私たちが小学六年のころでしょ？　計算合わなくない？」

「そんなのどうでもいいじゃない。会ってみて、駄目《だめ》そうなら頼《たの》むの止めればいいんだし。ね、そうしよ？　やっぱり、あたしらだけじゃ、怖《こわ》いしさあ」

自分たちだけでは怖い、というのは、歩美も同感だった。事実、ついさっきまで、自分は今後の行動に目処《めど》が立たず悩んでいたくらいなのだ。蘭子の情報《じょうほう》がどこまで信用できるかは知らないが、自分たちよりその研究会の先輩たちの方が、ずっと慣《な》れているのは間違いないだろう。

「……連絡先、わかるの？」

「うんっ。聞いてみる」

弾《はず》むように答えて、蘭子は携帯《けいたい》を取り出した。

それから、急に動きを止め、小動物が主人の機嫌《きげん》をうかがうような仕草で、恐《おそ》る恐る歩美に横目を向けた。

「アユも一緒に来てくれるよね？」

コロコロと表情がよく変わる。しかし、教室で——他のクラスメイトたちの前でこんな豊《ゆた》かな表情を見せる蘭子は、歩美の記憶《きおく》にはなかった。

歩美は首をすくめ、おどけるような顔で、

「ん」

と答えた。

3

ほんとに大丈夫《だいじょうぶ》か、というのが、歩美の率直《そっちょく》な感想だった。

「大丈夫、大丈夫。あんま緊張《きんちょう》してるとかえって怪《あや》しまれるから、二人とも、リラックスしてねぇ？」

白い息を吐《は》きながら、赤毛の女性《じょせい》が肩越《かたご》しに言った。年長者の余裕《よゆう》に満ちた言葉に、蘭子はコクコクと、歩美は渋々《しぶしぶ》と頷《うなず》いた。

痺《しび》れるように寒い、夜九時の繁華街《はんかがい》。歩美と蘭子、そして、実践捜査研究会のメンバーである女子大生は、歩道にはみ出す立て看板《かんばん》を避《よ》けながら、『パーティー』が行われるというクラブを目指していた。

女ばかり三人という条件《じょうけん》を除《のぞ》いても、歩美たちは人目を引いた。「それっぽい」恰好《かっこう》で化粧《けしょう》までした蘭子は、ナンパ相手としては最上級のターゲットだろう。それに加えて、誘《ゆう》導《どう》する女子大生もまた、グラマーなのに引き締《し》まった体型の、かなりの美人だったのだ。

髪《かみ》は赤く染《そ》めた短めのツイストパーマ。腰丈《こしたけ》のピーコートに、吸《す》いつくようなスキニー・ジーンズ、足首までを覆《おお》うシューレースのブーツという装《よそお》いが、いかにも活動的な感じだった。話し方もサバサバとしていて、単純《たんじゅん》につき合うなら、気持ちのいい人物なのだろうと感じさせる。久美子《くみこ》と名乗った葛根東《くずねひがし》のOGは、後輩《こうはい》二人を引率《いんそつ》する調子で、意気揚々《ようよう》と道を歩いていた。

「ま、潜入捜査《こういうの》はお手のものだしさ。怖《こわ》がらなくても平気だから。ただ、いきなり弟クンと会えるとは限《かぎ》らないから、そこは許《ゆる》してね。今日のところは、相手の様子見って思ってて」

「はい。わかってます」

「それと、においね。『アロマ』って、カプセルと違って、息するだけでも利《き》いちゃうからさ。まあ、トリップするにはそれなりのセッティングがいるみたいだし。今日はヤバそうな場所には近づかない予定だけどさ。念のため」

「はい」

世間話のような久美子の説明に、蘭子が大人しく返事をする。二人の後ろから続く歩美は、警戒心《けいかいしん》がなさすぎるのではないかと、逆に不安だった。

――どうせなら、香苗《かなえ》って人の方が頼《たよ》れそうだったのに。

香苗というのは、元実践捜査《じっせんそうさ》研究会のもう一人のメンバーだ。久美子とは正反対の、静かで落ち着いた女の人だった。歩美の見た感じでは、控《ひか》えめだが芯《しん》があり、いかにも頭が切れそうな印象だったのだ。

とはいえ、クラブの潜入《せんにゅう》捜査となれば、確《たし》かに向いてはいないだろう。彼女たち自身が言っていた通り、適材《てきざい》適所というやつだ。

歩美が蘭子から相談を受けてから、すでに二日が経過《けいか》している。

だが、この場合は、まだ二日しか経《た》っていない、というべきだろう。にもかかわらず、元実践捜査研究会の二人は、この短期間で『アロマ』の噂《うわさ》を調べ上げ、『パーティー』に潜入するところまで話を進めてしまった。

「実は『アロマ』に関しては、あなたたちから話を聞く前から、私たちも気になっていたの。それで、調べられる範囲《はんい》のことは、それなりに調査《ちょうさ》していたのよ」

初めて会う後輩二人の前で、香苗はそう言ったものだ。

香苗も久美子も、葛根東を卒業後は、市内の大学に進学していた。二人とも大学一年だ。ただ、大学に入ってからも実践捜査研究会と似《に》たようなことは続けているらしい。

「まあ、趣味《しゅみ》みたいなもんだからねー」

と久美子は笑い、香苗も照れくさそうに頷《うなず》いていた。

「もっとも、実践捜査研究会の黄金期は、あたしたちが高校入る前なんだけどね。スゲー先輩が居《い》てさ。世の不良はもちろん、警察《けいさつ》からもオソレられてたんだから」

「……その先輩たちは、いまは何してるんですか？」

「それがさあ。アメリカに留学《りゅうがく》して、向こうの探偵事務所《たんていじむしょ》に弟子入《でしい》りしちゃったのよ。せっかく苦労して同じ大学に入ったのに」

不服そうに久美子は言ったが、質問《しつもん》した蘭子は目を丸くし、隣《となり》にいた歩美は半笑いを浮《う》かべていた。

アメリカの探偵事務所に弟子入り？　まるでマンガだ。確かに「スゲー」。

「私たち自身、あの二人に助けられたから。だから、今度は自分たちが、同じように困ってる子を助けられたらいいなと思って……それでいまも、こんなこと続けてるのよ」

相談を持ちかけた歩美たちに、そう語った香苗の表情は、やけに印象的だった。ロマンチストというか、夢見《ゆめみ》がちと言うべきか。しかし、少なくとも蘭子はいたく感激《かんげき》したようだった。

歩美はといえば、蘭子ほど無邪気《むじゃき》には共感できない。ひねくれ者の彼女にすれば、久美子や香苗のやっていること、その考え方も、なんとなくリアリティのない、嘘《うそ》っぽい感じがしてしまうのだ。いつもの自分なら、そういう人もいるんだな、程度《ていど》にしか思わないだろう。

しかし、今回は「そういう人たち」に命運を託《たく》している。正直、不安は大きかった。

「はい、到着《とうちゃく》〜。あそこのクラブね」

繁華街《はんかがい》を抜け、人気のない路地を少し奥《おく》に進んだところだった。雑居《ざっきょ》ビルと路地に挟《はさ》まれた三階建ての建物を指差して、久美子が言った。

外壁《がいへき》はコンクリートの打ちっ放しで、ガラス窓《まど》の向こうは、板か何かで塞《ふさ》がれている。ぽっかりと開いた入り口は、頭上から小さなスポットライトで、オレンジ色に照らされていた。

「……あそこなんですか？」

「そうよ。雰囲気《ふんいき》あるでしょ？」

歩美の質問《しつもん》に久美子が答える。その間にも、通りを歩いてきた男女のカップルが、クラブの入り口の奥へと吸《す》い込《こ》まれていった。よく見れば、入り口の壁《かべ》に小さなプレートが塡《は》められている。看板《かんばん》か何かだろう。それに、細かいフライヤーや古いポスターが、ベタベタ貼《は》られているのもわかった。

「前はバンドのライブなんかもやってたところで、奥は結構《けっこう》広いんだよ。まあ、あたしが入ったのは二年ぐらい前だから、いまどうなってるかはわかんないけどね」

久美子はそう言うと後輩たちに振《ふ》り返り、「準備《じゅんび》はいい？」と確認《かくにん》してきた。蘭子が緊張した面持《おもも》ちで頷く。歩美もコクリと頷いた。

奥に入る。しばらくは狭い廊下《ろうか》が続いた。それから、扉《とびら》。脇《わき》に立っていた男が一人、こちらに近づいてきた。

久美子は、歩美たちを手で止め、「コンバンワ〜」と軽い口振りで男に近づいた。よろければ触《ふ》れそうな距離《きょり》で、親しげに言葉を交《か》わす。男は、久美子の胸元《むなもと》に視線《しせん》を落としながら適当《てきとう》に返事をしていたが、やがて頷いてドアを開けた。

「カモンっ」

久美子が歩美たちにウィンクを飛ばす。歩美と蘭子は男の視線を避《さ》けるようにしながら、ドアに近寄《ちかよ》った。

中に入る直前、久美子が顔を寄せてささやく。

「息。気をつけて」

言われてハッとした途端《とたん》、生ぬるい屋内の空気が頬《ほお》に触れ、ほのかに甘《あま》い香《かお》りが漂《ただよ》った。

会場では、すでに『アロマ』が焚《た》かれているのだ。

ハンカチで口を覆《おお》う訳にもいかない。歩美と蘭子は息を細くしつつ、建物の中に足を踏《ふ》み入れた。

中は入りくんでいた。

全体としては広い部屋らしい。おそらく、ホールを改造してクラブ風にしたのだ。その中で、パーティションやカーテンがあちこちに引かれ、区切られた区画ごとにテーブルや椅子《いす》、ソファが設置《せっち》されている。密閉《みっぺい》されてはいないが、幾《いく》つもの小部屋に分けられたような造《つく》りだ。

小型の間接《かんせつ》照明があちこちに灯《とも》っているものの、影《かげ》になっている場所が多い。照明のせいで、かえって室内を薄暗《うすぐら》くしているように思えた。一度奥に進んでしまえば、自分の場所を把握《はあく》することも難《むずか》しいだろう。

「……『テアー・チェイン』っぽいけど、あれよりはだいぶお洒落《しゃれ》な感じだね」

素早《すばや》く室内を見回した久美子が、歩美たちだけに聞こえる小声でつぶやいた。

室内の様子がそんな風なので、客の数はよくわからない。ただ、歩美が想像《そうぞう》していたほどではないように思えた。それこそライブ・ハウスのように、狭い部屋でぎゅうぎゅう詰《づ》めになっている光景を想像していたのだ。

実際《じっさい》の会場はそれよりずっと静かで、ときおり数人の笑い声が聞こえてくるのを除《のぞ》けば、乱暴《らんぼう》な怒鳴《どな》り声や浮《う》かれた嬌声《きょうせい》はまるでしなかった。

——これがドラッグの『パーティー』？　思ってたのと全然違うな。

歩美と同じ感想を久美子も抱《いだ》いたらしい。

「……カプセルとはずいぶんな差だわ」

と、なぜか感心するようにつぶやいた。

においの方も、最初の違和《いわ》感はすぐに消え、気にならなくなった。変わった香りの香《こう》やアロマオイルを、複数《ふくすう》同時に焚いている程度《ていど》だ。気分が悪くなるものでもない。煙《けむり》の溶《と》け込んだ空気がゆっくり蠕動《ぜんどう》し、辺りを漂っている。そんなように感じた。

全体的に穏やかなムード、緩やかな雰囲気の中で、トリップしている。

「……なんか、洗練《せんれん》されてる感じですね」

歩美がささやくと、久美子も真面目《まじめ》な顔で頷《うなず》いた。

——そういや、主催者《しゅさいしゃ》はアメリカ帰りって言ってたっけ。

香苗は、歩美たちが相談に訪《おとず》れたとき、『アロマ』と『パーティー』について知っていることを教えてくれた。なんでも、『パーティー』のスタッフによると、『アロマ』はロサンゼルスで一時期ブームになったドラッグらしい。そして、この『パーティー』を主催しているのも、向こうで『アロマ』に関する様々なイベントを打ってきた人間だという。

「まあ、本場のドラッグ文化を経験《けいけん》した人間が、どうしていまさら葛根市に来たのか不明ですからね。ちょっと信憑性《しんぴょうせい》には欠ける情報なの」

だが、少なくとも葛根市における『アロマ』の流行が、何者かによって仕掛《しか》けられたものであることは間違いないらしい。なかなかに慣《な》れた手口なのだそうだ。

——まあ、言っても大学生の言うことだからなあ。

香苗や久美子を馬鹿《ばか》にする気はないが、歩美の実感としては、いまだに「嘘《うそ》っぽさ」が抜けきらない。ごっこ遊びの嘘っぽさではなく、どうもすべてにリアリティがないと言うべきか……

——あたしがこんなとこにいるなんて……

変な感じだ。地に足が着いていない気がする。よく知らないドラマを、ブラウン管越しに眺《なが》めているようだった。目の前で起こっていることを、頭では理解《りかい》はできるけど、手で触れることはできない。だから質感がない。温度がない。

蘭子はどう感じているのだろう。そう思って、隣《となり》にいる幼《おさな》なじみの顔を見たとき、

「努！」

蘭子らしくない真剣《しんけん》みを帯びた声が、歩美の鼓膜《こまく》を鋭《するど》く叩《たた》いた。

蘭子が振り返らずに前に進む。久美子が棒立《ぼうだ》ちになり、次いで蘭子を止めようとした。

しかし蘭子は、久美子が制止《せいし》するより先に、テーブルのひとつ——カーテンに区切られた

区画に、真《ま》っ直《す》ぐ歩み寄っていった。歩美は、慌《あわ》てて彼女のあとを追った。

カーテンの奥。遮《さえぎ》られた狭《せま》いスペースには、背《せ》の低いテーブルを囲む四人の男女がいた。男が三人と女が一人。男のうちの一人は、テーブルに置かれた燭台《しょくだい》のようなものに手を伸《の》ばし、先に灯る小さな炎《ほのお》に、粉状の何かを撒《ま》いていた。

男は、いきなり現《あらわ》れた乱入者《らんにゅうしゃ》に驚《おどろ》いたようだ。素早く手元を隠すと、剣呑《けんのん》な目つきで顔を上げた。そして、蘭子の姿《すがた》を見て息をのんだ。

「姉ちゃん……⁉」

――え？

歩美は思わず男の顔を見直していた。痩《や》せた身体《からだ》に細いあご。びっくりするほど成長しているし、茶髪《ちゃぱつ》に染《そ》めているのでわかりづらかったが……よく見れば面影《おもかげ》は残っている。蘭子の弟の努だ。

努は、「姉ちゃん」ともらしたあと、その幼い響《ひび》きを慌《あわ》てて隠《かく》すように、とっさに目を逸《そ》らした。そして、隣にいる歩美に気づき、あんたまで、と言いたげな顔になった。

努の顔に浮かぶ、苦々しい表情。歩美の方も、同じ思いだった。前に会ったのは彼が中学に入る前だ。お互《たが》い、複雑《ふくざつ》な再会《さいかい》になった。

「努！　あんた、こんなとこで、何してるのよ！」

「ね——姉貴《あねき》こそ、何の用だ。ここは、姉貴が来るようなとこじゃねえ」

努の声は抑《おさ》えられていた。周囲を気にして声を潜《ひそ》めているのだ。その分、苛立《いらだ》ちがにじんでいる。対して、蘭子はお構《かま》いなしだった。さっきまでの不安そうな態度《たいど》は微塵《みじん》もない。興奮《こうふん》して金切り声を上げていた。テーブルから他の三人——たぶん『パーティー』の客だ——が離《はな》れていくのにも目をくれない。

普段《ふだん》の蘭子は、基本《きほん》的にニコニコと、いつも陽気にしている。それが、彼女なりの処世《しょせい》術《じゅつ》なのかもしれない。ただ、実は内弁慶《うちべんけい》で、身内相手だと強気に出たりするのだ。いまがそれだった。

「ら、蘭子ちゃん？　ちょっと静かに——」

久美子が強張《こわば》った笑顔で諫《いさ》めようとしたが、蘭子はいきり立っていた。

「ほらっ。立って！　一緒《いっしょ》に帰るわよ！」

「馬鹿《ばか》かよっ。お前一人で帰れ」

「馬鹿って何よ！　人の気もしらないくせにっ」

「いいから帰れよ。迷惑《めいわく》だっ、つってんだろっ」

蘭子はきゃんきゃん吠《ほ》えるように、努は小声で嚙《か》みつくように、言い争った。肉親同士、剝《む》き出しの感情が、醜《みにく》くぶつかり合っている。

真横にいた歩美は、なぜか、まるで見知らぬ人間二人が、互《たが》いに罵《ののし》り合っているような気がした。歩美の中の努は、まだ小学生だ。蘭子にしても、つい最近までずっと見てきた彼女は、クラスメイトたちに囲まれて明るく笑っている彼女だったのである。こんな場所で、こんな風に、歩美のよく知る姉弟《きょうだい》が顔を歪《ゆが》めて唾《つば》を飛ばしているのは、何か違うように思える。

久美子は本気で焦《あせ》っていた。「蘭子ちゃんっ」と後ろから蘭子の肩《かた》を押さえ、周囲の様子を何度も確認《かくにん》している。ここに来る前に口にした通り、いきなり蘭子の弟に会うとは予想していなかったのだろう。しかも、思わぬ蘭子の反応《はんのう》に、すっかり段取りを壊《こわ》されてしまったようだ。

——これって……

結構洒落《けっこうしゃれ》ではなく拙《まず》いのではないだろうか？　見れば、近くのテーブルからは人影が消えている。残っているとしても、店の人間らしき者たちだけになっていた。遠巻《とおま》きにこちらを眺める者も大勢《おおぜい》いた。見通しが悪い分、騒《さわ》ぎには気づいても、何が起きているかまではわかっていないのだ。しかし、それも長くは続かないはずだ。

極《きわ》めて拙い状況《じょうきょう》。非常事態《ひじょうじたい》。

なのに歩美は、自分が不思議なほど危険《きけん》を感じていないことに驚《おどろ》いた。絶対ヤバイという状況なのに、緊迫感が出てこないのだ。

——なんか……

嘘《うそ》っぽい。

周りで起こっていることがすべて、どこか、何か、嘘っぽい気がした。

嘘っぽいドラッグに、嘘っぽい『パーティー』。嘘っぽい女子大生に、嘘っぽい蘭子、嘘っぽい努。そして、そんな嘘っぽいシーンの中で、嘘っぽいことをしている自分。何もかもに、リアリティがない。

——でも。

不意に思う。

ならば、嘘っぽくないこと、とってなんだろう？

自分にとっての普通。自分にとっての、基準《きじゅん》、当然、スタンダード、日常《にちじょう》。どのようなことなら、嘘っぽくないのだろうか？

たとえば、蘭子が相談に来る前の、自分の生活ならどうだ？

気の合う友人とつるんで、実のない話を延々《えんえん》繰り返したり——

少し離れた場所では、眩《まぶ》しいグループの中に、眩しい幼《おさな》なじみがいて——

何か、自分でもよくわからないもやもやを抱《かか》えたまま、自分でもよくわからないまま、鬱積《うっせき》した気分になって――

ときどき、子供《こども》のころを思い出して――

それならしっくりくる？　それなら嘘っぽくない？

わからない。そもそも、これまでの――そしてたぶん、これからの――自分に、「本当のこと」なんてあるのだろうか？

仕切りのカーテンがゆらゆら揺《ゆ》らめいている。間接《かんせつ》照明の淡《あわ》い光が、ぼやけた陰影《いんえい》で屋内を埋《う》める。暖かくも冷たくもない空気が、不思議なリズムで辺りを漂《ただよ》い――

「しまった。これは……！」

久美子だった。振り返ると、彼女は青ざめた顔に痛恨《つうこん》の思いをにじませ、口元を手で覆《おお》った。まるで、嫌《いや》なにおいでも嗅《か》いだような――

――あっ。

まさか、と歩美も慌《あわ》てて口元を両手で覆った。

蘭子を見る。冷静になれば、彼女の様子も不自然だった。そもそも、いくら蘭子に内弁慶《うちべんけい》なところがあるからといって、『パーティー』会場で自分から騒ぎを起こすこと自体おかしい。現に、一方的にまくし立てる彼女は、熱に浮かされたような目つきになっている。息を荒《あら》らげ、完全に冷静さを失っていた。

――『アロマ』だっ。利《き》いてるんだ！

気がつけば、歩美自身、動悸《どうき》が激《はげ》しい。少しだが足下《あしもと》がおぼつかない。慌てて背筋《せすじ》を伸《の》ばし周りを見回してみたが、どこか遠近感がおかしくなっていた。じっとしていると、目《め》眩《まい》がしてきそうだ。

――ヤバっ。ひょっとして、めちゃめちゃキテる？

歩美たちの様子がおかしいことに、努も気がついたらしい。「おい？」と声をかけようとしたが――態度を改めた。

テーブルの脇《わき》から、小箱を取り出す。開けると、ピルケースのように中が仕切られ、それぞれに色の違《ちが》う粉末が入っていた。努はその中から二種類の粉末をつまみ、燭台《しょくだい》の火に素《す》早《ばや》く振りかけた。

燭台の火が、一瞬《いっしゅん》膨《ふく》れて、弾《はじ》ける。薄紅色《うすべにいろ》の煙《けむり》が立ち上がり――なぜか――歩美たちに襲《おそ》いかかるように揺《ゆ》れて、すぐに溶《と》けた。

直後に、ふわりと甘酸《あまず》っぱい香《かお》りがした。そして、それを吸《す》い込《こ》む自分が意識《いしき》できた。

発生した気体が、体内に滑《すべ》り込《こ》み、浸透《しんとう》する。

視《し》界《かい》がぐにゃりと歪《ゆが》んだ。

まるでジェットコースターの自由落下だ。足の下をスッと冷たい感触《かんしょく》が過《よ》ぎり、全身の血の気が引いた。生ぬるいジェルに浸《おか》されるような息苦しさが襲ってくる。慌てて深呼吸しようとするが、上手《うま》くできなかった。いや、駄目だ。深呼吸などすれば、もっと『アロマ』を吸い込んでしまう。

——なに、これ⁉

これがトリップというやつだろうか。見えない檻《おり》に入れられたような悪寒《おかん》。世界が実態をなくしたような違和感。何もかもが嘘。さっき感じていた感覚が、一層激《いっそうはげ》しさを増《ま》した。かろうじて、蘭子と久美子に意識を向ける。久美子は息を止めていたのか、顔色こそ悪いが、意識は確かなようだ。しかし、蘭子はまともに『アロマ』を浴びて、魂《たましい》が抜《ぬ》けたような顔になっていた。

そこに、

「あんたたちは、大人しく、帰れ」

努が、石碑《せきひ》に刻《きざ》むような口振りで、ひと言ひと言、命令した。

蘭子の身体《からだ》が、大げさなほどにビクリと震《ふる》えた。焦点《しょうてん》の合っていない瞳《ひとみ》は、燭台の火に向けられている。のろのろと、押《お》し潰《つぶ》されるように、蘭子は頭を下げた。

まるで、努の意志《いし》が——いや、『アロマ』の意志が、蘭子を乗っ取ったかのようだった。

蘭子の心が、『アロマ』に侵食《しんしょく》されたように見えた。

久美子も蘭子の変化は見て取ったが、いまはむしろ好都合と思ったらしい。一時撤退《てったい》しようと、人形のような蘭子の腕を引いた。

しかし、歩美は、

――駄目《だめ》……

蘭子の中で渦《うず》を巻《ま》く『アロマ』に、蘭子の心が囚《とら》われている。それがわかった。『アロマ』の妖《あや》しい煙に捲かれ、蘭子が苦しげに溺《おぼ》れかけている。すべてが嘘っぽい中で、蘭子の苦しみだけが、リアルに感じ取れた。

このままではいけない。そう思った瞬間――

歩美の中の『アロマ』が、一斉《いっせい》にザワリとうごめいた。彼女の中の『アロマ』が、彼女の意志の力に染《そ》まり、従《したが》ったのだ。

「蘭子!」

言葉と共に、錯覚《さっかく》が走った。体内の『アロマ』が放出され、蘭子に吸《す》い込《こ》まれる錯覚。

蘭子の中で彼女を乱《みだ》していた『アロマ』が、歩美の吹きかけた『アロマ』によって吹き飛ばされた。努の『アロマ』から、歩美の『アロマ』へ。蘭子を支配《しはい》していた力が、一瞬で入れ替《か》わった。

――え?

「……え？」

歩美がハッとする前で、蘭子の瞳《ひとみ》に正気が戻《もど》った。自分の名前を呼《よ》んだ歩美を、まじまじと見返してきた。「アユ？」と、いつもの彼女の様子でつぶやいた。

一方、努は呻《うめ》き声をもらしていた。彼の目には、理解《りかい》と驚《おどろ》きが浮《う》かんでいる。いま何が起きたのか、理解しているのだ。しかし、歩美は訳《わけ》がわからない。

「……いま？」

――あたし、何をしたの？

経験《けいけん》したことのない感覚だった。まるで、自分の意識が身体の外にまで拡大《かくだい》したようだった。魂がはみ出したみたいだ。怖《こわ》い。異様な体験。

そこに、

「面白いな」

いつの間に接近《せっきん》していたのか、二人の男が背後《はいご》に立っていた。スタッフだ。テーブルの周りを見回し、歩美や蘭子、久美子に目をやって、うっすらと笑みを浮かべた。

「知り合いか、ツトム？　その女、大した適性《てきせい》じゃないか」

「ち、違うんです。こいつらは、その……」

努が言い訳しようとしたが、スタッフ二人は耳を貸《か》さなかった。おそらく大学生だ。

『パーティー』内部で、努より上の立場の人間なのだろう。

「どう、彼女？　ちょっと俺《おれ》たちと来てもらえるかな？　『アロマ』を楽しみに来たんだろ？　俺たちさ。君みたいな子、捜《さが》してたんだよね」

スタッフの一人が砕《くだ》けた口調で歩美に言い寄《よ》った。歩美は反射《はんしゃ》的におよび腰《ごし》になった。

スタッフが苦笑いしながら、さらに近寄る。

久美子が二人の間に割《わ》って入ろうとした。しかし、そのときには、歩美の全身を濃厚《のうこう》な芳香《ほうこう》が、すっぽりと包んでいた。

『アロマ』だ。前の一人に気を取られているうちに、その後ろにいたもう一人のスタッフが、穴《あな》の開いたプラスチック容器《ようき》を取り出していた。紫色《むらさきいろ》の煙《けむり》が、容器の穴から立ち上っている。携帯《けいたい》用の香炉《こうろ》か何かだ。さっき努が焚いた煙とは、また違う色と香りがした。

吸い込んだつもりはないのに、『アロマ』は一気に浸透《しんとう》してきた。それも、さっきより遥《はる》かに強力だ。頭の芯《しん》をがっちりロックされたようだった。手足の先がビリビリと痺《しび》れた。

「アユ！」

蘭子が歩美の腕を引っ張る。スタッフは不気味な笑みを貼《は》りつけたまま、蘭子の手をつかみ、強引《ごういん》にもぎ取った。

「来いよ」

たったひと言、耳元でささやく。その声が、大砲《たいほう》のように脳裏《のうり》で木霊《こだま》する。

だが、そのスタッフにできたのは、そこまでだった。久美子が、全力で体当たりをしたのだ。堂に入った動きと、瞬発力《しゅんぱつりょく》だった。男はまともに吹《ふ》き飛ばされた。

「テメェ！」

もう一人のスタッフが怒鳴《どな》り声を上げる。そこに、久美子の掌底《しょうてい》が突き入れられる。スタッフは、どっと、仰向《あおむ》けに倒《たお》れた。

「行くよ！」

久美子は蘭子の手を取り、歩美の肩を叩いて、出口目指し走り出した。

勢《いきお》いに押《お》されて歩美もあとに続く。努は唖然《あぜん》としていたが、他のスタッフたちは怒声を上げて、ただちに駆け寄ってきた。久美子は、近づく男たちをなぎ倒《たお》す勢いだった。何か武道をやっているのか、スタッフを捌《さば》く動きのひとつひとつに、使い慣れた剣《けん》を振《ふ》るうような自信と揺るぎなさがあった。

久美子はまだ足下《あしもと》のおぼつかない蘭子を引きずるようにして、出口を目指した。途中《とちゅう》で、パーティションを蹴《け》倒《たお》し、カーテンを引きずり下ろして、スタッフたちの動きを妨害《ぼうがい》していく。そんな久美子の後ろを、歩美は必死に追いかけた。

スタッフが焚いた『アロマ』は、まだ歩美の中に色濃《いろこ》く残っている。目眩《めまい》に吐き気。平《へい》衡《こう》感覚がおかしい。ぐにゃぐにゃと、目につくものすべてが、色のついた泥《どろ》でできているように歪《ゆが》んで見える。「来いよ」というひと言を込められた『アロマ』が、歩美の中でとぐろを巻《ま》いていた。その重みを感じながら、歩美は坂道を転がるように前に進んだ。

わずかに残っていた客も、騒乱《そうらん》に加わっていた。もともと『アロマ』でトリップしていたのだ。それが、さらにハイになり、もしくはバッド・トリップに変わったらしい。そのうち、誰《だれ》かがコードを引っかけたのか、室内の照明の半分が消えた。ただでさえ薄暗《うすぐら》かった会場が、ほとんどシルエットしか判別《はんべつ》できない暗さになった。

「きゃっ！」

垂《た》れ下がっていたカーテンに足を取られ、歩美が転倒《てんとう》した。身体《からだ》を打ち、痛《いた》みが手足を走り抜《ぬ》ける。顔を上げたときには、久美子と蘭子の背中《せなか》が見えなくなっていた。取り残された恐怖《きょうふ》が、『アロマ』の力で倍増《ばいぞう》される。

「や……やだ……」

――嫌《いや》だ。蘭子っ……

狼狽《ろうばい》が爆発《ばくはつ》的に膨《ふく》れ上がり、パニックになった。心臓《しんぞう》がどくどくと早鐘《はやがね》を打ち、『アロマ』が濃縮《のうしゅく》されてうごめいた。歩美は四つんばいのまま床《ゆか》を這《は》い、ガチガチ奥歯《おくば》を嚙《か》み鳴らした。

と、目の前に誰かの両足が立ち塞《ふさ》がった。

見上げる。暗闇《くらやみ》に立つ、背の高いシルエット。男だ。遠くに残る間接照明の明かりが、男のロングコートを照らし、サングラスのレンズに反射《はんしゃ》した。

——見つかった。

そう思った瞬間、恐怖とパニックが凝縮《ぎょうしゅく》され、反転した。体内の『アロマ』が、再《ふたた》び歩美の感情に染《そ》められる。手負いの獣《けもの》が飛びかかるように、力が体内から男に向かって放たれようとした。

が——

「そこまでだ」

素《そ》っ気《け》ない声が、鋼《はがね》の釘《くぎ》の如《ごと》く突《つ》き刺《さ》さった。攻撃《こうげき》しようとしていた『アロマ』が、一瞬で取り上げられた。

「慣《な》れない火遊びは止《や》めておけ。火傷《やけど》する」

「………」

歩美は、無効化《むこうか》され、真っ白になった頭で、眼前《がんぜん》の男を見つめた。男はしばらく歩美を見下ろしていたあと、彼女の腕を取り、立ち上がらせた。

「来るんだ」

腕を引っ張られる。歩美は抵抗《ていこう》することができないまま、男のあとに続いた。

◆◆◆◆◆

久美子が、歩美とはぐれたことに気づいたのは、出口に着く直前だった。死ぬほど後悔《こうかい》したが、選択《せんたく》の余地《よち》はなかった。蘭子だけを連れ、クラブをあとにした。がむしゃらに走り、辿《たど》り着いたのは繁華街《はんかがい》の裏側《うらがわ》にある公園だ。息をつき、すぐに携帯を取り出した。

蘭子は息も絶《た》え絶《だ》えだったが、すぐに植え込みに駆け寄り、胃液《いえき》を吐《は》き出した。しばらくは、喘《あえ》ぎ、咳《せ》き込みながら、荒《あら》い呼吸《こきゅう》を繰《く》り返していた。

しかしすぐに、

「……アユ？」

と顔を上げ、歩美がいないことに気づいて真っ青になった。

「久美子さん！　アユはっ？　歩美はどこです⁉」

「……クラブではぐれたわ。独《ひと》りで逃《に》げてくれてればいいんだけど……」

「そんな――！」

言葉を失う蘭子を余所《よそ》に、同じぐらい顔色の悪い久美子は、携帯を操作《そうさ》して電話をかけた。相手は香苗だ。

待機していた香苗は、すぐに電話に出た。久美子は簡潔《かんけつ》に『パーティー』潜入《せんにゅう》の結果と、歩美とはぐれたことを伝えた。久美子とは思えないほど深刻《しんこく》な口振りだ。香苗もただちに事態《じたい》を把握《はあく》したらしい。携帯越しの会話が鋭《するど》く緊迫《きんぱく》していくのが、横にいる蘭子にも伝わってきた。

『歩美さんは携帯を持ってなかったわね。無事に逃げ延びてると思う？』

「……たぶん、無理。結構《けっこう》『アロマ』を吸い込んでたし――それに、あのドラッグ、かなりヤバイよ。あたしも注意してたのに、キテるもん」

久美子が悔《くや》しげに唇《くちびる》を噛《か》む。自分がついていながら歩美たちを危険《きけん》な目に遭《あ》わせた自責《じせき》を感じているのだろう。蘭子が息をのんで見守る前で、久美子は電話の向こうの香苗と、今後の対応策《たいおうさく》を話し合った。

香苗の意見は明確だった。

『上田《うえだ》さんを頼《たよ》りましょう。歩美さんが独りで「パーティー」スタッフに捕《つか》まってるとすれば、一刻《いっこく》の猶予《ゆうよ》もないわ』

久美子も同意し、「いい？」と蘭子の方に振り向いた。

「あたしたちの知り合いで、上田って刑事《けいじ》さんがいるんだ。連絡《れんらく》して、踏《ふ》み込んでもらおうと思う。弟さんは補導《ほどう》されるかもしれないけど――」

久美子たちが最初から警察《けいさつ》を頼《たよ》らなかったのは、努のことがあったからだ。しかし、いまはそんなことを言っていられる状況《じょうきょう》ではない。蘭子も、一も二もなく、久美子たちの案に賛成した。

しかし、

「待ちな。その場合、残していった女の安全は保証《ほしょう》しないぜ」

公園に響《ひび》く男の声に、久美子と蘭子は身を竦《すく》ませた。

現《あらわ》れたのは、三人の男たちだった。一人は見覚えがある。さっきクラブで、歩美に声をかけた男。『パーティー』のスタッフだ。あとをつけられたらしい。

『久美子⁉』

と携帯から香苗の声がもれる。久美子は舌打《したう》ちした。携帯は切らず手にしたまま、蘭子を庇《かば》って男たちと対峙《たいじ》した。

「散々荒《あ》らしてくれたじゃねえの。お前ら、何者だ？　サツって訳《わけ》じゃなさそうだが……」

わざわざあとをつけて来たのだ。おそらくは、スタッフの中でも、荒事に慣《な》れた者たちなのだろう。相手が女二人でも油断《ゆだん》する様子は見せず、酷薄《こくはく》な目つきで久美子と蘭子を威《い》圧《あっ》してくる。

「……く、久美子さん……」

「──静かに。あたしに任《まか》せて」

怯《おび》える蘭子に、久美子が声をかける。しかし、久美子の顔にも焦《あせ》りが浮《う》かんでいる。そっと蘭子の手を取り、携帯を渡《わた》した。

そして、久美子は自分から男たちに突進《とっしん》した。虚《きょ》を突《つ》くタイミングだ。鋭《するど》く伸《の》びた蹴《け》り足には、見事に体重が乗っている。

しかし、久美子の身体に残る『アロマ』の香《かお》りが、彼女からいつものキレを奪《うば》っていた。男たちもまた、彼女の活躍《かつやく》をクラブで見てきている。蹴りを避《よ》けると、逆に腕を伸ばし、彼女の赤毛を捕《つか》まえた。

久美子のボディに男の拳《こぶし》が叩《たた》き込まれる。「くぅっ」とくぐもった声がこぼれた。それでも、久美子は髪をつかむ男の腕を捕《とら》え、右肘《みぎひじ》の一撃《いちげき》を打ち込んだ。男の指が弛《ゆる》み、髪から離《はな》れる。久美子は身体を入れ替《か》えながら、あご先を殴《なぐ》りつけた。

男がよろめき、久美子は立ち上がる。しかし、残り二人の男が、左右から同時に襲《おそ》ってきた。

蘭子の悲鳴が、公園の静寂《せいじゃく》を切り裂《さ》いた。久美子は歯を食いしばった。

次の瞬間《しゅんかん》だった。

久美子に迫る右側の男に、何者かが疾風《はやて》のように襲いかかった。

男が襲撃《しゅうげき》に気づいたときには、鋭く切り込まれた回し蹴りが、男の脇腹《わきばら》を抉《えぐ》っていた。

続いて、流れるように足がたたまれ、膝《ひざ》が跳《は》ね上がって首筋《くびすじ》を打つ。男は、悲鳴を上げることもできずに昏倒《こんとう》した。

公園の空気が静まり返った。

そこに、

「――クミちゃんの空手も大したもんだけど、まだまだ先輩《せんぱい》の方が上手《うわて》みたいね」

涼《すず》やかな声だった。蘭子が目を丸くし――久美子が大声で叫《さけ》んだ。

「千絵スケ！　梓ちん！」

千絵と梓は久美子に顔を向けると、ニコリと頷《うなず》いた。

4

「姉？　お前のか？」

「はい。す――申し訳ありませんでした」

緊張《きんちょう》した面持《おもも》ちで、努は頭を下げた。進藤《しんどう》は、情感の薄《うす》い目つきで、最近スタッフ入りしたばかりの、若《わか》いオペレーター候補《こうほ》を眺《なが》めた。

ソファに座《すわ》ったまま、隣《となり》に立つ古株《ふるかぶ》のスタッフに顔を向ける。

「それで？ そいつらはどうなった？」

「逃げました。加藤《かとう》たちがあとを追いましたが、まだ連絡《れんらく》は来ていません」

問われたスタッフは、淀《よど》みなく答えた。

クラブの執務室《しつむしつ》は、進藤の私室《ししつ》として扱《あつか》われている。いま部屋に居《い》るのは、彼と、店内で起こったトラブルを報告《ほうこく》するスタッフ。当事者である努。そしてもう一人、テーブルを挟《はさ》んだ右隣《みぎどなり》のソファに座る、妙齢《みょうれい》の女性だった。全部で四名だ。

進藤は『パーティー』の主催者《しゅさいしゃ》である。ロサンゼルスから帰国したのが一か月前。それからのわずかな期間で、葛根市のアンダーグラウンドに『アロマ』のブームを巻き起こした。かつての地盤《じばん》や人脈、優秀《ゆうしゅう》なアドバイザーという存在《そんざい》があったにしても、その手腕は優《すぐ》れたものといえるだろう。

まだ二十代。髪《かみ》はブロンドに染《そ》め、耳に銀のピアス。スリムな白のニットにスラックスを身につけている。腕にはデイトナが巻かれ、首にはプラチナのチェーンが揺《ゆ》れていた。

「——他の客は騒いでないんだな？」

「はい。いまは収《おさ》まりました」

「ホールの運営《うんえい》は？」

「再開《さいかい》しています。ただ――」

とスタッフはわずかに口ごもった。

「逃げたのは、努の姉と赤毛の女の二人だけだったそうです。奴《やつ》らは三人連れでした。ひょっとすると、まだ一人クラブ内に残っているかもしれません」

「なに？　だったら、なぜ調べん？」

「それが、その……」

スタッフの視線が、一瞬、進藤から女の方にずれた。

「……例の『ゲスト』が、騒ぎに横やりを入れまして……対応《たいおう》するのに手間を取られたため、時間が開いてしまいました。現在《げんざい》は、手の空《あ》いた者が数名、クラブ内を見回っています」

苦々しげなスタッフの言い分を聞き、進藤は眉《まゆ》をひそめた。ちらりと隣の女性に目をやったが、彼女は涼《すず》しい顔のままだ。

彼女は逆《ぎゃく》に、スタッフに向かって質問《しつもん》を投げた。

「『適性《てきせい》あり』と判断《はんだん》したのは、三人のうちの誰なのですか？」

「……申し訳《わけ》ありません、ドクター。そこまではまだ。肝心《かんじん》の加藤の奴が、逃げた二人を追って、外に出ていますので」

「そう」

スタッフの返事に、ドクターと呼ばれた女は、素っ気なく頷《うなず》いた。

ドクターは艶《つや》のある美人だった。歳《とし》は進藤と同年代だろう。落ち着いたスーツを隙《すき》なく着こなしているが、ふとした仕草に色香がにおう。常《つね》に穏《おだ》やかな面持《おもも》ちをしている一方、澄《す》んだ瞳《ひとみ》には鋭《するど》い知性《ちせい》もうかがえた。

ただ、彼女のポジションは、スタッフの間にも詳《くわ》しく明かされていない。ドクターと呼《よ》ばれているが、実際《じっさい》何かの博士《はかせ》号を取っているかどうかもわからない。進藤の秘書《ひしょ》役と言う者もいれば、愛人と見ている者もいた。スタッフと直接《ちょくせつ》接することがほとんどないので、人柄《ひとがら》も謎《なぞ》に包まれているのだ。さっきの報告にあった『ゲスト』を招《まね》いたのも、彼女の独《どく》断《だん》だった。

ひとつだけ確《たし》かなのは、彼女は進藤に匹敵《ひってき》する——あるいは彼以上の——オペレーターだということだった。『パーティー』内でも、もっとも『アロマ』の扱《あつか》いに長《た》けた人物なのだ。

「あなたはどう、努くん？　その場に居合《いあ》わせたのでしょ？　適性があったのが誰か、ご存じありませんか？」

ドクターが努に尋《たず》ねた。

努はドクターと目が合った瞬間、とっさに視線《しせん》を逸《そ》らした。少し間を置いてから上目遣《うわめづか》いに見返し、

「……いえ。わかりません」

と答えた。

ドクターはしばらく努の顔を見つめていた。だが、「そう」と再《ふたた》びつぶやくと、顔を伏《ふ》せてため息をついた。

「残念ですわ。貴重《きちょう》な人材を」

「まだ逃《のが》したと決まったわけではない。クラブの外に逃《に》げた二人も、放置はせんさ。だいぶ兵隊の数も増《ふ》えてきたことだしな。何かしらの手は、打っておく」

進藤はそう言うと、テーブルの上のウィスキーグラスに手を伸《の》ばした。

再びドクターを横目で見やり、

「それよりも――」

「あ、あの……っ！」

進藤がドクターに話しかけようとしたとき、彼の言葉にじっとしていられなくなった努が、横から割《わ》り込んだ。隣のスタッフがぎょっとしたが、努は切羽詰《せっぱつ》まった様子でテーブ

ルに詰め寄った。

「赤毛の奴《やつ》はいいんです。でも、あ、姉貴《あねき》ともう一人の女は、見逃してもらえませんか？　あの二人は、ほんとにただの女子高生で——『アロマ』に関《かか》われるような奴らじゃないんです！」

「……ただの女子高生はうちじゃ上客だ。その気になれば金だって、野郎《やろう》より余程《よほど》引っ張れる」

「それは……!?」

赤から青へと努の顔色がくるくる変わる。それ以上何か言う前に、隣のスタッフが「ットムっ！」と叱《しか》りつけて黙《だま》らせた。

進藤は鼻を鳴らし、不機嫌《ふきげん》そうに口元を歪《ゆが》めた。この手の泥臭《どろくさ》い愁嘆場《しゅうたんば》は嫌《きら》いなのだ。

「……まあいい。お前の身内だというなら、クスリでカモるのは止《や》めてやる。ただし、適性があるなら話は別だ。お前は何も口を挟《はさ》むな。行方《ゆくえ》不明の女は、捜索《そうさく》を続けろ。それに、加藤から連絡《れんらく》があったら、すぐ俺に回せ。いいな」

それだけを告げると、進藤は努とスタッフを退室《たいしつ》させた。努は最後まで奥歯《おくば》を噛《か》み締《し》めていた。

二人が去ると、進藤は息をついて、ソファにもたれかかった。

「細かいトラブルが増えてきた。予想はしていたことだが――」

「ええ。でも、まさに予想通りです。それだけ『パーティー』の規模《きぼ》が大きくなってきた証拠《しょうこ》。むしろ、ロスのときより順調ではなくて？」

ドクターがそう言うと、進藤は肩《かた》を竦《すく》めて唇《くちびる》を曲げた。

二人とも、スタッフの前では見せない、親しげな――というより、古馴染《ふるなじ》みの態度《たいど》だ。

彼らはかつてこの街で、同じ組織《そしき》に属《ぞく》していた構成員《こうせいいん》同士なのである。

ドクターも、わずかにくつろいだ様子になり、テーブルの上のグラスを手に取った。

「それに、ユーザーの反応《はんのう》が、あちらのときよりずっといい。やはり、この街には何かあるのかもしれませんわ。それとも、下地が影響《えいきょう》してるのかしら」

「……カプセルのことか？」

「もちろん」

ドクターは平然と答えた。進藤の視線が、遠くに投げられた。

数年前は進藤もまた、組織の幹部《かんぶ》として葛根市のアンダーグラウンドを支配する「熱」に取り憑《つ》かれていた。だが、彼は最終的に「熱」から逃げた。組織よりも、保身《ほしん》を選んだのである。その判断が誤《あやま》っていたとは思わないが、いまもなお、苦い棘《とげ》として心の奥に刺《さ》さっている。再び対等な立場になったはずのドクターに対し、どうしても苦手意識《いしき》を抱《いだ》いてしまう原因《げんいん》だ。

「……まだ適性者にこだわっているようだが、これ以上オペレーターを増やす必要があるのか？　現状《げんじょう》ではむしろ、いまいるオペレーターの練度を上げる方が重要だと思うがな」

「求めているのはオペレーターじゃない。その先に進める人材よ」

「そいつを捜《さが》すのが、それほどの急務《きゅうむ》なのか？」

「そのためのお遊び《パーティー》ですもの」

平然と言うドクターに、進藤は眉《まゆ》をひそめた。彼女は遊び扱《あつか》いだが、進藤にすれば『アロマ』も『パーティー』も、歴《れっき》としたビジネスだ。主催者《しゅさいしゃ》として己《おのれ》の指導力《しどうりょく》と組織運営《うんえい》に自信を持っているし、現に成功していると思っている。

だが、進藤が手腕《しゅわん》を発揮《はっき》できているのは、あくまでも『パーティー』の事業面においてだった。『アロマ』を精製《せいせい》し、ブレンドしているのは、彼ではなくドクターの方なのだ。

これまでのところ、二人の利害は一致《いっち》している。だが、これから先のことまでは保証《ほしょう》できない。彼らはかつての仲間だが、ドラッグが取り持つ絆《きずな》は脆《もろ》いものだ。そのことを、進藤もドクターも、身にしみて弁《わきま》えていた。

「そういえば――」

進藤が口調を変え、じろりとドクターに目を向けた。

「……ロスのあれは、本当に偶然《ぐうぜん》なのか？」

「あれ、というのは？」

「惚《とぼ》けるな。海野《うみの》千絵の件《けん》だ」

「ああ」

ドクターはクスリと笑った。

「つくづく彼女は鬼門《きもん》のようね」

「答えになってない。どうなんだ？」

「恐《こわ》いのですか？　あんな女子大生が」

「あの女の後ろには――ウィ、ィ、ィ、ザードがいる」

そのひと言を口にするとき、進藤の声は我《われ》知らず潜《ひそ》められていた。

ドクターの笑みが大きくなった。声を立てず、彼女は愉快《ゆかい》そうに笑った。

「ロスでは結局出てきませんでしたよ？　しかもここは、ロスではなく葛根市です」

「そうだ。葛根市ではなくロスで、あの女は出てきた。その逆《ぎゃく》がないと言い切れるか？」

「そうですね。普通《ふつう》に考えれば、ロスのときよりは確率《かくりつ》は高そうですわ」

ドクターはあくまで煙《けむ》に巻《ま》いた態度を崩《くず》さなかった。それきり、彼女は沈黙《ちんもく》を保《たも》った。

進藤の視線に、次第《しだい》に苛立《いらだ》ちが混《ま》じり始める。しかし、結局は彼の方が折れた。

そうでなくとも、組織にとって大切な時期だ。余計《よけい》な波風を立てるゆとりは、彼にも『パーティー』にもないのである。

ただ、余計な波風といえば――

「そうだ。さっきも言いかけたが、あんたの連れてきた、例の『ゲスト』。もう少しどうにかならないのか？」

「彼には大人しくするよう言ってありますわ」

「効果《こうか》が出てない」

「ではあなたから注意すれば？」

ドクターがからかうような流し目を向けると、進藤は舌打《したう》ちしてウィスキーグラスをあおった。

「彼は優秀《ゆうしゅう》よ。仮《かり》の話になりますけど、もし海野千絵が――そしてウィザードが現れたとき、彼は貴重《きちょう》な戦力になる。違《ちが》うかしら？」

「……まあな。だが、本当に信用できるのか？　マカオの組織との繋《つな》がりもわからんし、何を考えているのかも、つかみきれん」

「余計な詮索《せんさく》は無用でしょう。もし当てにならなかったとしても……必要以上に恐れることはないわ。ウィザードといっても、以前とは違う。だって、もうカプセルは存在《そんざい》しないんですから」

グラスを見つめ、独白《どくはく》するような声で、ドクターは言った。

グラスの中の琥珀《こはく》色の液体《えきたい》。その向こうに、室内の風景が歪《ゆが》んで映《うつ》っている。そっとグラスを掲《かか》げるドクターの美貌《びぼう》に、あるかなきかの哀愁《あいしゅう》の影《かげ》が差した。

しかし進藤は、

「だが、いまや『アロマ』がある」

その言葉を耳にした瞬間《しゅんかん》、グラスをのぞいていたドクターの瞳《ひとみ》に、妖《あや》しい輝《かがや》きが点《とも》った。その輝きはすぐに瞳の奥へとのみ込まれ、彼女が顔を向けたときには、牙《きば》を秘《ひ》めた艶笑《えんしょう》へと溶《と》け込《こ》んでいた。

「そうです」

とドクターは答えた。

「いまやわたくしたちには、『アロマ』がある。次なる種が」

◆◆◆◆◆

渡《わた》されたミネラルウォーターを半分以上飲んだところで、ようやく歩美は、自分が落ち着きを取り戻《もど》してきたことを自覚できた。

ペットボトルを渡したのは、ホールから歩美を連れ出した男だ。いま二人は、建物にいくつかあるらしい、控《ひか》え室のような狭《せま》い部屋にいた。途中《とちゅう》スタッフの一人が部屋に顔を見せたのだが、男の姿《すがた》を見ると、すぐ扉《とびら》を閉《し》めた。どうやら、歩美を連れ出した男は、『パーティー』の中でも一目置かれ――同時に煙たがられているらしい。

「――気分は？」

「は、はい。だいぶ……」

大人しく答えながら、歩美は改めて目の前の男を観察した。

長身瘦軀《そうく》、というのが真っ先に頭に浮《う》かんだ。ただ、瘦《や》せてはいても貧弱《ひんじゃく》な雰囲気《ふんいき》はまったくない。むしろ、触《ふ》れると火傷《やけど》を負うほど低温に凍《い》てついた金属片《きんぞくへん》を連想させる。口数の少なさといい、冷淡《れいたん》な態度といい、無駄を削《そ》ぎ落としたような印象の男だ。他のスタッフが敬遠するのもわかる。側にいて、否応《いやおう》なく緊張感を強《し》いられるタイプの人間だった。

男は、室内だというのに、薄《うす》く色のついたサングラスをかけ、紺《こん》のロングコートをまとっていた。レンズに隠《かく》されてなお、こちらを見つめる視線《しせん》に込められた、無言の力が感じられる。

それでも歩美は、

「あの……」

と恐る恐る声をかけた。

「あなたは、『パーティー』のスタッフじゃないんですか？」

「……新入りさ」

「わ、私ほんとは、『アロマ』に興味《きょうみ》なんかないんです。ただ、友達の弟が——」

「わかっている。あの、ツトムというオペレーターのことだろう」

「オペレーター？　努《こ》く《こ》んが？　あの、それって、どういう……？」

「……………」

歩美の質問《しつもん》に、男は答えてくれなかった。サングラスで目は見えないが——黙《だま》って歩美を観察しているのがわかる。

——オペレーターって、確《たし》か……

『アロマ』は調整の難《むずか》しいドラッグだ。いくつかの種類があり、それぞれ、ただ火にくべるだけでは、大した効果《こうか》は得られない。配合——つまり異《こと》なる種類の『アロマ』をブレンドすることで、様々な効果を発揮《はっき》するようになるのだ。また、燃《も》やす方法にしても、火で焚《た》く以外に、燻《くすぶ》したり、あるいは、水に溶《と》いたあと紙に染《し》み込ませてそれを燃やすというやり方もあるらしい。中には、そのまま香《かお》りを楽しむ場合もあるという。これがいわゆる、セッティングだった。

そして、『アロマ』のブレンドとセッティングを行うのが、オペレーターというスタッフたちである。さっきのホールでテーブルについていたスタッフは、そのオペレーターたちなのだろう。

努は、ただグループに入り浸《びた》っているだけではなく、そうした特殊技能《とくしゅぎのう》を習っているのだろうか？　とすると、いまや努は、『パーティー』のスタッフだということになる。彼を『パーティー』から抜《ぬ》けさせるのは、容易《ようい》にはできそうになかった。

それに、

——さっき努くんがした、あれは……

歩美はこれまでドラッグに触《ふ》れたことはない。トリップも未経験《みけいけん》だ。『アロマ』による幻覚状態《げんかくじょうたい》を、他と比《くら》べることはできない。

しかし、それでもやはり、さっきホールでした体験は異様だった。

『アロマ』によって引き起こされた酩酊《めいてい》感。あれは、薬物的な何かというよりは、催眠《さいみん》術《じゅつ》のような——それよりもっとオカルト的な、呪術《じゅじゅつ》めいたものを感じた。『アロマ』の煙を媒介《ばいかい》にして、仄暗《ほのぐら》い魔法《まほう》の技《わざ》が振るわれた気さえした。

しかも自分は、その技に触れたのである。

はっきりと覚えている。弟の『アロマ』に絡《から》め取られていた蘭子を、自分が、自らの意《い》志《し》によって解《と》き放ったのを。あのとき歩美は、『アロマ』を動かした。まるで念力か何かのように、意志の力、心の力で、『アロマ』を操《あやつ》ったのだ。

——錯覚《さっかく》？

とてもそうは思えない。体内で重たくのしかかっていた『アロマ』が、一瞬で自分の力に染まったときの、あの感じ。強烈《きょうれつ》な手応《てごた》えと、実感。

そう、「実感」だ。

『アロマ』を嗅《か》いだ歩美が、直前まで感じていたのは、非現実感《ひげんじつかん》だった。虚構《きょこう》の中にいる錯覚。嘘《うそ》っぽさ。だが、あの瞬間だけは違っていた。寝《ね》ぼけていた目が、急に覚めたみたいだった。助けようとした蘭子の存在が、はっきりと認識《にんしき》できたし——彼女の存在感が、リアルに伝わってきたのだ。

——あれは……あれこそが——

なんとかあのときの感覚を思い出そうとする。

しかし、

「……止《や》めておけ」

ぼそっと男がつぶやいた。歩美は、心臓《しんぞう》に氷塊《ひょうかい》を投げ入れられたような気がした。

「言ったはずだ。火傷《やけど》をする、と」

「…………」

心を読まれた気がして、歩美は口をつぐんだ。男の顔色をうかがうが、彼は相変わらず、仮面《かめん》のような表情のままだ。どういうつもりの忠告《ちゅうこく》なのか、その意図はまるで読めなかった。

「……あなたも、オペレーターなんですか？」

「……まあな」

「他のスタッフとは違うの？」

「新入りだと言ったろ」

そう答えたあと、男は初めて感情らしい感情を見せた。皮肉な微笑《びしょう》を、一瞬過《よ》ぎらせたのだ。

「無視はできない奴に、お誘《さそ》いを受けたんでね」

獰猛《どうもう》な猟犬《りょうけん》に似《に》た気配が、男から漂った。歩美は思わず目を瞠《みは》ったが、気配はすぐに消え、男は再び氷の印象をまとった。

やはり、この男もただ者ではない。同じオペレーターでも、努や、ホールで絡《から》んで来たスタッフとは、垣間見《かいまみ》える迫力《はくりょく》が違った。得体が知れない。この男がセッティングすれば、『アロマ』はいったいどんな魔力《まりょく》を発揮《はっき》するのだろう。

「あれは——『アロマ』って、いったいなんなんですか?」
「ドラッグさ」
「……ただの?」
「さあ」

どうでもよさそうに、男は言った。歩美は落ち着かなかった。

——私にドラッグのことがわかるはずないけど……

『アロマ』は、そんなありきたりな何かとは、違うように思えてならない。それとも、こんな風に特別視したがること自体、すでに『アロマ』の中毒性に冒されている証拠だろうか? 自分でも気づかないうちに、彼が言う「火遊び」にのめり込んでいるのだろうか?

「私をどうする気ですか?」
「本当に適性があるなら、すぐには帰せないだろうな」
——適性?

そう言えば、さっき絡んできたスタッフも、そのようなことを言っていた。

「適性って、オペレーターとしての適性ですか?」
「ああ。あいにく、習えば誰にでもできるってものじゃなくてね。もっとも、『パーティー』の規模を考えると、当面これ以上にオペレーターが必要とも思えないが」

「じゃあ、帰してくれるんですか？」

「それは上の決めることだ」

男の返事は素《そ》っ気《け》ない。だが、少なくとも無視はされていない。歩美は必死に自分を保《たも》とうとした。

──私はこれから、『パーティー』の偉《えら》い人に会わされるのかもしれない。

できれば、そうなる前に脱出《だっしゅつ》したいところだ。クラブの外に出てしまえば、警察《けいさつ》に駆け込むことだってできなくはない。

しかし、自分はいま、たった一人取り残されている。蘭子や久美子たちと連絡を取る手段もない。スタッフの人数がどれぐらいなのか不明だが、果たして逃《に》げ切ることができるだろうか。少なくとも、この男はそう簡単《かんたん》に逃がしてはくれないだろう。

「……一緒《いっしょ》にいた友達は、どうなったんですか？」

「まんまと逃げたそうだ。こちらから追っ手も出たはずだがな」

「追っ手って……捕《つか》まえてどうするつもりなんです？」

「知らないのか？　暗示《あんじ》や洗脳《せんのう》は『アロマ』の効能《こうのう》のひとつだ。余計《よけい》なことを言い触《ふ》らされないよう、口を封《ふう》じるのさ」

「そんな！」

淡々《たんたん》とした男の説明に、歩美はいまさらながら、自分が関わっているグループの危険《きけん》さを思い知った。

蘭子に相談を受けたあと、歩美は自分でも『アロマ』のブームについて調べてみた。そして感じたのは、『パーティー』の参加者や『アロマ』のユーザーたちの気軽な「ノリ」だった。誰しも、新しいファッションや珍《めずら》しいダイエットに夢中《むちゅう》になるような、そんな調子で『アロマ』を試《ため》し、楽しんでいたのだ。『パーティー』に対する印象にしても、不良たちの悪ふざけ——その延長上《えんちょうじょう》にあるグループ活動を、無意識的にでもイメージしていた。おそらくは久美子や香苗にしても、歩美の認識とそれほどの差は持っていなかったはずだ。

しかし、さっきのホールでの一幕と、目の前の男が口にした言葉は、歩美の甘《あま》い認識を完全に覆《くつがえ》した。特に、この男が漂わせている存在感、そのヤバさが、嘘《うそ》ではない「生の危険」とでもいうものを、歩美に感じさせるのだった。

——まさか、私ももう……

『アロマ』から何らかの影響《えいきょう》を受けているのかもしれない。適性《てきせい》があるというのは、『アロマ』の力と共鳴し易《やす》いということでもあるはずだ。

もはや一刻《いっこく》の猶予《ゆうよ》もない。ここを抜けだし、警察を頼《たよ》るべきだった。

——でも、どうやって。

歩美が唇《くちびる》を噛《か》んだとき、狭《せま》い室内に小さな振動音《しんどうおん》が響《ひび》いた。

男の携帯《けいたい》だ。男はコートのポケットから携帯を取り出すと、素早く画面を確認した。

どうやらメールらしい。文面に目を通し、「よし」とつぶやき立ち上がった。

「立て。ここのボスに会わせてやる」

ギクッ、と身体《からだ》が震《ふる》えた。とっさに縋《すが》るような眼差《まなざ》しで見上げたが、男のサングラスは、歩美の無言の嘆願《たんがん》をすげなく弾《はじ》き返した。顔をうつむけても、男の視線《しせん》が突き刺さってくるのがわかる。強烈《きょうれつ》なプレッシャーだ。

「立て」

声に、抗《あらが》いがたい力があった。ドラッグなど使わずとも、この男には弱者を従《したが》える力があるのだ。歩美は逃げ道を見出《みいだ》せないまま、のろのろと立ち上がった。

男が控《ひか》え室から廊下《ろうか》に出る。歩美もその後ろに続いた。

別に拘束《こうそく》されている訳ではないが、逃げ切れるとは到底《とうてい》思えない。足が重たく、心臓《しんぞう》が痛《いた》いほどに脈打っていた。

「あ、あなたたちの目的はなんなんですか？」

震える声で、必死に問いかける。半分は時間稼《かせ》ぎだ。男はちらっと歩美に目を向けた。

「……上の思惑《おもわく》か？　ふふ。上ってのが、正確にどこを差すかによるな」

「あ、あなたはどうして、こんな？」

「その質問《しつもん》には答えたはずだ」

男が歩き始める。三歩進んで、肩越《かたご》しに振り返った。サングラス越しのひとにらみ。それだけで、歩美の意志《いし》は刈《か》り取られ、あとに続くしかできなくなる。

「……『アロマ』っていったい、なんなんですか？」

「その質問にも、もう答えた」

「あれは……あれは、『悪い物』なんですか？」

男の足が止まった。

男は振《ふ》り返り――驚《おどろ》いたことに――笑った。歩美の、苦し紛《まぎ》れの質問が、妙《みょう》におかしかったらしい。

「いいか、初心者《ビギナー》。ドラッグに良いも悪いもない。ただ、間抜《まぬ》けなジャンキーと、それより少し目先が利《き》くだけの、やはり間抜けなジャンキーがいるだけだ」

そして、当惑する歩美をおかしそうに見たあと、再び廊下を歩き出した。

しかし、男の動きは廊下の角で止まった。彼の前に立ち塞《ふさ》がる人影《ひとかげ》があった。

「努くん！」

歩美が驚いて叫《さけ》ぶ。

　努は、歩美を一瞥《いちべつ》したあと、男を正面からにらんだ。努の手には、スタッフが持っていたのと同じ、携帯《けいたい》用の香炉《こうろ》がある。すでに『アロマ』が焚《た》かれていた。

「……その人を放せ」

　硬《かた》い声で、努が言った。歩美が息をのむ。男は、切っ先鋭《するど》い刃《やいば》のような、剣呑《けんのん》な冷笑を浮かべた。

5

「ど、どうしてっ？　アユが捕《つか》まってるんだよ⁉　努だっているし。もう、警察《けいさつ》に踏《ふ》み込《こ》んでもらえばいいじゃないっ！」

「落ち着いて、蘭子さん。気持ちはわかるけど、少しだけ待ってほしいの」

　つかみかからんばかりの蘭子に、千絵は落ち着いた態度で応《おう》じた。

　場所は、追っ手を返り討《う》ちにした公園の奥《おく》。ベンチや水飲み場が集まっているスペースだ。蘭子と久美子。そして、梓と千絵の四人が揃《そろ》っている。梓と千絵が久美子と会うのは、ほぼ一年ぶりのことだった。

「もーっ。帰国したならしたって、連絡ちょうだいよぉ！　梓ちんも千絵スケも、超《ちよう》ツメタい！」

「ゴメン、ゴメン。でも、帰国したのって、ほんと三日前とかなのよ。そのあともちょっとドタバタしてたから」

頬《ほお》を膨《ふく》らます久美子の前で、梓は苦笑《くしょう》して弁解《べんかい》した。蘭子たちと接しているときは年長ぶっていた久美子が、梓たちの前では、たちまち子供《こども》のようになった。

カプセル事件《じけん》から四年。久美子の背《せ》は梓に並《なら》び、身体つきもずいぶんと女らしくなっている。しかし、この面子《メンツ》が揃《そろ》うと、中学生だったころの彼女に戻《もど》ってしまうようだ。

「空手。腕《うで》を上げたね」

そう梓が褒《ほ》めると、それだけで久美子は目尻《めじり》に涙《なみだ》を浮《う》かべていた。

しかし、和《なご》やかなのは久美子の方だけだ。初対面の蘭子は、初めて会う大学生たちに、緊張《きんちょう》するゆとりもない。

「こうしてる間も、アユはあいつらに捕まってるかもしれないんだよ？　酷《ひど》い目に遭《あ》ってたらどうするのっ！」

「大丈夫《だいじょうぶ》。歩美さんは、少なくとも主催者《しゅさいしゃ》の手には、まだ渡っていないわ。実は——私たちも知らなかったんだけど、いま『パーティー』内部に、私たちの仲間が入り込んでるみたいなの。あなたたちの起こした騒《さわ》ぎも、隠《かく》れて見ていたそうよ」

千絵の台詞《せりふ》に、蘭子より先に久美子が反応《はんのう》した。

「あそこに誰かいたの？」

「うん。水原《みずはら》がね」

「ユージが？　嘘《うそ》。全然気づかなかった」

久美子は目を丸くしたが、蘭子は納得《なっとく》がいかない様子だ。

「だったら、その人にアユのこと、連れ出してもらってくださいっ」

と、必死の形相で言った。

ところが、千絵は渋《しぶ》い顔になり、梓と目配せを交《か》わした。梓も複雑《ふくざつ》な表情だ。

「ど、どうかしたの？　ユージ、あそこにいるんでしょ？」

「そうなんだけど……実は最近、水原や物部《もののべ》君と連絡が取れてないの。そもそも、あいつら、私たちに黙《だま》って、先に帰国してるのよね」

千絵は不満そうに言った。「えーっ!?」と久美子が悲鳴のような声を上げる。

「ど、ど、どうしてっ？　千絵スケたち、喧嘩《けんか》でもしたの？」

「そう言う訳じゃなくて……クミちゃんも知ってるかもしれないけど、『アロマ』ってクスリは、もともと私たちのいたロサンゼルスの大学生の間で流行《はや》ってたものなの。私たち、向こうで『アロマ』の摘発《てきはつ》に協力したりしたのよ」

千絵は留学《りゅうがく》先で探偵事務所《たんていじむしょ》に入ったあと、梓や景《けい》、水原たちをアメリカに呼び寄せた。

卒業後は、そのまま四人で探偵事務所を立ち上げようと画策《かくさく》していたのだ。強引《ごういん》な上に無《む》茶《ちゃ》もいいところだが、それを通してしまうところに千絵の凄《すご》さがある。そして、巻き込まれた者たちが、いい迷惑《めいわく》と思いつつすげなく拒否《きょひ》できないあたりに、千絵の人柄《ひとがら》の深さがあるのだろう。

しかし、探偵事務所設立《せつりつ》の準備を着々と進めている千絵たちのもとに、『アロマ』の風聞が聞こえてきた。千絵は当然のように、その調査《ちょうさ》に乗り出した。

『アロマ』を調べる過程《かてい》では、景や水原も協力を惜《お》しまなかった。四人はすでに幾《いく》つかの事件《じけん》を解決していたし、かつてのチームワークは健在《けんざい》だったのだ。しかし、『アロマ』の実態《じったい》に近づくほど、二人の様子がおかしくなり出した。

特に景は、調査の最中に、「――似《に》ている」と、何度ももらすようになった。

「似てるって、やっぱり――？」

「ええそう。カプセルによ」

確認する久美子に、千絵は渋面で頷いた。

それから、景は度々単独《たびたびたんどく》で行動するようになった。梓も気にかけて、くれぐれも無理をしないよう頼《たの》んだのだが、景の頑《かたく》なな態度は改まらなかった。そして、大学校内のサークルが摘発《てきはつ》を受けたあと、水原と共に日本に戻《もど》ったのである。

「私たちも引き続き調査してるんだけど、主催者の顔が見えてこないの。ただ、奴《やつ》らが戻ったのが『葛根市』ってことで確信《かくしん》したわ。『アロマ』とカプセルには、なんらかの関連がある。主催者はおそらく、かつてのカプセルユーザー」

千絵の重々しい台詞《せりふ》に、久美子も軽口を引っ込めた。

同意して頷き、

「あたしもそう思う。なんていうか——雰囲気《ふんいき》が似てる気がするよ」

「ま、待ってよ！　じゃあ、いよいよヤバいじゃないっ。カプセルって、あのカプセルのことでしょ？　アユも努も、殺されちゃうよ！」

慌《あわ》てて蘭子が訴《うった》える。彼女は、カプセルについては弟から聞いた噂《うわさ》しか知らない。そして、彼女が知る噂とは、ドラッグの闇《やみ》の狂気《きょうき》にまつわることばかりなのだ。

千絵は困《こま》り果てた表情を見せたが、それでも、うんとは言わなかった。

「ごめんなさい、蘭子さん。『パーティー』の内実は、本当に得体が知れないわ。けど、ひとつ確かなのは、彼らは間違いなく私たちを意識《いしき》しているってこと。断言《だんげん》はできないけど、彼らが最初にロスに現《あらわ》れた理由も、実は私たちにあるのかもしれない。それだけに、迂闊《うかつ》には動けないの」

「だったら警察《けいさつ》に——！」

「もちろんそれも考えてる。でも、『アロマ』とカプセルが同じ類《たぐい》のものだとすれば、この件を警察が解決することは、たぶんできないわ。もう少しだけ待って。私たちが、なんとしても片《かた》をつけるから。それに、歩美さんのことも心配しないで。水原は、歩美さんがクミちゃんの連れだってことを弁《わきま》えてる。信じて欲《ほ》しいんだけど、水原は、罪《つみ》のない女の子をみすみす見捨《みす》てるような奴《やつ》じゃないから」

誠意《せいい》を持って優《やさ》しく接《せっ》する弁舌《べんぜつ》は、高校時代から変わらない千絵の持ち味だ。蘭子は泣きそうな顔のまま唇《くちびる》を噛《か》み、うなだれた。

しかし、

「……うっ」

と口元を押さえた。まだ『アロマ』の影響《えいきょう》が残っているのだ。興奮《こうふん》が冷めないのも、そのためかもしれない。

「蘭子ちゃん？　平気？」

久美子が背中《せなか》に手を伸《の》ばしたが、蘭子はふるふると首を振《ふ》った。消耗《しょうもう》した顔で、トイレの方に向かう。久美子は黙《だま》って、後ろにつき添《そ》った。

二人が離《はな》れたあと、千絵は重たい息をついた。

梓の方を向き、

「どう？　私、また突《つ》っ走ってると思う？」

「……難《むずか》しいな。あの子の気持ちもわかるし」

警察に頼るのは、間違った選択《せんたく》ではないはずだ。ただ、『アロマ』の恐《おそ》ろしさがまだはっきりとしていないだけに、カプセルを知っている二人としては、躊躇《ちゅうちょ》せざるを得ないのである。公機関の介入《かいにゅう》がどんな事態を招《まね》くか、予想できないからだ。

「とりあえず、わたしもそのクラブの様子を見てくるわ。カナちゃん、さっきの電話で、こっちに向かってるんでしょ？　ここは任《まか》せるから」

「……そうしてもらうのが一番みたいね。ったく、水原といい、物部君といい。少しは先走られたこっちの身にもなって欲しいわね。梓さん、教育が足りないんじゃない？」

「……ゴメン」

憤懣《ふんまん》やるかたない千絵に、梓は苦笑いで応《こた》えた。

梓には、景の考えも想像《そうぞう》できている。きっと、梓と千絵を危険《きけん》な目に遭《あ》わせたくないのだ。ただ、だからといって何も言わず二人と距離《きょり》を置くというやり方に、景の迂闊さを感じてしまう。そんなやり方で大人しくしているような二人ではないと、どうしてわからないのだろうか。

そして、もうひとつ。

　梓の心配していることがあった。

「……きっと景ちゃんは、まだカプセルのことを忘《わす》れられないんだよ」

　過《す》ぎ去った過去《かこ》に思いを寄せて、いつまでも燻《くすぶ》るような景ではない。しかし、その過去が、再《ふたた》び目の前に現れればどうか？　冷静ではいられないに違いない。本人がどれほど否《ひ》定《てい》しようと、梓の目には、そう映《うつ》るのだ。

　水原からは、ほんの数十分前に、数日ぶりでの連絡《れんらく》があった。電話越《ご》しに聞こえた声は、変わらない彼のものだった。

　しかし、景はどうしているのだろうか。『パーティー』の――そして『アロマ』の心臓《しんぞう》に喰《く》らいつくべく、どこか近くに身を潜《ひそ》め、目を光らせているのだろうか。

　と、

「梓ちゃんっ！　千絵スケ！」

　突然《とつぜん》、久美子が大声を上げながら、二人の方に駆《か》け寄ってきた。梓と千絵が何事かと身《み》構《がま》える前で、

「大変だっ。蘭子ちゃんがいなくなった！　あの子、独《ひと》りでクラブに戻《もど》る気だよ！」

◆◆◆◆◆

努は、歩美を逃《に》がす気らしい。単独で現れたということは、『パーティー』の命令ではなく、彼の意志《いし》なのだろう。

しかし、全身の毛を逆立《さかだ》てる勢《いきお》いの努に対し、男はどこまでもクールだった。

「これは都合《つごう》がいい」

と、つぶやき、無造作《むぞうさ》に距離《きょり》を詰《つ》めた。

ただ、無造作だが、隙《すき》はない。足運びに揺《ゆ》るぎがないのだ。ほんの些細《ささい》な瞬間《しゅんかん》でも、自らの行動に自信を持っている証拠《しょうこ》だ。

努はあごを引き締《し》めた。香炉をつかんだまま、構《かま》えを取った。

「うおおっ！」

努が男に飛びかかる。歩美は息を詰めた。

右のストレート。左のフック。だが、その動きは素人《しろうと》のもので、男は悠々《ゆうゆう》と攻撃《こうげき》をかわした。大人と子供《こども》だ。歩美は、彼がまだ中学生にすぎないことを痛感《つうかん》した。あまりの変わりように気を取られていたが、男と対峙《たいじ》すると、努の未熟《みじゅく》さが浮《う》き彫《ぼ》りになる。

「努くん！　止《や》めてっ」

「――いいから、行け！　あんたは逃げろ！」

興奮した声で、努が吐《は》き捨《す》てる。怒鳴《どな》られた歩美はビクリと震《ふる》えたが、努を残して逃げることはできなかった。

男は嚙みついてくる努と、震えて立ち尽《つ》くす歩美を交互《こうご》に眺《なが》め、「やれやれ」と小さくぼやいた。

「茶番もいいところだ」

「うるせえっ。舐《な》めてんじゃねえよ！」

努は真っ赤になって唾《つば》を吐いた。

剝《む》き出しの激情《げきじょう》に、歩美は身体《からだ》の芯《しん》が冷える思いだった。考えてみれば、自分はこれまで、殴《なぐ》り合いの喧嘩《けんか》など見たこともなかったのだ。

しかし、努もただ闇雲《やみくも》に突《つ》っかかっていた訳《わけ》ではなかった。

──この香り！

『アロマ』だ。いままでとはまた少し違《ちが》う香り。濃密《のうみつ》な甘《あま》ったるさの中に、小さなピリッとした刺激臭《しげきしゅう》が混《ま》じっている。努は、格闘《かくとう》すると見せかけて、『アロマ』の煙《けむり》を辺りに撒《ま》き散らしたらしい。

歩美の五感に異変《いへん》が生じる。香りに包まれた廊下《ろうか》の一画が、他から切り離され、異《こと》なる空間にのみ込まれたようだった。

努はニヤリと笑うと、

「動くな！」

と男に命じた。

ホールより強い力が響《ひび》いた。凝縮《ぎょうしゅく》された情念《じょうねん》が、言葉に込められている。近くにいる歩美まで引きずられそうな、引力を感じさせる言葉遣《づか》いだった。

だが、男は微動《びどう》だにしなかった。冷たく微笑《ほほえ》むと腕《うで》を伸《の》ばし、人差し指を真《ま》っ直《す》ぐ、努に突きつけた。

ただそれだけだ。

ただそれだけの動作で。

——え？

『アロマ』の流れが変わるのが感じられた。廊下に充満《じゅうまん》していた力が、努ではなく、男の意志の方に統一《とういつ》された。

男の操《あやつ》る『アロマ』は、あっという間に努の動きを奪《うば》った。金縛《かなしば》りにかかったように、努の全身が硬直《こうちょく》する。それだけではない。精神《せいしん》まで麻痺《まひ》したように、顔面《がんめん》が強張《こわば》った。

男は手をコートのポケットに戻すと、つかつかと努の前に立った。サングラス越しに努を見下ろし、軽く鼻を鳴らした。

そして次の瞬間《しゅんかん》、

ガタッ、

と努の身体が、廊下の壁に押し当てられた。

——ええ!?

男は指ひとつ動かしていない。努の身体が、勝手に吹《ふ》き飛んだのだ。いや、努が自分から、後ろに飛び退《の》いたのか？　だが、努の顔には驚愕《きょうがく》しか浮かんでいない。彼が自分から飛び退いたのだとしても、彼の意志による行動ではなかったのだ。

まさに魔術《まじゅつ》だ。

男はあくまで平然としている。わずかに身体を曲げ、のぞき込むように顔を近づけた。

「しばらく、じっとしていろ。いいな？」

努が頷《うなず》いた。頷いたが、それは果たして、彼の意志なのか男の意志なのか判断できない。下手をすると、努にすらわかっていないのかもしれない。

——この人……！

やはりただのオペレーターではなかった。まったくの素人《しろうと》である歩美には、男の実力までは計れない。どうやって努を突き飛ばしたのかもわからない。だが、それよりずっと恐ろしいのは、男から感じる盤石《ばんじゃく》さだった。

オペレーターは『アロマ』のセッティングに関《かか》わる人間のはずである。こんな風に、

『アロマ』を利用して相手の自由を奪うなどといった争いは、そうそうないはずだ。なのに、男の動きには迷《まよ》いがなかった。場慣れしている。それが、一番恐ろしい。

この人は強い。そう、直感が告げるのだった。

と、そのとき急に、男が首を巡《めぐ》らせた。

なんだ、と思ったあと、歩美の耳にも、それが聞こえてきた。大勢の人間が騒《さわ》ぐ音。ホールの方からだ。何か起こったらしい。

クラブが慌《あわ》ただしくなるのが、歩美たちのいる廊下まで伝わってきた。男は舌打《したう》ちすると、歩美に近づき腕を取った。

「行くぞ。離れるな」

男が廊下を先に進む。努は壁から動くことができない。歩美は努を一瞥《いちべつ》したあと、為《な》す術《すべ》もなく男のあとについていった。

◆◆◆◆◆

自分にそんな度胸《どきょう》があるとは、夢《ゆめ》にも思っていなかった。あるいは『アロマ』で半ばトリップしているのかもしれないが、それならそれで構《かま》わない。クラブに戻った蘭子は、見張り役が驚《おどろ》くのを余所《よそ》に、彼を振り払って、一人ホールに飛び込んだ。

ホールの様子は相変わらずだった。あの騒ぎのあとも『パーティー』は続いているらしい。客の姿《すがた》も見える。『アロマ』の香りもした。さっきよりさらに、においが強くなっている気がする。『アロマ』の煙が身体にまとわりついてくるようだ。しかし、蘭子は前に進んだ。背筋を伸ばし、堂々と。必死に視線《しせん》を巡らせて、歩美の姿を捜《さが》した。

最初に来たとき感じていた怖《おそ》れや不安は、なくなった訳ではない。だが、それを乗り越えて自分を突《つ》き動かす思いが、胸《むね》の奥《おく》に湧《わ》いていた。なんとしても、歩美を助けるという思いだ。歩美を取り戻すという決意である。

蘭子は歩美が好きだった。子供《こども》のころから一番の親友だと——そして、唯一《ゆいいつ》の親友だと、ずっと思っていた。なのに、中学以来疎遠《そえん》になった。変えようと努力すれば変えられたはずなのに、自分は周りに流された。

自分の側に近寄るクラスメイトが、結局は自分の外見に惹《ひ》かれているだけだということに、蘭子はとっくに気づいていた。自分を中心にできあがったグループ。クラスの「華《はな》」が集まる集団《しゅうだん》。彼ら、彼女らは要するに、その仲間になりたいだけだ。グループの仲間入りをして、恩恵《おんけい》を授《さず》かりたがっているだけなのだ。その証拠《しょうこ》に、友人面《づら》をして友達ゴッコをしてみたところで、結局のところ自分自身以外に興味《きょうみ》を示《しめ》さない。上辺《うわべ》だけのつき合いなのだった。

しかし、そうと察《さっ》しつつ、蘭子はその中心から離れることができなかった。それは結局、蘭子自身がグループの特権《とっけん》——それが紛《まが》い物であったとしても、特別なランクづけのようなものを、手放したくなかったからだ。蘭子もまた、彼ら、彼女らと同じ種類の人間なのだろう。

だが、歩美は違《ちが》う。

気がついたときにはろくに話をする間柄《あいだがら》ですらなくなっていた。知らず知らずできた距《きょ》離《り》感に、蘭子がどれほど悔《く》やんでいたか——歩美には想像《そうぞう》できないだろう。だから、努を連れ戻そうと思ったとき、それを口実に、歩美との仲も修復《しゅうふく》しようと考えたのだ。歩美を巻《ま》き込《こ》んだのは、蘭子のエゴなのである。

歩美は、そんな自分のエゴに、嫌《いや》な顔もせずつき合ってくれた。クラスの自称《じしょう》友人の中で、誰が彼女のように無償《むしょう》で親身になってくれるだろう。ちゃんと相談に乗ってくれてありがとう。嬉《うれ》しい。あの台詞《せりふ》に込めた蘭子の本心を、歩美は少しでも汲《く》み取ってくれただろうか。あのとき蘭子は、本当に嬉しかったのだ。心の底から、嬉しかったのである。

努は『パーティー』側についている。すぐに酷《ひど》い目に遭《あ》うことはないだろう。だが、歩美は違う。もし、幼《おさな》なじみの身に何かあったらと思うと、気が変になりそうになる。

見捨てられない。今度こそ、手放してしまってはいけない。『アロマ』がたゆたい、渦《うず》を巻《ま》く中を、蘭子は断固《だんこ》たる意志で進んだ。

が、ふと気がつけば身体が重い。ズシリと自由が奪《うば》われた。蘭子は必死に足を動かす。

歩美の姿を求めて、ただただ前へ。

突然衝撃《とつぜんしょうげき》が襲《おそ》ってきた。視界《しかい》がぶれ――一拍遅《いっぱくおく》れて頬《ほお》がカッと熱くなった。

「……な？」

気がつけば、入り口にいた見張りの男が、蘭子を後ろから羽交《はが》い締《じ》めにしようとしていた。身体が重いと思ったのは、この男だったらしい。何か、大声で怒鳴《どな》っているが、なぜか声が聞き取れない。彼だけでなく、周囲の音すべてが、遥《はる》か彼方《かなた》に遠ざかっていた。聴覚《ちょうかく》がおかしくなっている。男はそれを、無視《むし》されたと勘違《かんちが》いしているらしい。馬鹿《ばか》にされたと思い、激昂《げっこう》している。

「……くっ」

蘭子は必死に身じろぎした。

頬に感じた熱の原因《げんいん》にも気がついた。撲《ぶ》たれたのだ。『アロマ』のせいか、痛《いた》みはなく、張りついたような熱さだけ感じた。普段《ふだん》なら恐怖《きょうふ》のあまり身を竦《すく》ませているところだが、そのときの蘭子は怒《いか》りしか感じなかった。それも、暴力《ぼうりょく》を振るわれたことに対する怒りではない。邪魔《じゃま》をされたことに対する怒りだ。

「……放して」

手足を振り回して暴《あば》れたが、男は蘭子を逃《に》がさなかった。自分の身体なのに、自分の身体ではないような感覚がする。それでも蘭子は腕を振り上げ、男の顔を殴《なぐ》りつけた。当たった。男の顔が鬼《おに》のように引きつった。

「放して」

蘭子が男を振り払う。そのまま逃《のが》れようとする。しかし、今度は反対側から、違う男がぶつかってきた。身体が宙《ちゅう》に浮《う》き――床《ゆか》に叩《たた》きつけられた。

全身に衝撃が走る。それでもやはり痛みはない。周りは騒然《そうぜん》となっているらしいが、音を絞《しぼ》ったテレビのように、ざわめく気配しか感じられなかった。

倒《たお》れた蘭子の上に、男が覆《おお》い被《かぶ》さってきた。一人。二人。蘭子は床の上でもがいた。床の上に広がる『アロマ』が、蘭子の動きでかき乱《みだ》された。頭上から降り注ぐ、音にならない言葉。このガキ。ふざけるな。蘭子は抵抗《ていこう》し、全身で喘《あえ》いだ。大きく口を開け、空気ごと『アロマ』を吸《す》い込んだ。

「放して」

のしかかる言葉と身体。蘭子のか細い身体を、男たちが捻《ひね》り潰《つぶ》そうとしている。周りに――世界に圧迫《あっぱく》される。押《お》し潰されそうになる。

頭に血が上った。血が煮《に》えたぎった。冗談《じょうだん》ではない。こんな奴《やつ》らに邪魔はさせない。

歩美を、助けるのだ。

「放してぇっ！」

その瞬間──

『アロマ』が一斉《いっせい》に蘭子の中に吸収《きゅうしゅう》され、爆発《ばくはつ》的に噴出《ふんしゅつ》した。『アロマ』の急激《きゅうげき》な激流が、はっきりと感じられた。そして、その勢いに押されるように、蘭子の上に乗っていた二人が、電撃《でんげき》に打たれた勢《いきお》いで跳《は》ね起きた。いや、吹き飛ばされた。パーティションやカーテンを引き倒し、テーブルをはね除《の》けて、床に崩《くず》れ落ちた。そして、ピクリとも動かなくなった。

『アロマ』の煙《けむり》が爆煙《ばくえん》のように立ち上る。

ホールの中が、静寂《せいじゃく》に塗《ぬ》り潰された。

蘭子は、ゆっくりと立ち上がった。髪《かみ》は跳ね回り、服は乱れて、何箇所《なんかしょ》か破《やぶ》けてしまっている。しかし、彼女の全身は炎《ほのお》のようなオーラ──『アロマ』に包まれていた。荒野《こうや》に立つ若《わか》き女王の如《ごと》く、周囲の『アロマ』を残らず従《したが》えて、蘭子はホールを睥睨《へいげい》した。

「…………」

何が起こったのかは、蘭子にもわからなかった。自分の身に何かが起きているが、それが何かは認識《にんしき》できない。ただ、身体中に『アロマ』を吸い込み、噴き出させた。そうすることの意味やリアリティは無視して、循環《じゅんかん》する力だけに、意識を集中させた。この力を使えば、歩美を捜《さが》し出すことができる。頭に浮《う》かんだのは、その考えだけだった。

しかし、蘭子のもたらした緊張《きんちょう》感は、次の瞬間破られた。静寂に包まれたホールに、不思議な音色が流れたのだ。

口笛。それも、軽快《けいかい》で朗々《ろうろう》とした——ただし、決して上手《うま》くはない口笛だ。

蘭子は反射《はんしゃ》的に、口笛のする方に顔を向けた。

スタッフたちが絶句《ぜっく》する中、彼らとは明らかに毛色の違う、一人の男が立っていた。

男は蘭子と目を合わせると、ニヤリと笑った。

「さっきの騒ぎには間に合わなかったが——帰っちまわねえで正解だったみたいだな」

背《せ》の高い、引き締《し》まった体躯《たいく》の男だった。ヒューゴ・ボスのダークスーツに、深い色合いのパープルのシャツ。ノータイで着崩《きくず》しているが、強烈《きょうれつ》な風格を発していた。何より、蘭子を真《ま》っ直《す》ぐに見据《みす》える両目。これほど強い眼光《がんこう》を放つ男を、蘭子はこれまで見たことがなかった。野生の獣《けもの》のような、奔放《ほんぽう》でいて強靭《きょうじん》な精気《せいき》を感じさせた。

「あなたは？」

「俺か？　ここの『ゲスト』さ」

蘭子の力を、男は察しているはずだ。なのに、怯《ひる》む様子がまったくない。

それどころか、

「来いよ」

と楽しそうに、蘭子を挑発《ちょうはつ》した。

「ここに来て退屈《たいくつ》続きだったが、ようやくまともなルーキーに会えた。その力、気になるだろ？　本命前なんで、なんなんだが——軽くなら揉《も》んでやるぜ？」

ホールの中央で対峙《たいじ》する、蘭子とダークスーツの男。

その背後《はいご》で、テーブルが倒れ床に落ちた燭台《しょくだい》が、まだ消えずに小さな火を燃《も》やしていた。

燭台の上に、蘭子によって落とされたカーテンが、ふわりと覆い被さる。それでも火は消えることなく、カーテンの布地《ぬのじ》をちりちりと焦《こ》がし始めた。

◆◆◆◆◆

歩美が連れて行かれたのは、クラブの奥《おく》にある執務室《しつむしつ》だった。ドアの前に立った男は、ようやく歩美の腕《うで》を放した。

唐突《とうとつ》に、

「二つ、言っておく」

「……え？」

「僕《ぼく》の側《そば》からは離《はな》れていろ。そして、何があっても、平静を保《たも》て。すでに君は『アロマ』を操《あやつ》った。あのときのように、自分をしっかりと保て」

「な、何を？」

歩美は当惑《とうわく》したが、男は見向きもしなかった。しかし、いまの台詞《せりふ》は、明らかに歩美の身を案じたものだ。

――どういう意味？　どういうこと？

男は、視線《しせん》で問いかける歩美を無視し、執務室のドアノブをつかんだ。

ドアの向こうの気配を探《さぐ》るように動きを止めたあと、ノックなしでいきなり開ける。そのまま室内に入った。歩美も慌《あわ》てて、後ろに続いた。

執務室は広かった。中央にソファとローテーブル。右手には隣《となり》の部屋に続くドアがあり、左手は額《がく》入りの絵画が飾《かざ》られた壁《かべ》。そして、奥にデスクがあった。

デスクには金髪《きんぱつ》の男が座《すわ》っていた。携帯《けいたい》で何か話していたが、突然入ってきた男を見ると、驚《おどろ》いて顔を上げた。

「なんだ貴様《きさま》？　ここになんの――」

「……進藤《しんどう》だな？」

「なんだと？　貴様、誰《だれ》だ？」

男の声はあくまで静かだが、叩きつけるような独特《どくとく》の迫力《はくりょく》があった。金髪の男――進藤は、険《けわ》しい面持《おもも》ちで男をにらんだ。

――じょ、上司じゃないの？

歩美は訳がわからず、進藤と隣に立つ男を交互《こうご》に見つめた。

男は続ける。

「進藤昌幸《まさゆき》。ロス帰りの『パーティー』主催者《しゅさいしゃ》。実を言うと、僕が用があるのは、お前じゃない。が、行きがけの駄賃《だちん》てやつだ。身柄《みがら》を拘束《こうそく》する。僕の質問に、答えてもらおう」

真冬の強風にも似《に》た口調で、男は一方的に告げた。

進藤の顔色が青ざめた。

「警察《けいさつ》か!?」

「僕が？　笑える冗談《じょうだん》だ」

「な、なら――何者だ？　なぜ俺《おれ》のことを知っている？」

「頭の回転が鈍《にぶ》いな」

男は容赦《ようしゃ》なく言った。進藤の表情《ひょうじょう》が、さらに険しさを増した。

「……おい。誰《だれ》に向かって口を利《き》いてるか、わかってるのか？」

「さしずめ、IXC《ナイン・シー》の生き残りだろう」

男が何気なく口にした台詞に、進藤が両目を見開く。進藤の反応《はんのう》に、男は冷たく笑った。

「図星《ずぼし》か。五年前の『イヴ・パレード』では、一人だけ戦いから逃《に》げたIXCがいた。賢明な判断《はんだん》だったというのに、舞《ま》い戻《もど》るとはな。愚か者《ジャンキー》の性《さが》は簡単《かんたん》には消せないようだ」

男が浮《う》かべたのは、対峙《たいじ》した者の自尊心《じそんしん》を切り刻《きざ》むような、鋭《するど》い嘲笑《ちょうしょう》だった。進藤は鎌《かま》をかけられたと悟《さと》り、顔を赤くして男をねめつけた。

しかし、焦りは隠《かく》せない。音を鳴らして椅子《いす》から立ち上がり、

「何者だっ！」

と唾《つば》を飛ばして誰何《すいか》した。

同じ疑問《ぎもん》を、歩美も抱《いだ》いていた。男が自分で否定《ひてい》した通り、警察の人間だとは思えない。

しかし、男は進藤の過去《かこ》を知っており、しかも彼と敵対《てきたい》しているらしい。ひょっとして、自分をここまで連れてきたのも、他のスタッフの手に渡《わた》さないためだったのだろうか？

「言えっ。何者だ？」

進藤が繰《く》り返した。

しばしの沈黙《ちんもく》の末、男は肩《かた》を竦《すく》めた。

「探偵《たんてい》だ」

「たっ――」

――探偵？

歩美は思わず、男の横顔を見上げた。男は少し苦々しそうだったが、冗談を言っている風ではなかった。

それに「探偵」など、普段《ふだん》は滅多《めった》に耳にしない単語だが、歩美は今日、すでに一度聞いている。

――まさか……久美子さんが言ってた⁉

アメリカに渡《わた》って探偵事務所《じむしょ》に弟子《でし》入りしたという「スゲー」先輩《せんぱい》。ただの偶然《ぐうぜん》だろうか？　しかし、考えてみれば『パーティー』の主催者はアメリカ帰りだったはずだ。この男は、久美子の先輩と関係があるのか？

そして、「探偵」と聞いた進藤は、今度こそはっきりと青ざめた。男の正体に気づいたらしい。

「まさか……貴様⁉」

「…………」

二人の間に、ただならぬ空気が流れた。

特に、進藤だ。虚仮《こけ》にされた怒《いか》りさえ消え、全身を強張《こわば》らせている。恐怖というよりは、畏怖《いふ》。まるで老獪《ろうかい》な狼王《おおかみおう》に出くわした、未熟《みじゅく》な狩人《かりゅうど》のようだ。

「……どうやってここに？」

「別に。スタッフとしてスカウトされたのさ」

「馬鹿《ばか》なっ。ここのスタッフは、全員俺が直接《ちょくせつ》顔を見て選んでいる。紛《まぎ》れ込《こ》めるはずはない！」

「馬鹿はどっちだか。『アロマ』による暗示《あんじ》は、お前らがアメリカで散々やってたことだろう？」

もはや挑発《ちょうはつ》するでもなく、煩《わずら》わしげに男は指摘《してき》した。

進藤は歯噛《はが》みした。が、それでもやはり激《げき》することはなかった。それほど男のことを警《けい》戒《かい》しているのだ。歩美は、両者の関係が理解《りかい》できないまま、息を殺して二人を見守った。

やがて、進藤が硬い表情のまま、舌先《したさき》で唇《くちびる》を舐《な》める。

「……『アロマ』を使えるのか？　なんの指導《しどう》もなく——さすがだな？」

「要領《ようりょう》は同じだからな。さて、次はこちらの質問に答えてもらおうか」

「……質問？」

「『車椅子《くるまいす》の男』はどこにいる？」

そのひと言を口にする瞬間《しゅんかん》、男の顔にそれまでと異《こと》なる感情が過《よ》ぎった。歩美が彼に感じた最初の印象——あまりに凍《い》てついて逆《ぎゃく》に熱を感じさせる、極寒《ごっかん》の印象だ。ところが、進藤の反応は鈍《にぶ》かった。「なに？」と顔をしかめ、聞き返したのだ。

「何を言っている？　車椅子？　なんのことだ？」

進藤の答えを聞いて、サングラス越しの男の双眸《そうぼう》が、半眼に狭《せば》められた。

「——そうか。ならもう、お前に用はない」

その言葉通り、男はあっさりと進藤に対する興味《きょうみ》をなくした。そしてなんと、進藤のことを放《ほう》り出して、隣室《りんしつ》に繋《つな》がるドアに向かって歩き出した。それも、両手をコートのポケットに突《つ》っこんだまま。

——ちょ⁉

見ている歩美の方が浮《う》き足だった。進藤もぽかんとした。が、すぐに真っ赤になり、殺気だった目で男の背中をにらんだ。

進藤がデスクの抽出《ひきだし》から香水《こうすい》のようなガラス瓶《びん》を取り出して、部屋の中央にあるローテーブルに叩《たた》きつける。そのテーブルにも燭台《しょくだい》が置かれていた。瓶は燭台に命中し、テーブルの上に横倒《よこだお》しになる。瓶は粉々に砕《くだ》け——中の液体《えきたい》が燭台の火で引火した。たちまちもうもうと煙《けむり》が上がった。白煙《はくえん》だ。重さを持たないシルクを幾重《いくえ》にも重ねたような煙。そして、瞬《またた》く間に、部屋が新たな香りに包まれた。

「……う⁉」

歩美が慌《あわ》てて口元を押《お》さえるが、香りは容赦《ようしゃ》なく体内に浸透《しんとう》してきた。ホールでも嗅《か》いだ、甘《あま》いにおい。だが、遥《はる》かに濃密《のうみつ》だ。もっと様々なにおいが隠《かく》れている。

──なに、これ⁉

どろりと神経《しんけい》が溶《と》かされるような気がした。頭の中にまで白煙が充満《じゅうまん》し、意識に薄《うす》い膜《まく》がかかる。目の前の現実が、磨《す》りガラスに遮《さえぎ》られたように直接認識《にんしき》できなくなる。

それだけではない。蔓延《まんえん》する煙そのものに、巨大《きょだい》な眠《ねむ》れる意志《いし》を感じる。まるで、アラジンの魔法《まほう》のランプだ。魔神《まじん》が化けた煙。白い『アロマ』。歩美の全身に鳥肌《とりはだ》が立った。

「新作の『アロマ』だっ。いい気になるなよ。『アロマ』とカプセルは違《ちが》う。いかにウィザードでも、オペレーターとしては俺が上だ。それを証明《しょうめい》してやる！」

進藤が怒鳴《どな》るのと同時に、室内を満たす『アロマ』が、彼の意志に染《そ》まるのがわかった。

魔神が目を覚ました。『アロマ』は生き物のようにうねり、声なき雄叫《おたけ》びを人間たちに放った。

歩美は戦慄《せんりつ》する。

そして、

――ウ、ィ、ザ、ード？　それって――

歩美が男の背中を見やったとき、ちょうど男が足を止めた。

しかし、振り返りはしなかった。

ドアの前で立ち止まり、意識を集中させている。進藤に、ではない。ここに入るときと同じだ。隣室の気配を探《さぐ》っている。

そして、わずかに身構《みがま》えた。扉《とびら》の向こうに何かを察知《さっち》したのか、唇に不敵《ふてき》な微笑《びしょう》が浮かんだ。むろん、『アロマ』を操《あやつ》る進藤に、背中《せなか》を向けたままだ。進藤はもう、完全に男の眼中にない。

「貴様《きさま》ぁっ！」

進藤の口から怒号《どごう》が弾《はじ》けた。『アロマ』が沸騰《ふっとう》し、男に襲《おそ》いかかった。歩美の身体《からだ》が吹《ふ》き飛ばされそうになる。まるでバックドラフトだった。炎熱《えんねつ》が気流となって、雪崩《なだれ》のように押し寄《よ》せる気がした。

男が動いた。

俊敏《しゅんびん》でいて華麗《かれい》なステップを踏《ふ》み、飛燕《ひえん》の如《ごと》くドアからさがる。ロングコートの裾《すそ》が翻《ひるがえ》り、ダークブルーの色彩《しきさい》が白濁《はくだく》した『アロマ』を切り裂《さ》いた。

「もらうぞ」

男が腕を伸《の》ばした。怒《いか》りの波動に満ちた『アロマ』の中へ。たちまち魔神が食らいついた。男のコートが『アロマ』にのみ込まれる。歩美は思わず、

「駄目《だめ》っ」

と叫《さけ》んでいた。進藤が顔に、愉悦《ゆえつ》の表情を浮かべた。

そのときだ。

狙《ねら》い澄《す》ましたかのように、隣室のドアが開いた。

早くも遅《おそ》くもない。執務室《しつむしつ》のテンションとは違《ちが》う、ごく日常的《にちじょう》な動き。だが、開けられたドアから、赤い『アロマ』が大蛇《だいじゃ》のように飛び込んできた。進藤のそれとは違い、鋭く、統制《とうせい》された、鞭《むち》のような動きだ。獲物《えもの》のみを狙《ねら》い、正確《せいかく》に食らいつく。標的は白煙にのみ込まれたままの男。進藤の攻撃《こうげき》に連動した、完璧《かんぺき》な不意打ちになるはずだった。

ところが、次の瞬間、白い『アロマ』から進藤の意志が一掃《いっそう》された。怒りが冷徹《れいてつ》さに。狂暴《きょうぼう》さが苛烈《かれつ》さに。野の獣から戦士に生まれ変わり、赤い『アロマ』を迎《むか》え撃《う》った。

——の、乗っ取った⁉

進藤が喘《あえ》ぎ声をもらした。『アロマ』の魔神は、一瞬で彼の指揮《しき》下を離《はな》れ、男のもとに傅《かしず》いたのである。

白い『アロマ』は、突き刺《さ》さる赤い『アロマ』を、つかみ、ねじ伏《ふ》せた。進藤が操って

いたときのような、荒々《あらあら》しさはない。だが、漂《ただよ》い出る力強さは、いまの方が遥かに上だ。男の操る『アロマ』は、攻撃を正面から受け切ったあとで、堂々と赤い『アロマ』を蹴散《けち》らした。

赤い『アロマ』が霧散《むさん》する。白い『アロマ』が勝利の舞《ま》いを踊《おど》る。白煙の奥《おく》から、男の姿《すがた》が見えた。男はサングラスを外した。

現《あらわ》れたのは、鋭気《えいき》を秘《ひ》めた鈍色《にびいろ》の双眸《そうぼう》。剣《けん》を水底《みなそこ》に沈《しず》めたまま凍りついた、夜の湖面のような瞳《ひとみ》だった。強固な意志を感じさせる、知的な風貌《ふうぼう》。意外なほどに若《わか》いが——魔神を従えるに足る『格《かく》』のようなものを、確かに感じさせた。

ウィザード。その呼び名が、腑《ふ》に落ちる。彼は、ドラッグの蔓延《はびこ》るアンダーグラウンドにあって、強大な魔術《まじゅつ》を自在《じざい》に操る、偉大《いだい》な魔法使いなのだ。

「……やはりお前か、バジリスク」

ウィザードは、厳《きび》しい声で言った。歩美はようやく、隣《となり》の部屋から一人の女性《じょせい》が顔を見せたことに気がついた。

現れた女性——バジリスクは、穏《おだ》やかに微笑《ほほえ》んだ。

「お久《ひさ》しぶりですね、ウィザード」

「『車椅子《くるまいす》の男』は？」

「──フフ。相変わらずね。単刀直入」

「答えろ」

「さあ。どうしましょうか？」

妖艶《ようえん》な美貌《びぼう》に微笑《びしょう》を湛《たた》えたまま、バジリスクは質問《しつもん》をはぐらかせた。

穏やかな表情からは、慎重《しんちょう》に感情が隠されている。進藤よりは明らかに上手《うわて》。しかし、それでもやはり、ウィザードを見返す瞳の奥には、彼に対する強い警戒《けいかい》──そして畏怖《いふ》が宿っていた。

ウィザードはゆっくりと眼光に力を込めた。戦闘態勢《せんとうたいせい》に移行《いこう》したのだ。強靭《きょうじん》なバネをたわめるように、力が彼の中で凝縮《ぎょうしゅく》されていく。白い『アロマ』が、主人の命に備《そな》えて戦意を顕《あらわ》にした。

進藤がここぞとばかりに、

「ドクター！　手伝ってくれっ。一緒《いっしょ》にそいつを──」

だが、進藤が叫《さけ》び終わるより早く、バジリスクが指を鳴らした。軽い音が響《ひび》いた途端《とたん》、進藤は、糸が切れたようにデスクに突っ伏し、床《ゆか》に転がった。歩美は驚《おどろ》いて身を竦《すく》ませたが、残る二人は平然としていた。

「……いまの、わかりますか？」

「あらかじめ暗示《あんじ》を仕込んだ。単純《たんじゅん》な小細工だ」

「さすが。古豪《こごう》の勘《かん》は、いまだ健在のようですね」

二人とも、進藤の方など見向きもしなかった。互《たが》いの次の手を探るように、じっと相手を見据《みす》えている。

先に口火を切ったのはウィザードだった。

「わからないな」

「あら？　何がでしょう？」

「ロスの件《けん》。あれほど露骨《ろこつ》な『誘《さそ》い』をかけておいて、なぜ奴は出てこない？」

「ごめんなさい。何しろ車椅子なものですから」

「――洒落臭《しゃらくさ》い。ドラッグ・ディーラーが」

ウィザードが吐《は》き捨《す》てた。しかし、バジリスクは満足そうに笑った。

「気になりますか？」

「当然だ」

「それは、女探偵《たんてい》の仲間として？　それとも――」

と、バジリスクが、妖《あや》しくウィザードをにらむ。

「『悪魔狩りのウィザード』としてかしら？　かつて、この街の闇《やみ》で魂《たましい》を燃《も》やした、一人の戦士として？」

バジリスクの問いかけに、ウィザードは答えなかった。彼の顔からは、一切《いっさい》の感情が排《はい》されている。ただ、底冷えのする眼光だけが、真《ま》っ直《す》ぐバジリスクに照準《しょうじゅん》を合わせていた。

歩美は小さく唾《つば》をのみ込んだ。彼女には、二人が交わす会話の内容《ないよう》など、まったくわからない。しかし、同じ『アロマ』を吸《す》っている影響《えいきょう》か、ウィザードの心の揺《ゆ》れだけは、漠《ばく》然《ぜん》と伝わってくるのだ。

ホールで歩美を捕《と》らえたときも。進藤と対峙《たいじ》し、背中《せなか》を向けたときでさえフラットだったウィザードの内面。それがいま、バジリスクの言葉で細波《さざなみ》を立てている。バジリスクもまた、それを敏感《びんかん》に察知している。

「『アロマ』は、第二のカプセルを目指して生成された秘薬《ひやく》よ」

バジリスクが告げた。ウィザードの肩《かた》がわずかに震《ふる》えた。

「でも、カプセルには至《いた》っていない。《ドア》は見えていると思うの。しかし、開けられない」

「当たり前だ。カプセルの核《かく》となったのは――」

「そう。だからわたくしたちは、『彼女』に代わる何かを求めている。あのときに匹敵《ひってき》する奇跡《きせき》を。あなたを誘《おび》き寄《よ》せたのも、その一環《いっかん》」

そう誇《ほこ》らしげに言ったバジリスクは、しかし、そこでため息を落とした。

「……でも、いまはまだ駄目ね。《ドア》を開ける鍵《かぎ》。それを捜《さが》し出す方法すらわからない。暗中模索《もさく》の状態《じょうたい》よ。だから――」

「……だから？」

「あなたにも協力してほしい」

再《ふた》び、ウィザードの身体が震えた。表情は変わっていない。見事に感情をセーブしている。しかし、彼の支配《しはい》する『アロマ』が反応《はんのう》した。その反応は「戦慄《せんりつ》」。それも、カッと燃え、力尽《ちからず》くで押《お》さえ込《こ》んでなお止めることのできない震えのような、渇望《かつぼう》にも似《に》た「戦《せん》慄《りつ》」だ。

彼は揺れている。

「――ウィザード。あなたは、あのときの『熱』を取り戻したくはない？」

白い魔神を従《したが》える魔法使いに、魔女は、甘《あま》くささやいた。

歩美は二人のやり取りに引き込まれた。歩美の知らない過去《かこ》を生きた者たち。同じ夜を過《す》ごしてきた者同士が、妖《あや》しく危険《きけん》な取り引きを交わす。その様に、惹《ひ》きつけられた。

魔法使いは、答えを出さなかった。

「……奴《やつ》は、どこだ？」

「……協力するなら、会わせるわ」

「『アロマ』で頭をこじ開けてもいいんだぞ？」

「わたくしは『パーティー』の、トップ・オペレーターです。そう簡単《かんたん》に――」

「できないとでも？」

力の宿る低い声が、巨大《きょだい》な鉄槌《てっつい》の如《ごと》くに振《ふ》り下ろされた。

白い『アロマ』がバジリスクを急襲する。バジリスクから余裕《よゆう》が失《う》せた。彼女は小さく悲鳴をもらし、全身の動きを奪《うば》われた。

「答えろ！　奴《やつ》はどこにいる！」

ウィザードの長身が、さらに何倍にも膨《ふく》れあがって見えた。『アロマ』の魔神ですら震え上がる、凄《すさ》まじい力。彼の声が脳裏《のうり》に響《ひび》き渡《わた》る。まるで雷鳴《らいめい》だ。歩美の視界がぐわんと揺れ、床が波打つ気さえした。

そのとき、

「よお。俺抜きで遊んでんじゃねーよ」

歩美の背後《はいご》――開いたままだった廊下《ろうか》への出口から、黒い『アロマ』が吹《ふ》きつけた。歩美の左右をすり抜《ぬ》け、ウィザードに向かって一気に押し寄せた。

ウィザードは目を剝《む》き、即座《そくざ》に反応《はんのう》。バジリスクを投げ出して、黒い『アロマ』を迎《むか》え撃《う》った。だが、黒い『アロマ』は、進藤やバジリスクの『アロマ』とは、まるで比較《ひかく》にならなかった。桁違《けたちが》いの力だ。ウィザードは一瞬で全力を振り絞《しぼ》ったが、怒濤《どとう》の攻撃《こうげき》を凌《しの》ぎきるのがやっとだった。

黒い『アロマ』の攻撃が途絶《とだ》える。

「……う、あ……」

歩美は、攻撃が終わったあとも、しばらく生きた心地《ここち》がしなかった。パクパクと大きく口を開《あ》けて喘《あえ》いだ。

恐《おそ》る恐る振り返る。

執務《しつむ》室の前の廊下《ろうか》に、男が立っていた。

ダークスーツを着崩《きくず》した男。剽悍《ひょうかん》、という形容がこれほど相応《ふさわ》しい男もいないだろう。

「……甲斐《かい》」

ウィザードが苦々しく吐《は》き捨《す》てた。甲斐は、虎《とら》が牙《きば》を剝《む》くように、獰猛《どうもう》な笑《え》みを見せた。

『アロマ』から解放《かいほう》されたバジリスクが、

「――遅《おそ》いですわよっ」

「ワリイな。こんなの見かけたんでよ」

甲斐の言葉に続いて、廊下から人影《ひとかげ》が現《あらわ》れた。足下《あしもと》をふらつかせながら執務室に入ってきたのは——

「蘭子⁉」

歩美は慌《あわ》てて蘭子を抱《だ》き留《と》めた。歩美の腕《うで》に抱かれた蘭子は、一度だけ虚《うつ》ろな瞳《ひとみ》の焦《しょう》点《てん》を合わせた。

「……アユ」

と小さくつぶやき、そのまま意識《いしき》を失った。

「蘭子っ？　蘭子！」

「寝《ね》てるだけだ。すぐに気がつく」

甲斐の言う通り、蘭子は健《すこ》やかな寝息を立てていた。まるで全力を出し尽《つ》くして消耗《しょうもう》したあとのようだ。頬《ほお》が少し腫《は》れているものの、それ以外で目立った外傷《がいしょう》はない。

歩美は意識のない蘭子を抱《かか》えたまま、甲斐から離《はな》れるように壁際《かべぎわ》に移動《いどう》した。

「殴《なぐ》ったの、俺じゃねえからな」と釘《くぎ》を刺《さ》すように言って、視線をウィザードに戻した。甲斐は、再《ふた》びニヤリと笑い、

「ふん。えらく背が伸《の》びたな。まあ、根っこは変わってないみてーだが」

「……やれやれだ。貴様の来ないうちに済《す》ませるつもりが」

「つれないところも相変わらずだな。ずいぶん久《ひさ》しぶりじゃねえかよ」

「アジアン・マフィアの下っ端《ぱ》と旧交《きゅうこう》を温《あたた》めるほど悪趣味《あくしゅみ》じゃないんでね」

「別に組織《そしき》に入った訳《わけ》じゃねえよ。変な長老《ジジイ》に気に入られて、なかなか放してくれねえだけだ」

甲斐は渋面《じゅうめん》で大げさに両腕を広げた。そして、王が閲兵《えっぺい》するような足取りで、部屋を横切り、バジリスクの側に近寄った。

「貴様……本当にバジリスクと手を組んだのか？」

「色々あってな。もちろん、一番は利害の一致《いっち》だけどよ」

そう言いつつ、床に伏《ふ》せるバジリスクに手を貸《か》してやる。バジリスクは無言で甲斐の手を取り、立ち上がった。

「『アロマ』か？」

「まあな。もっとも、俺の本音で言えば、もっと『次の』商品だ」

スーツのスラックスに両手を突っこみ、甲斐は悠々《ゆうゆう》とウィザードに向き直った。

リラックスしているように見えるが、全身から発散される覇気《はき》たるや、ただ事ではない。ウィザードに勝《まさ》るとも劣らぬ、強烈《きょうれつ》な存在感《そんざい》だ。ウィザードも、バジリスクと対峙したときとは話にならないほど、緊張《きんちょう》を剝き出しにしていた。

「……お前は、またカプセルの闇《やみ》を呼び戻すつもりなのか？」

「それも悪くないと思うぜ」

「馬鹿《ばか》げてる」

「うるせえ。テメエだって同じ穴《あな》の狢《むじな》だろうが」

ただ敵対するのではなく、より深い因縁《いんねん》が言葉の節々に浮《う》かんで消える。

そして、沈黙《ちんもく》。

ウィザードと甲斐は、無言で相手の目をにらみ合った。バジリスクですら間に入ろうとはせず、ただ息をのんで二人を見守った。

相手の真意を探《さぐ》り合うような目つきから、次第《しだい》に余計《よけい》な感情や打算が削《そ》ぎ落とされていく。より純粋《じゅんすい》に。複雑《ふくざつ》に絡《から》み合った因果《いんが》が、たったひとつの繫《つな》がりへと集束されていく。

いつしか、『アロマ』は澄《す》んだ清香を放っていた。両者の魂《たましい》に共鳴し、変化したのだ。徒《いたずら》に周囲を威嚇《いかく》するようなところがなくなり、弦《つる》を引き絞《しぼ》るように、ピンとテンションを高めていった。化学反応が起こるときのように、室内の——認識可能《にんしきかのう》な世界全体の像が変化していく。

二人の行き着く先は、歩美にすら容易《ようい》に想像《そうぞう》がついた。戦闘《せんとう》。それも、戦うこと自体を目的とするような、純粋《じゅんすい》な戦闘だ。選ばれたひと握《にぎ》りの者にのみ許《ゆる》される戦場が、いまさに目の前に現出しようとしているのだ。

歩美は、意識のない蘭子をぎゅっと抱きしめた。

無意識のうちに友人を助けようとし――同時に幼《おさな》なじみの身体《からだ》に縋《すが》りついていた。

――あたし……

自分でも信じられないが――歩美は、見たい、と思った。この高鳴りの行く末を。闇のクラブの一画で行われる、至高《しこう》の戦いを。

そこには、嘘《うそ》ではない、確かな何かがあるような気がした。

だが、

「ストップ！　景っ。旦那《だんな》！　そこまでだ！」

心臓《しんぞう》が破裂《はれつ》するかと思った。痛《いた》いほどの沈黙を破り、さっき甲斐が現れたドアから、一人の青年が飛び込んできた。

髪《かみ》を茶髪《ちゃぱつ》に染《そ》めた、軽い感じの青年だ。背は高く、体格《たいかく》もそれなりにいいのだが、なぜかだらしない印象を受ける。目元に、愛嬌《あいきょう》のある泣き黒子《ぼくろ》がひとつ。

見覚えのある顔だった。歩美がウィザードと控《ひか》え室にいたとき、一度顔をのぞかせたスタッフだ。

「ホールでぼやが出た。もう消防《しょうぼう》の方に連絡《れんらく》が行ってるぞ。今回はここでお開きだ！」

「水原……」

ウィザードが、一瞬夢《いっしゅんゆめ》から覚めたような幼《おさな》い表情を見せた。甲斐は舌打《したう》ちした。さっきまでの、一種求道者《ぐどうしゃ》じみた表情が、たちまち悪ガキのようになった。

「テメエ、このコウモリ！　なんつー水の差し方しやがるっ」

「甲斐の旦那も、頭冷やしてくれ。二人とも、もう未成年じゃねーんだからな？　ムショの中で果たし合いなんて、ダサ過《す》ぎると思うぜ？」

水原が言い終わったあと、事態を決定づけるように非常警報《ひじょうけいほう》が鳴り響き始めた。

甲斐は「クソッ」と盛大《せいだい》に毒づいた。だが、目前に迫《せま》っていた破滅《はめつ》は、確かに回避《かいひ》されたようだった。室内に充満している『アロマ』からも、操《あやつ》る者の意志《いし》と力が消え去った。魔法《まほう》は解《と》けたのだ。

歩美は、胸《むね》の奥《おく》に喪失感《そうしつ》を覚えつつも、否応《いやおう》なく現実《げんじつ》へと引き戻《もど》された。

「──甲斐。行きます」

バジリスクが甲斐に声をかけ、隣室《りんしつ》に繋《つな》がるドアをくぐった。どうやら、そちらにも、外に出る道があるらしい。消える寸前《すんぜん》にウィザードを一瞥《いちべつ》し、

「また『お誘《さそ》い』します」

と告げ、隣室に姿を消した。

甲斐はなお未練《みれん》そうにウィザードを見つめていたが、結局脱力《だつりょく》して首を振った。

それから、急に思い出した様子で、

「そうだ。お前、茜《あかね》の奴《やつ》とは、まだつるんでるか？」

「皆見《みなみ》さんと？」

ウィザードが意外そうな顔になる。しかし、

「……僕と水原が帰国したのは、彼女から連絡《れんらく》があったからだ。葛根東で気になるドラッグが流行《はや》りだしてる、と」

それを聞くと、甲斐は楽しげに鼻を鳴らした。

「なるほど。まだアンテナは張ってるってことか。……いやなに。次に会ったら、伝えといてくれ。もしICPO《インターポール》に入る機会があるなら、マカオに来てみろってな。それだけだ。じゃあな、ウィザード。絶対《ぜったい》、また会って、この続きをしようぜ」

絶対、というところにやたらと力を込めて言ったあと、甲斐は軽く手を振り、バジリスクのあとを追った。非常警報のベルは、まだ鳴り続けている。気がつくと、ホールの方からスタッフと客の叫《さけ》び声も聞こえてきていた。

「景。こっちも急ぐぞ」

水原が促《うなが》した。ウィザードは甲斐の消えたドアをじっとにらんでいたが、相棒《あいぼう》の呼《よ》びかけに、重々しく頷《うなず》いた。

吹っ切るように身を翻《ひるがえ》す。そして、歩美の側に近寄《ちかよ》った。

「その子を。僕が抱《かか》えて行こう」

歩美はとっさに返事ができない。ウィザードは苦笑いを浮かべた。

「悪かった。一応、君の身を案じたつもりだったんだが――事情が事情だったんでね」

「……あ、あの……」

すると、ウィザードは思いも寄らぬほど優《やさ》しい目つきになって、

「お互《たが》いヤバかったな、相棒。だが、悪くない火遊びだったろ？」

その言葉と太々《ふてぶて》しい微笑《びしょう》は、歩美の胸に深く染《し》み入った。心臓が、どくん、と大きく脈《みゃく》打《う》った。

自分を真っ直ぐに見つめるウィザードの瞳。その瞳に見入ったまま、歩美は、ずっと胸から消えないいままの質問を口にした。

「あなたは、いったい誰？」

ウィザードは手を差し伸《の》べ、

「僕の名は、物部景。時代遅れのジャンキーだが――いまは訳《わけ》あって、正義《せいぎ》の探偵《たんてい》の手伝

いをしている」

世界—after kingdom—

1

油断《ゆだん》すると骨《ほね》まで凍《こご》えそうな、カラリと乾《かわ》いた冬の午後だった。

雲のない空は灰色《はいいろ》がかった薄《うす》い青で、ほのかに明るく、奥行《おくゆ》きがつかめない。そんな味気ない空を背景《はいけい》にしながら、街は鮮《あざ》やかな赤と緑に飾《かざ》られていた。

枯《か》れ木をにぎわす無数の電飾《でんしょく》に、ショーウィンドウを彩《いろど》る金銀のイルミネーション。『Xmas』と『SALE!』の文字が、至《いた》る所で躍《おど》っている。寒風などものともせずに、陽気なBGMがエンドレスで道を埋《う》め尽《つ》くしていた。

二〇〇七年十二月二十四日。あいにく雪は降《ふ》りそうにないが、今年のクリスマス・イヴも、例年通りの華《はな》やぎを見せている。

「うっひー！　さむ～」

吹《ふ》き抜《ぬ》ける風に身を縮《ちぢ》こまらせたのは、頭のてっぺんから爪先《つまさき》まで完全防寒《ぼうかん》仕様の千絵《ちえ》だった。ニット帽《ぼう》からマフラーにダウンジャケットにレッグウォーマーと、体積比《たいせきひ》でいえば、ほぼ三倍に膨《ふく》れあがっている。

「日本てこんなに寒かったかしら。向こうはあんなに暖かかったのに」

寒がりの千絵の愚痴《ぐち》に、梓《あずさ》は微笑《ほほえ》んだ。こちらは、防寒着にはコート一枚《まい》と軽装《けいそう》だ。寒くても動き易い方が好みなのである。

二人とも大きな紙袋《かみぶくろ》とビニール袋を抱《かか》えている。千絵は幾分危《いくぶんあぶ》なっかしく、梓は軽快にバランスを保《たも》ったまま、人でごった返す大通りを歩いていた。

「ロスは一年中暖《あたた》かいからね。まあでも、いいじゃない。千絵だって向こうにいたときは、日本の四季が恋しいって言ってたでしょ？」

「……秋頃にはね」

「日本の冬も素敵《すてき》よ？　今日なんか、ひょっとすると雪が降《ふ》るかも」

「オー・マイ・ゴッド。そういや、日本にはおコタという伝説の暖房器具《だんぼうきぐ》がなかったかしら？　梓さん、どこかから調達できない？」

哀《あわ》れみを誘《さそ》う声で、千絵が長嘆《ちょうたん》する。隣《となり》を歩く梓は、目だけで天を仰《あお》いだ。

『パーティー』が潰《つぶ》れた夜から、二日が経《た》っていた。

あの晩《ばん》、千絵と梓、それに久美子《くみこ》の三人は、クラブに戻《もど》った蘭子《らんこ》を追いかけて、ぼや騒《さわ》ぎのただ中に飛び込《こ》んだ。そこで、脱出《だっしゅつ》してきた景《けい》と水原《みずはら》、そして歩美《あゆみ》と蘭子の四人にタイミングよく合流し、その場を離《はな》れることにした。もちろん、警察《けいさつ》に通報《つうほう》を入れたあとである。

結局、主催者《しゅさいしゃ》の進藤《しんどう》は逮捕《たいほ》されたらしい。スタッフの大半も、逮捕、もしくは補導《ほどう》されたようだ。

蘭子の弟の努《つとむ》は、歩美と蘭子を梓たちに引き渡《わた》したあと、景がクラブに舞《ま》い戻《もど》って、連れ出した。すでに消防《しょうぼう》は到着《とうちゃく》したあと。警察が駆《か》けつける、間一髪《かんいっぱつ》手前だったという。

「ほんと言うと、きちんと罰《ばつ》は受けるべきなんでしょうけどね」

と、生真面目《きまじめ》な千絵などは、やや渋《しぶ》い顔だった。

もっとも、努が再《ふたた》びドラッグに手を染《そ》めることは、まずないだろう。あの晩受けた衝《しょう》撃《げき》と動揺《どうよう》は、容易《たやす》く拭《ぬぐ》えるものではない。

「所詮《しょせん》、半端者《はんぱもの》だ。姉とその連れの方が、遥《はる》かに向いている」

というのは、彼を救い出した景の言《げん》だ。「向いている、はないでしょ」と、あとで梓にとっちめられたが——実際《じっさい》、それが真実に近いのかもしれない。

ただ、気になるのは『パーティー』の真の黒幕《くろまく》たちだろう。景と水原が対面したという甲斐《かい》とバジリスクの二人は、行方《ゆくえ》不明のままなのだ。さすがと言うべきか、まさに煙《けむり》のように現場から消えていた。もっとも、あの二人が警察に捕《つか》まるなどとは、梓たちの誰《だれ》一人思っていなかったのだが。

「結局、『車椅子《くるまいす》の男』も謎《なぞ》のまま終わっちゃったわね。まあ、これがほんとに『終わり』

だったら、の話だけど」

「千絵はどう思うの？」

「そんなの、聞くまでもないでしょ？　不本意だけどね」

そう答えると、千絵は見るからに不本意そうに唇《くちびる》を尖《とが》らせた。その顔がおかしくて、つい梓は噴《ふ》き出してしまい、千絵にじろっとにらまれた。

事実、噴き出している場合ではない。

景の話によれば、彼らの目的は、第二のカプセルを生成することにあるらしい。それが可能《かのう》かどうかはわからないが、梓たちにすれば、無視《むし》しかねる話だった。何しろ、『アロマ』事件は、彼らの「試行錯誤《しこうさくご》の産物」に過《す》ぎなかったのだ。ましてや、彼らは今回、わざわざロサンゼルスで事件を起こしたあと、葛根《くずね》市《し》で再び事件を起こしている。これは、梓や千絵、そして景や水原に対する、明確《めいかく》な「誘《さそ》い」――あるいは、「挑戦状《ちょうせんじょう》」だ。

「要するに、成功しようが失敗しようが、十分迷惑《めいわく》な話ってことよね」

彼らが諦《あきら》めない限《かぎ》り、これからも似《に》たような事件が繰《く》り返されることになる。そして、彼らが簡単《かんたん》に諦めるとは、残念ながら思えなかった。

「じゃあ、その度《たび》にやっつけないとね」

梓が、さらりと言った。その、さも当然と言わんばかりの口振《くちぶ》りに、千絵は思わず軽装の相棒《あいぼう》をまじまじと見つめた。

「ん？　千絵、どうかした？」

「……いいえ。あら頼《たの》もしい、と思って」

「ここだけの話、私情《しじょう》が絡《から》んでますから」

照れ隠《かく》しで澄《す》まし顔になり、梓がそっぽを向く。千絵は得心して、ああ、と意地悪く頷《うなず》いた。

「そうよね。いまさら『昔の女《カプセル》』に出て来られちゃ、梓さんとしては堪《たま》んないわよね」

「ちょっとっ。その言い方はないでしょ、千絵？　第一、私の方がつき合いは古いんだから」

「そうか。梓さんは、『昔々の女《おさななじみ》』なのね」

「千ぃ絵ぇ～？」

梓が目を三角にする。千絵は笑って、先に駆《か》け出した。ニット帽《ぼう》の先についた毛糸の玉が、弾《はず》むように上下に揺《ゆ》れた。

二人が向かったのは、街のカラオケボックスだった。どこにでもある普通《ふつう》のカラオケボックスだが、彼女たちにとっては忘《わす》れることのできない場所である。

ビルの中に入り、カウンターで予約名を告げる。エレベーターで最上階へ。

「うわー。四年経《た》ってるってのに、全然変わってないじゃない。この店の経営《けいえい》、大丈夫《だいじょうぶ》なの？　ちゃんと新曲、入れてるんでしょうね？」

「千絵。顔の方はにやけてるわよ」

かくいう梓も、あまりの懐《なつ》かしさに胸《むね》が躍《おど》ってきた。まるで子供《こども》のころ、近所のお祭りに繰《く》り出すときのようだ。

店内に流れているのは、定番のクリスマス・ソングだった。何年も前から、この時期になると耳にしてきた曲ばかりだ。浮《うわ》ついた気分と相まって、どんどん足取りが軽くなる。薄汚《うすよご》れた廊下《ろうか》が、雪に包まれたファンタジックな宮殿《きゅうでん》に早変わりした気分だった。目指すは、一番奥《おく》の大部屋だ。そして、大部屋の前に立った梓と千絵は、だらしなくにやけた顔を、互《たが》いに見合わせた。

どちらも、両手は荷物で塞《ふさ》がっている。二人同時に、体当たりするようにドアを押し開けた。ぶつかってくる室内の暖気と音楽。そして、歓声《かんせい》。

梓と千絵は、声を揃《そろ》えて、

「みんな！　メリー・クリスマス！」

2

クリスマス・パーティーをしようと言い出したのは、例によって久美子だった。

「四人の帰国祝いと、事件解決《じけんかいけつ》のお祝いと、クリスマス・イヴのどんちゃん騒《さわ》ぎを、まとめてやる！」

ということで、反対する者はゼロだった。せいぜい景が渋《しぶ》ったぐらいだが、他の三名が同意した場合、彼が渋ってもカウントされないのが、いまの梓たちのスタンダードだ。本場仕込みの多数決だった。

場所は、誰からともなく、カラオケボックスということになった。かつて梓たちが集《つど》い、共に戦った、思い出の場所である。クリスマス・イヴだというのに昨日の今日で予約が取れたのは、幸運というよりは運命のようなものを感じてしまう――と大げさに感激《かんげき》したのは場所の手配を担当《たんとう》した久美子だ。千絵は「何を大げさな」などと茶化《ちゃか》していたが、いざ当日となると誰よりも感激している風だった。

参加者は、梓と千絵の他、景と水原。久美子と香苗《かなえ》。それに、今回の依頼者《いらいしゃ》だった歩美と蘭子の高校一年生コンビ。

加えて、

「千絵さん！　梓さんもっ！　お久《ひさ》しぶりです」

「ユキちゃん！」

「キャー！　久しぶりっ。元気にしてた？」

大部屋に入ってきた二人を真っ先に出迎《でむか》えたのは、由紀《ゆき》だった。かつては久美子や香苗と共に、家出をして共同生活を送っていたこともある。先日の事件解決後、久美子と香苗から梓たちの帰国を知らされたらしい。

「アメリカに留学《りゅうがく》したときもそうだけど、みんなほんとに、いきなりなんだもん。もう、婦長《ふちょう》を拝《おが》み倒《たお》して、無理矢理《むりやり》有給もらって来ましたよっ」

「アハハ。まあ、帰国といっても、一時帰国だけどね」

と千絵が笑って誤魔化《ごまか》した。梓は感慨深《かんがいぶか》げに、

「そっか。いまユキちゃん、働いてるんだよね」

「ええ。ようやく念願叶《かな》って、白衣の天使です。まあ、まだ見習い天使みたいなもんですけどね」

とはいえ、そう言って微笑《ほほえ》む由紀は、すっかり大人びていた。もともと可愛《かわい》らしい少女だったが、いまやファッション・モデルと言っても通りそうなほどの美貌《びぼう》だ。さぞかし男性患者《かんじゃ》のハートを鷲《わし》づかみにしていることだろう、と梓は愉快《ゆかい》に想像《そうぞう》した。

由紀が挨拶《あいさつ》を済《す》ませると、

「二人とも、おそ〜い。待ちくたびれたよー！」

と、いつかのように部屋の飾《かざ》りつけを買って出た久美子が、手を休めて二人を責《せ》めた。

「ゴメン、ゴメン。バスが遅《おく》れてて。でも、ほら。差入れいっぱい買ってきたわよ？」

「じゃあ許《ゆる》す」

「即答《そくとう》？　相変わらず即物的ねえ」

現金な久美子を千絵が茶化していると、皿やフォークの準備《じゅんび》をしていた香苗が、苦笑《くしょう》しながら近づいてきた。

「こんにちは、千絵さん。梓さん。荷物こっちにもらいますね。上着はそこのコート掛《か》けに掛けてください。ハンガーが足りないようなら、店に言って借りてきますから」

と、さっそくのように昔と変わらない世話焼きぶりを発揮《はっき》する。

梓たちと由紀とは、今日が帰国後最初の再会《さいかい》だ。しかし、香苗とは事件のあった晩に顔を合わせていた。

「私たちがピンチになると、いつも駆《か》けつけてくれるんですよね。皆《みな》さんは」

現場《げんば》に到着して全員無事なのを確認した香苗は、両目いっぱいに涙《なみだ》を溜《た》めながら、梓たちとの再会を喜んだものだ。普段は物静かだが、実は情が深いのである。香苗は、梓たちと入れ替《か》わりで葛根東《くずねひがし》に入学したあと、久美子と一緒《いっしょ》に実践捜査《じっせんそうさ》研究会を続けていた。自分が受けた恩《おん》を、他の人に返したかったのだそうだ。

久美子がスポーティーな美人、由紀が正統派《せいとうは》美人とすれば、香苗は千絵の薫陶《くんとう》を受けた、芯《しん》のある大和撫子《やまとなでしこ》といえるだろう。中学のころはにぎやかさが目立った三人も、いまでは見目麗《みめうるわ》しい三人組になっている。それでも、三人全員が揃《そろ》ったときは、少しだけ昔に返るようだった。

千絵は香苗に荷物とジャケットを渡《わた》したあと、

「で？　案《あん》の定《じょう》というか、我《われ》らが問題児の姿《すがた》が見えないわね？　水原。あんたの相棒《あいぼう》はどこに行ったの？」

「外だよ。歩美ちゃんと蘭子ちゃんに、ちょっと買い出しに行ってもらってるんだ。そのエスコート」

ソファに座《すわ》っていた水原が、千絵の質問《しつもん》に答えた。

挨拶《あいさつ》代わりに掲《かか》げたグラスでは、すでにシャンパンが泡《あわ》を立てている。美女と酒に囲まれて、この世の春を謳歌《おうか》しているらしい。ハンサムだが少し軽い感じの顔は、これ以上ないほど弛《ゆる》みきっていた。

「またずいぶんと、ご機嫌《きげん》ね？」

「そりゃそうだろうよ、千絵ちゃん。日頃《ひごろ》の苦労が報《むく》われる瞬間《しゅんかん》ってのは、心から満喫《まんきつ》しなきゃ」

「どーでもいいけど、鼻の下、伸《の》びすぎよ」

「焼かない、焼かない」

事件の夜は、水原も景と共に、クラブ内に侵入《しんにゅう》していた。景と違《ちが》って『アロマ』による暗示《あんじ》でスタッフを誤魔化《ごまか》せない分、かなり神経《しんけい》を使ったらしい。それでも、乗り込んできた久美子に気づいて景に歩美を保護《ほご》させたり、甲斐《かい》が進藤の側《そば》を離れた隙《すき》に控《ひか》え室の景にメールを送ったりと、裏方《うらかた》として活躍《かつやく》していたのだ。事件の幕引《まくひ》きにしても、彼がタイミングを誤《あやま》っていれば、景と甲斐の対決は避《さ》けられなかっただろう。

「もっとも、最初から私たちときちんと連携《れんけい》取ってれば、話は早かったんですけどね」

「それはだから、説明したじゃん。俺がつき合わないと、景の奴《やつ》、独《ひと》りで突《つ》っ走《ぱし》る勢《いきお》いだったんだって。結局丸く収《おさ》まったんだし、ちゃんと反省もしてるからさ。今日のところは蒸《む》し返すの止《よ》そうよ」

途端《とたん》に下手に出る水原に、千絵は仕方なさそうな目を向けた。二人の独断専行《どくだんせんこう》については、事件が終わった晩のうちに、朝まで散々文句《もんく》を言ったのだ。

「まあいいわ。あ、それと、茜《あかね》さんには今日のこと伝えてくれた？」

「もちろん。そろそろ来ると思うぜ」

「相変わらず忙《いそが》しいみたいね」

「I種取るって言ってたからな。マジに甲斐の旦那《だんな》、とっ捕《つか》まえる気満々だよ」

　I種というのは、国家I種試験のことだ。これに合格《ごうかく》した者は「キャリア」と呼《よ》ばれ、官庁の幹部《かんぶ》候補《こうほ》生《せい》として扱《あつか》われる。茜は警察への就職《しゅうしょく》を志《し》望《ぼう》しているのだが、一刻《いっこく》も早く権限《けんげん》を握《にぎ》り、自分の前から消えた甲斐を追いかけるつもりらしい。いまごろは、景が甲斐から預《あず》かった伝言を聞いて、さらに闘志《とうし》を燃《も》やしているのだろう。

　かつてこの大部屋には、甲斐の姿もあった。懐かしい面々で話していると忘《わす》れてしまいそうになるが、四年という時の流れは、それに見合った変化を残しているのである。

　とはいえ、クラブに現れた甲斐は、相変わらず「甲斐氷太《ひょうた》」だったそうだ。きっと茜も、キャリアになっても「皆見《みなみ》茜」なのだろう。

　千絵は、いくつも重ね着していた上着を脱《ぬ》ぎ終えると、「そっか」とつぶやいてソファに座った。

　梓は、コートを脱ぎながら話を変えた。

「ところで、水原くん。あの二人、どんな様子だった？」

「高校生コンビかい？　やっぱ、そこはかとなく緊張してたな。まあ、だからちょっと、二人で買い出しに行ってもらったんだけどね」

「事件を引きずってる感じは？」

「まあ、初めてあんな目に遭《あ》ったんだ。多少はそういうこともあるだろうさ」

自身の過去《かこ》を回想したのか、水原の表情が少し感傷《かんしょう》的になる。しかし、すぐに、ひょいっと肩を竦《すく》めた。

「でも——独《ひと》りじゃないからな。きっと大丈夫《だいじょうぶ》だ」

その言葉には、梓だけでなく、千絵も残りの三人も、同意して頷《うなず》いた。

ドラッグに限《かぎ》らず、アンダーグラウンドの闇《やみ》は、孤独《こどく》な魂《たましい》を引き寄《よ》せる。そこから抜《ぬ》け出すためには、誰かの助けが必要なのだ。自分と向き合ってくれる、誰かとの繋《つな》がりが。

ここにいる者たちは、全員そのことを実感として弁《わきま》えているのである。

「良かったわね、水原。久《ひさ》しぶりに三人に会えて、ちゃんと先輩《せんぱい》っぽいこと言えたじゃない」

「だろ？　決めるところは決めるオトコなのさ。俺《おれ》って」

ぱちりと得意のウィンク。千絵は呆《あき》れたように首を振ったが——そのあと、おかしそうに笑った。

「でも、それなら水原くんがついていった方がよかったんじゃない？　景ちゃんじゃ、あの二人もかえって緊張するでしょ」

梓が言うと、なぜか水原は「あー」と口を濁《にご》して久美子と由紀に視線《しせん》を向けた。二人は、素知《そし》らぬ顔で、わざとらしく口笛を吹《ふ》き始める。

顔をしかめる梓に、香苗が困《こま》ったように、

「実は、クミちゃんとユキちゃんが、物部さんを質問攻《しつもんぜ》めにしちゃって」

「質問？　なんの？」

「それはもちろん……向《ア》こ《メ》う《リカ》では、梓さんとどうなったのかって」

「うえっ？」

たちまち梓の頬《ほお》が紅潮《こうちょう》する。すると、口笛を吹いていた久美子と由紀が、すかさず詰《つ》め寄《よ》ってきた。

「で、で？　どうだったの、梓ちん？　向こうじゃ、学生結婚《けっこん》とか当たり前なんだよね？」

「け、結婚⁉」

「二人とも、大学入ったあとも、相変わらずだったじゃないですか！　アメリカ留学《りゅうがく》を機会に、少しは発展《はってん》しなかったんですか？」

「いや、発展て、その――⁉」

「……とまあ、こんな感じで」

しどろもどろの梓に、香苗が苦笑いを浮かべつつ説明した。

「それで、物部さんが閉口してたら、横から水原さんが、怪《あや》しい情報《じょうほう》を横からアレコレと付け加えたものだから――」

「ちょっ！　み、水原くん⁉」

「まあまあ。可愛《かわい》い後輩《こうはい》にせがまれたら、嫌《いや》とは言えないじゃん？」

「『じゃん』はいいからっ。何言ったの！」

「うん？　まあ、ハリウッドのホテルで景と梓ちゃんが張《は》り込《こ》みしたときのこととか、ハロウィンのときのグリフィス天文台の一件《いっけん》とか――」

「ちょーっ⁉」

梓が耳まで真っ赤になって奇声《きせい》を上げる。しかし、その反応《はんのう》は逆《ぎゃく》に、火に油を注《そそ》ぐ結果を招いた。

久美子と由紀は目を丸め、

「え、なにっ？　じゃあ、さっきユージが言ってたことって、作り話じゃなかったの！」

「詳《くわ》しく！　詳しく、お願いします！」

「待って、二人ともっ。まずは落ち着いて！」

一番落ち着きをなくした梓は、喚《わめ》きながら興奮《こうふん》する二人をなだめた。その様子を眺《なが》めつつ、千絵はやれやれと肩《かた》を竦《すく》めた。

「それで、物部君は二人をダシに逃《に》げ出したってわけ？」

「はい……」

香苗がちょこんと頷く。千絵はため息をついた。

「成長しないわねー。つくづく」

「そうだ！　千絵スケも何か知ってるんでしょ？　教えて教えて？」

「そうねえ。まあ、梓さんは案外独占欲《どくせんよく》が強いみたいよ」

「あ、同感」

「千絵っ！　水原くんっ！」

平然と答える千絵に、くすくす笑いつつ同意する水原。慌《あわ》てふためく梓の左右を、久美子と由紀ががっちりと固め、香苗は諦《あきら》めてパーティーの準備《じゅんび》に戻《もど》る。

そして仕上げは、その数分後だ。

「やっ。みんな。久《ひさ》しぶり」

最後の参加者が大部屋のドアを開けて入ってきた。茜だ。いまはもうお下げ髪《がみ》ではなくなったが、小柄《こがら》な体格《たいかく》に童顔なのは相変わらずである。残念ながら、いまでは久美子たちより年下に見える。

しかし、懐《なつ》かしい仲間に見せた落ち着いた笑顔は、いかにも彼女らしく、成熟《せいじゅく》した人格《じんかく》を感じさせた。千絵たちが、わっ、と歓迎《かんげい》の声を上げる中、いち早く飛びついたのは、他《ほか》でもない梓だった。

「あ、茜！　助けてっ。みんながみんなして、わたしをいじめる！」

「あら、梓さん。聞いたわよ。ついに物部君に、プロポーズしたんだって？」

「プっ⁉」

「あれ？　違った？　水原君からは、そのお祝《いわ》いだって――」

「ミ、ミミ、ミズハラー！」

怒号《どごう》とも悲鳴とも取れぬ梓の絶叫《ぜっきょう》に、カラオケボックスは笑いの渦《うず》に包まれた。

◆◆◆◆◆

不穏《ふおん》な気配を感じ、景はぶるっと身体《からだ》を震《ふる》わせた。

『アロマ』にどっぷり浸《つ》かった影響《えいきょう》が、まだ抜《ぬ》けきっていないのかもしれない。それとも、またカラオケボックスで、ろくでもない会話が交《か》わされているのだろうか。後者の方は想《そう》像《ぞう》するのも嫌《いや》だったので、それ以上の原因追究《げんいんついきゅう》は中止した。

街はクリスマス・モード一色に染まっている。

行き交《か》う人々の浮《う》かれた表情。ときおり弾《はじ》ける笑い声。正直言って、景には苦手な空気だ。身の置き所がわからなくなる。しかし、それでも高校時代に比《くら》べれば、ずいぶん適応《てきおう》できるようになった。

自分が丸くなったとは思えない。ただ、自分には馴染《なじ》めない空気でも、認《みと》め、肯定《こうてい》することが、無理なくできるようになったのだ。まあ、それがつまり「丸くなった」ということなのかもしれないが。

景は、買い物を済《す》ませ、カラオケボックスに戻《もど》る途中《とちゅう》だった。すぐ後ろに、歩美と蘭子がくっついてくる。

歩美はそうでもなかったが、蘭子は年頃《としごろ》の少女らしく、大いにはしゃいでいた。クリスマス気分を満喫《まんきつ》しているらしい。箸《はし》が転んでもおかしいという調子で、街角のディスプレイを見かける度《たび》に、くすぐったい声で歩美に話しかけていた。歩美は「ん」とか「ああ」とか生返事をするだけなのだが、それでも楽しくて仕方がない様子だった。

景は、背後《はいご》のやり取りをそれとなく耳にしながら、ささやかなジェネレーション・ギャップを感じていた。もっとも、彼の場合は、同世代の人間であっても、親しみを感じることなどほとんどないのだが。

やがて、カラオケボックスが近づいてくる。もう、梓たちも到着《とうちゃく》していることだろう。

正直気が重い。またさっきのような質問攻《しつもんぜ》めにあうくらいなら、『アロマ』の『パーティー』に身ひとつで潜入《せんにゅう》する方が遥《はる》かにマシだ。

と、景が陰鬱《いんうつ》な気分に沈《しず》んでいると、最後の交差点を曲がる直前で、蘭子が足を止めた。通りを飾《かざ》るショーウィンドウのひとつに釘《くぎ》づけになったらしい。

景を呼び、

「ご、ごめんなさい、物部先輩っ。ちょっとだけ買い物して来ていいですか？」

と両手を合わせた。もちろん、全然急いでいない景は、快《こころよ》く承諾《しょうだく》した。

蘭子がデパートの入り口に向かい、歩美も彼女につき合おうとする。

ところが蘭子は、

「アユはここで待ってて」

「ん？　い、いいけど」

きょとんとする歩美を残し、蘭子はデパートに入った。結局、景と歩美は交差点の角で、蘭子が戻るのを待つことになった。

景と二人きりになると、歩美は急にそわそわし始めた。無理もないな、と景は思う。何しろ、クラブでは散々怖《こわ》がらせていた自覚がある。

「……この前は悪かったな」

「え？」

「クラブ。最初から、ちゃんと説明できれば良かったんだが」

「あ、い、いいんです、そんなの。助けてもらったんだから」

歩美は少し赤くなって手を振《ふ》った。

「潜入捜査《せんにゅうそうさ》の最中だったんですよね？　仕方ないですよ」

「いや。実は仕方なくもない。君がクミの連れだってことは、水原から聞いてたからね。説明しても問題はなかった」

「え？　じゃあ、どうして」

尋《たず》ねる歩美に、景は肩《かた》を竦《すく》めた。

「僕が彼女の知り合いと、証明《しょうめい》する手段《しゅだん》がなかった。それに……君を説得できる自信もなかった。口下手《くちべた》でね」

「は、はあ。なるほど……」

なんだか少し間の抜《ぬ》けた返事をして、歩美は頷《うなず》いた。やはり自分は口下手だ、と景は改めて思う。水原なら、もっと気の利《き》いた調子で説明するのだろう。別に、羨《うらや》ましいとは思わないが。

それきり景が黙《だま》り込むと、歩美はいっそう落ち着かない様子になった。

そして、迷《まよ》った末、

「私もです」

「え？」

「口下手——だから、蘭子なんかが羨ましくて」

そう言って、照れくさそうに笑った。口下手《くちべた》同士であっても、歩美の方が、景よりだいぶ素直《すなお》なようだ。景の口元が自然とほころんだ。

「あれから、何か変な感じは残ってないか？」

「変って？」

「『アロマ』の後遺症《こういしょう》」

「ああ——どうでしょう？　自分じゃわからないです」

戸惑《とまど》う歩美の顔に、わずかに不安が過《よ》ぎる。景は慌《あわ》てて「ならいいんだ」と安心させるように言った。

実のところ、カプセルで散々慣《な》れていた景と違い、歩美と蘭子には、なんらかの後遺症が残っている可能性《かのうせい》はある。『アロマ』はカプセルと同様に、人の意識《いしき》や認識《にんしき》に対して、極《きわ》めて示威《じい》的に働きかけるドラッグだ。未発達な精神《せいしん》には、思わぬ効果《こうか》を与《あた》えることが予想される。

『パーティー』が潰《つぶ》れた以上、彼女たちが再び『アロマ』と関《かか》わる可能性は低いはずだった。ただ、すでに一般《いっぱん》ユーザーに出回っている『アロマ』も残っているだろう。彼女たちが自発的に捜《さが》せば、見つけられなくはない。そして、実のところ、「自発的に捜そうとする」ようなら、それこそが『アロマ』の後遺症だと言えるのである。

特に、歩美と蘭子は、『アロマ』に適性《てきせい》を示《しめ》した。景に言わせれば、それは二人が『アロマ』を求めた、ということに他《ほか》ならなかった。

「どうだった？」

と、試《ため》しに景は聞いてみた。

「え？　どうって、『アロマ』がですか？」

「そう。怖《こわ》いと思った？」

「はい。でも……」

歩美は口を濁《にご》し、視《し》線《せん》を彷徨《さまよ》わせた。

景が静かに待っていると、つぶやくように言う。

「不思議な感じでした。すごく。全部が嘘《うそ》みたいに――幻覚《げんかく》みたいに感じるかと思ったら、あの子の――蘭子のことだけ、すごく鮮明《せんめい》に感じられたり。周りの見え方が変わるっていうか——まるで世界が変わるみたいな。それも、ドラッグの幻覚じゃなくて、ほんとに現実の有り様が変化するみたいな……ま、まあ、トリップって、もともとそういうものなんでしょうけど」

幾分恥《いくぶんは》ずかしそうだったが、歩美は正直な感想を述《の》べているようだった。そして、彼女の言わんとすることは、景には我《わ》が事のように実感できた。

カプセルと同じく、『アロマ』が十代の若者《わかもの》に受けたのは、若い未熟《みじゆく》な魂《たましい》ほど『アロマ』との親和性が高いという証拠《しようこ》だった。現実《げんじつ》と向き合う過程《かてい》で生じる、自分と世界との軋轢《あつれき》。ささやかな——しかし、当人にすれば、この世の終わりに匹敵《ひつてき》する大問題を前にしたとき、カプセルや『アロマ』は、頭の固い大人たちには用意できない解答《かいとう》を提示《ていじ》してくれる。そして、悩《なや》みの打破《だは》に必要な力まで与《あた》えてくれるのだ。

景はいまでも、カプセルや『アロマ』が「悪」だとは思っていない。それらがもたらす闇《やみ》の力を、否定《ひてい》しようとは思わない。

カプセルにせよ、『アロマ』にせよ、あれはただの——

「なんなんですか？」

唐突《とうとつ》に歩美が言った。景は虚《きよ》を突《つ》かれ、彼女を見下ろした。

「『アロマ』って、ほんとはなんなんですか？　ただのドラッグ？　本当に、そうなんですか？」

景と歩美の視線が重なった。景は、歩美の瞳《ひとみ》が彼の否定を欲《ほっ》しているのを見て取った。

少し危惧《きぐ》する。やはりこの子は、『アロマ』の後遺症を受けている。いや、後遺症という言い方は不適切だろう。『アロマ』など、所詮《しょせん》きっかけにすぎない。問題の核《かく》は、彼女自身の奥底《おくそこ》にあるのだ。

『アロマ』はただのドラッグか？　そうだよ、と答えようとした。しかし、歩美の真剣《しんけん》さが、安易《あんい》な回答を許《ゆる》してくれなかった。第一、その場しのぎの回答では、彼女に失礼だ。

景はうっすらと冷笑《れいしょう》を浮《う》かべた。いまもまだ彼の中にくっきりと残る、カプセルの残滓《ざんし》――ウィザードの笑《え》みだ。

「あれは『鍵《かぎ》』さ」

「か、鍵？」

「そう。《ドア》を開ける鍵。ただし、その試作品だがね。それも、出来のあまり良くない粗悪品《そあくひん》だった」

「…………」

歩美がもどかしげな顔をした。景の中にある答えが、わかりそうでわからない。そんな顔だ。必死に手を伸ばす、若い未熟《みじゅく》な後輩《こうはい》に、景は苦笑を浮かべた。

歩美の顔をのぞき込む。彼女の両目を見据《みす》え、

「言ったぞ？　慣れない火遊びは、火傷《やけど》をすることになるって」

景は、あの晩と同じことを、あの晩よりも優《やさ》しく、歩美に告げた。同じ道程《どうてい》に立つ同胞《どうほう》として、敬意《けいい》と親愛を込めて。

歩美は痺《しび》れたように動かなくなった。自分を見る景の瞳《ひとみ》に、吸《す》い込まれそうな顔をした。世代の異《こと》なる、しかし相似《そうじ》する魂《たましい》が、視線を介《かい》して交わった。

歩美の唇《くちびる》が震《ふる》え、ささやき声がもれる。

「私は――」

そこに、

「……景ちゃん？」

少し棘《とげ》のある、拗《す》ねるような声がした。

景が顔を向ける。歩美が慌てて飛び退《の》いた。

交差点を曲がってきた梓は、何か言いたそうな目で景と歩美を見つめていた。景はそんな梓の態度《たいど》に気づかず、

「どうした？　何かあったのか？」

「……それはこっちの台詞《せりふ》なんだけど」

「は？」

景が顔をしかめるのを、じとっとした目でにらむ梓。しかし、結局はため息をついて

「はいはい」とぼやいた。

歩美に、悪戯《いたずら》を咎《とが》めるような視線を送る。歩美は真っ赤になって縮《ちぢ》こまった。

景は二人の様子にいよいよ不審《ふしん》な表情をした。しかし、大したことではないと判断《はんだん》して、

梓にさっきと同じ質問《しつもん》を投げた。

「どうしたんだ？　買い忘《わす》れでもあったの？」

「……そういう訳《わけ》じゃないんだけど」

「じゃあなに？　まさか、迎《むか》えに来た訳でもないだろ」

景が重ねて尋《たず》ねると、梓は「あはは」と乾《かわ》いた表情で乾いた笑い声をもらした。

「せ、戦略的撤退《せんりゃくてきてったい》」

「うわ……」

そのひと言で、おおよその状況《じょうきょう》は把握《はあく》できた。おそらく、カラオケボックスの大部屋は、

文字通りの戦場と化しているのだろう。少なくとも、景と梓にとっては。

「どこかで時間を潰《つぶ》すか。せめてクミとユキが酔《よ》い潰れるまで」

「あの二人、結構《けっこう》な酒豪《しゅごう》よ？　まあでも、時間潰しには賛成《さんせい》。少しの間、その辺でお茶で

も飲んでましょ」

そう言うと、梓は歩美に微笑《ほほえ》みかけ、

「どう？　一緒《いっしょ》に。奢《おご》るわよ？」

「わ、私はいいですっ。お二人で行ってきてくださいっ」

そのあまりの恐縮《きょうしゅく》ぶりに、梓は苦笑いを見せた。

「さっきのは冗談《じょうだん》よ。遠慮《えんりょ》しないでおいでよ」

「いえ。ほんとにいいんです。私たち、買い出しした物、持ってかなきゃいけないし」

歩美が重ねて辞退《じたい》すると、それ以上無理《むり》強《じ》いするのも悪いと思ったのか、梓も「わかったわ」と頷《うなず》いた。

「それでは、わたしたち二人で行きましょうか。景ちゃんの奢《おご》りで」

「はあ？　なんで僕《ぼく》が――」

「そんなの、自分の胸《むね》に手を当てて考えなさい。じゃあ、歩美ちゃん、あとでね。千絵たちには適当《てきとう》に言っておいて」

そして、梓は文句《もんく》を言う景を引っ張って、大通りを歩いていった。

二人を見送った歩美は、ふう、とため息をついた。

すると、

「ダメじゃん、アユっ。あんなんじゃ、勝てないよ？」

「ら、蘭子!?」

いつからのぞいていたのか、蘭子はニヤニヤしながら歩美に近づき、肘《ひじ》で「この、この」と突《つ》っついた。

「アユってば結構面食《けっこうめんく》いだねえ。でも、梓先輩、美人だしさ。何より物部《もののべ》先輩はかなり鈍《にぶ》いっぽいじゃない？　もっと果敢《かかん》に攻《せ》めないと、ダメ、ダメ」

「な、何言ってるの！　そんなんじゃないってば」

再《ふた》び真っ赤になって歩美が否定《ひてい》すると、蘭子はいよいよ頬をにやけさせた。

「うっそー。ほんとにー？」

「ほんとに決まってるじゃんっ」

「どうかなあ。アユってば奥手《おくて》だから」

蘭子はそう言って、不器用な幼《おさな》なじみをひとしきりからかった。それから態度を改めたあと、

「ま、あたしとしては、ちょっと安心かなあ」

「な、何よ？　どういう意味、それ？」

「だって——せっかくアユと、また仲良くなれたんだもん。先輩に取られたら、寂《さび》しいじ

やない」

少し照れくさそうに、しかし素直《すなお》な口振りで、蘭子は言った。そんな風な蘭子を見るのは、小学校のころ以来だ。歩美は驚《おどろ》くのと同時に、少しドキッとした。

ただ、蘭子はすぐに真面目《まじめ》な顔に戻《もど》った。

「あたしも、まだ気になってるよ」

「え？　何が？」

「『アロマ』のこと」

「ああ」

蘭子は、自分が『アロマ』を使って、自分でも理解《りかい》できない力を行使したことを覚えているそうだ。クラブに殴《なぐ》り込んで、スタッフを吹《ふ》き飛ばしたことも。そのあとすぐに、ダークスーツの男に、手玉に取られたことも。ある意味、歩美以上に深く、『アロマ』の本質に触《ふ》れているのである。それだけに、歩美が口にしたような曖昧《あいまい》なニュアンスより、より明確《めいかく》な実感を得ているのだろう。

「あれは絶対《ぜったい》、ただのドラッグなんかじゃなかったと思う。努《つとむ》も『違《ちが》う』って言ってたよ。まあ、あのバカの言うことなんて信用できないけど――でも、あたしたち、クラブで見ちゃったしね」

「……うん」

歩美も頷いた。「でもね」と蘭子はさらに続ける。

「大事なのって、『アロマ』が何かってことじゃないと思うんだ。そんなのより、『アロマ』で変になってるときに、色々思ったり、感じたりしたことの方が、ずっと大事だと思う。たとえあれが、トリップしてる間の経験《けいけん》だったとしても、それでも――あたしはあのときのこと、大切にしたいよ」

言葉に真剣《しんけん》な想《おも》いを込めて、蘭子はそう言った。

歩美はあの夜のことを思い出していた。そうなのだ。嘘《うそ》にしろ、真実にしろ。また、たとえ幻覚《げんかく》だったとしても、クラブでの出来事は、歩美たちの実体験なのである。歩美はあの夜、『アロマ』の香《かお》る仄暗《ほのぐら》いクラブで、努たちの技《わざ》を目撃《もくげき》し、古い者たちの確執《かくしつ》に関《かか》わり、魔法使《まほうつか》いの織《お》りなす神秘《しんぴ》の技に、その手で触れたのだ。

その結果、いまの歩美がいて、こんな風に感想を口にする蘭子がいるのである。あの夜、自分たちは変わったのかもしれない。ならば、自分たちはそれを真摯《しんし》に受け止め、糧《かて》にすべきなのだ。

すると、

「アユ。これ、あげる。クリスマス・プレゼント」

蘭子は、たったいま出てきたデパートの紙袋《かみぶくろ》から、白いバングルを取り出した。どうやら、蘭子が見つけたショーウィンドウの商品は、このバングルだったらしい。歩美の手を取ると、勝手に手首にはめてしまった。

「いいの？　ありがとう」

「……アユさあ」

「ん？」

「これからも、一緒にいようね」

見れば、蘭子の手首には、すでに同じデザインの黒いバングルがかかっていた。蘭子が、ニヘッ、と笑うのに、歩美も思わず微笑み返し、

「ん」

と頷《うなず》いた。

そこへ、道端《みちばた》から声がかかった。

「やあ、君たち。ちょっといいかな？」

二人が同時に振《ふ》り返る。

車椅子《くるまいす》に座《すわ》った男が、不敵《ふてき》な笑みを浮かべて二人を眺《なが》めていた。

3

仕方がないといえば仕方がないことだが、喫茶店《きっさてん》はどこも満席だった。何しろクリスマス・イヴだ。時間もちょうど、お茶時である。

結局、景と梓はコーヒーをテイクアウトして、それを飲みながら公園を歩いた。

「そうだ。これを返しておく」

景がコートのポケットに手を入れ、何かを差し出した。

梓は目を丸くした。景が差し出したのは、昔彼がしていた、クロスのペンダントだったのだ。景は、カプセルの事件《じけん》がすべて終わったあと、ペンダントを梓に渡《わた》した。梓はそれを、景の旧家跡《きゅうかあと》に残る離《はな》れに置いておいたはずだった。

「どうしたの、これ？」

「『アロマ』の最終目的を考えると、連中に奪《うば》われる可能性《かのうせい》があったからな。帰国して、真っ先に取ってきた」

言われて、梓はハッとした。ペンダントのクロスは、中が空洞《くうどう》になっている。そして、中にはこの世に残った最後のカプセルが一粒《つぶ》、収《おさ》められているのである。

「こうなった以上、離れに置きっ放しにもできない。君が身につけるようにしてくれない

か？」

景が差し出すペンダントを、梓はしばらくじっと見つめた。視線を上げて景を確認《かくにん》する。

「身につけるの、景ちゃんじゃなくていいの？」

「……焼くだろ？」

「うん、焼く。わかったわ。わたしが持ってる」

精一杯頑張《せいいっぱいがんば》った感のある景の冷やかしを、梓は正面から弾《はじ》き返して、ペンダントを受け取った。

ポニーテールを持ち上げ、首に吊《つ》るす。クロスは、景の体温か、あるいはそれ自体が放つ息吹《いぶき》かで、熱を持っていた。梓は気にせずクロスを胸元《むなもと》にしまった。『彼女』は梓の一部なのだ。いまの梓は、歓迎《かんげい》こそすれ、警戒《けいかい》しようとは思わない。

「まさか、クリスマス・プレゼントはこれだけ？」

「え？　あっ」

「何よ～。忘《わす》れてたの？」

「し、仕方ないだろ。それどころじゃなかったんだ」

ぶすっとへそを曲げつつ、景がコーヒーをすする。梓はやれやれとわざとらしく首を振って、その隣《となり》をゆっくりと歩いた。

以前は同じ高さにあった二人の顔も、いまでは景の方がだいぶ上にくるようになってい
た。時間が流れている証拠《しょうこ》だ。梓は思う。子供《こども》のころ、世界には自分と彼しか必要ないと
信じていたあのころと比《くら》べて、二人の距離《きょり》は近づいただろうか。それとも、まだ届《とど》いてい
ないだろうか。

もしかすると、あのころのような親密《しんみつ》な距離には、二度と到達《とうたつ》できないのかもしれない。
しかし、梓は構《かま》わなかった。それならそれで、これから距離を詰《つ》めるべく、少しずつ、長
い時間をかけて、近づいていけばいいのだから。

景だってもう離れてはいかない。今回も、闇《やみ》に沈《しず》み込むことなく、ちゃんと梓の隣に戻
ってきてくれた。人を信じることの意味と強さを、梓は四年前に知ることができた。あの
ときの確信を忘れない限《かぎ》り、真《ま》っ直《す》ぐに生きていける自信が、梓にはあった。

気持ちよく広がる公園を、寒風が吹き抜けた。

梓は大きく震え上がり、

「うわ、寒い寒い。わたし、戦略的撤退《せんりゃくてきてったい》に必死で、コートを置いてきてしまったわ」

「…………」

「ああ、寒い。わあ、寒い。おまけに、クリスマス・プレゼントまでもらえない」

「わかった。わかったから、これを着ろ。ほら」

景が苦々しく着ていたコートを脱《ぬ》ぐ。梓は、せしめたコートに腕《うで》を通すと、得意げな笑みを満面に浮かべてみせた。

「暖《あたた》かい〜」

「そうか。良かったな」

「景ちゃんのにおいがするね」

「『アロマ』の残り香《が》だな。ラリるなよ」

「ほら、景ちゃん。優《やさ》しいわたしが、寒そうな景ちゃんに腕《うで》を組ませてあげる」

「さて。そろそろ戻るか。コーヒーが冷めてきた」

いつものやり取りを交《か》わしながら、二人はゆっくりと公園を歩いていく。

梓の携帯《けいたい》が鳴ったのは、そんなときだった。電話に出た梓に、携帯の向こうの千絵は、すぐに戻ってくるよう伝えた。

『たぶんデート中に悪いんだけどね。趣味《しゅみ》の悪い届け物が着いたから——』

◆◆◆◆◆

「……なるほどね。にくい演出《えんしゅつ》だ」

「じょーだん。ストーカーと一緒《いっしょ》よ。忌々《いまいま》しい」

景の率直《そっちょく》な感想に、千絵がギリギリと歯軋《はぎし》りした。

景と梓。そして、歩美と蘭子が戻ってきたカラオケボックスの大部屋。ようやく全員集合した梓たちは、テーブルを囲んで苦々しい表情を浮かべていた。

テーブルの中央にあるのは、開封《かいふう》された白い箱。そして、中に入っていた、高価《こうか》なシャンパンのボトルだ。ついさっき、この大部屋宛《あ》てに届けられた物だ。

届け物には差出人の名前がなかった。

ただ、一枚のメッセージカードが同封されていた。

『メリー・クリスマス♪　　　B』

梓がカードをヒラヒラ振って、息をついた。

それだけではない。梓たちと別れた直後に、歩美と蘭子は、車椅子《くるまいす》の男性《だんせい》から声を掛《か》けられたというのだ。

「車椅子を押してたの、女の人だったんですっ。その人、雰囲気《ふんいき》が違《ちが》ったからすぐには思い出せなかったけど、あのクラブにいた女の人でした！　物部先輩が『バジリスク』って呼《よ》んでた人！」

「あたしはアユと違《ちが》って、その女の人は知らないけど、でも、車椅子に乗ってた人も、すごい変な人でしたよ！　ぺらぺらぺらぺら喋《しゃべ》りまくるかと思うと、急に関西弁《かんさいべん》になったり、かと思ったら、今度は妙《みょう》に口数が少なくなったり。なんか——多重人格？　そんな感じでした！」

歩美と蘭子は興奮《こうふん》して、口々に報告《ほうこく》した。二人は、車椅子の男性から、今回の件で危険《きけん》な目に遭《あ》わせたことを、わざわざ詫《わ》びられたらしい。そして、他のみんなによろしく、と笑って、男性は去っていったという。

もはや、二人に対して、男の正体を詳《くわ》しく聞こうとする者は皆無《かいむ》だった。

「……あの死に損《ぞこ》ない」

と水原がつぶやく。どうしたもんだかと言いたげに、茶髪《ちゃぱつ》をぐしゃぐしゃ掻《か》き回した。お洒落《しゃれ》な彼としては希有《けう》な反応《はんのう》だ。

一同は沈黙《ちんもく》したまま、テーブルのシャンパン・ボトルをにらんでいた。

が、急に景が手を伸ばし、ボトルを取り上げた。

「水原。コルク抜《ぬ》き」

「へ？　飲むのか？」

「せっかくの差入れだ」

景は、複雑《ふくざつ》な顔の周囲を余所《よそ》に、水原からコルク抜きを受け取って、シャンパンの栓《せん》を抜いた。香苗が恐《おそ》る恐る人数分のグラスを用意すると、そこに少しずつ注《つ》ぎ始めた。

そして、

「さて質問だ。この中で、こいつが第三の何かだと思う者は？」

みな、ぎょっとして注がれたシャンパンを注視した。そこまで思い至った者はいなかったのだ。

しかし、景の質問に手を挙《あ》げる者もいなかった。

「では次の質問。酒の嫌《きら》いな者は？」

次も手を挙げる者はいない。歩美は未成年だけに迷《まよ》う素振《そぶ》りを見せたが、蘭子がまったく頓着《とんちゃく》せずに黙《だま》っていたので、挙手はしなかった。実は、結構好きだったりする。

今回も誰《だれ》も挙手しなかったのを確認《かくにん》して、景はひとつ頷いた。

シャンパンが注ぎ終わる。

景が自分のグラスを掲《かか》げた。

「最後の質問。『B』を名乗る気障《きざ》な死《し》に損《ぞこ》ないに、必ず報《むく》いをくれてやる者は？　イエスなら、グラスを取れ」

全員の顔に、覚悟《かくご》が宿り、次いで太々《ふてぶて》しい笑みが浮かんだ。梓たちは、一斉《いっせい》にグラスを手に取った。歩美と蘭子も、慌《あわ》ててグラスをつかんだ。

そして、すべての者がグラスを掲げるのを待って、景は不敵《ふてき》に言い放った。

「メリー・クリスマス」

九人の唱和がひとつになる。

それは、景が、梓が、千絵が、水原が、茜が、久美子が、香苗が、由紀が、それに、歩美と蘭子が上げた、鬨《とき》の声だった。

世界の魔法は奥深く——

挑戦者《クラッカーズ》たちの熱は、いまなお冷めない。

あざの×村崎対談〜シリーズ再刊行に寄せて〜

あざの：——はい。じゃあ、よろしくお願いします。
村崎：よろしくお願いします。

●●●●●

あざの：というわけで、大阪は新世《しんせ》界《かい》の外《はず》れにある喫茶店《きっさてん》からお届けしたいと思います。作者とイラストレーターによる『Dクラ』対談《たいだん》です。ちなみに、村崎《むらさき》さんはカフェオレで、私の方はミックスジュース。
村崎：定番《ていばん》ですね。
あざの：大阪来たら定番です。すごい好きなんです。
でまあ、対談ということですが——済みません。これ思い付いたの私です（笑）。
村崎：いえいえ。いいんじゃないでしょうか。
あざの：一応、シリーズを振り返って、という感じの対談にしたいんですけど……まあ、当然ながら、この対談をしてる時点《じてん》では、まだ終わってないですけどね。

村崎：ですね。

あざの：昨日、『プラス』の書き下ろし分を脱稿《だっこう》して来ました。

村崎：おお。お疲れ様です（笑）。

あざの：ありがとうございます。で、対談の内容ですが……えー……どうしようかな？

村崎：ノープランですか？（笑）

あざの：済みません。昨日まで原稿にかかりきりだったんで、美しいまでにノープランです。とりあえず大阪行こうかって。

村崎：ああ（笑）。

あざの：うーん、そうですね。じゃあよくある感じの質問《しつもん》から……たとえば、今回はカラーイラストとか、新しく描《か》いてもらったじゃないですか？　それで、旧イラストも含《ふく》めて、村崎さんが一番気に入ってるイラストってどれですか？

村崎：えーっと……なんでもいいんですか？

あざの：なんでもいいですよ。白黒とか、あとがきイラストでもいいですよ。

村崎：えー、じゃあ、ミステリー文庫の方で、キメリエスの表紙があったじゃないですか。前で、景《けい》と甲斐《かい》が向き合ってる。

あざの：ああ、あの、喧嘩《けんか》勝負《しょうぶ》、みたいなやつ。（※ミステリー文庫版の『Dクラッカーズ・ショート2』の表紙）

村崎：あれが好きかなあ。

あざの：やっぱ、表紙は覚えてますか。

村崎：いっぱい描きましたから（笑）。

あざの：ですね（笑）。でも、ファンタジア文庫の方の表紙も、統一性《とういっせい》があって格好《かっこう》いいですよね。さすがに再刊行だけあるというか。

そう言えば、途中《とちゅう》で、アナログからデジタルに移行されてますよね？　やっぱり変わりました？

村崎：んー、そうですね。変わりましたね。アナログだと、始める準備段階が大変なんですよ。

あざの：へー、準備がめんどくさい？

村崎：ラフや下描きで線画を描《か》いたら、本番はそれを描き写《うつ》さなきゃいけないじゃないですか。デジタルだと、そのまま色を塗り出したりできるんで。

あざの：あー。

村崎：あと、アナログだと一発描きだし。

あざの：そりゃそうですね（笑）。

村崎：あざのさんはどれなんですか？

あざの：私はあとがきでも描きましたけど、『ショート2』にある、子供のときの梓《あずさ》がいい感じに笑ってるやつ。

村崎：ああ。ありましたね（笑）。

あざの：あれなんかは大好きでした。それに、デフォルメのキャラとか（笑）。ミステリー文庫版の裏表紙にあるイラスト。味があっていいというか、好きですね。

村崎：あれはもう、半分趣味《しゅみ》ですけど（笑）。

あざの：でも、ああいうのも、上手いですよねぇ。

村崎：あれも、キャラのポーズとかは悩《なや》みました。3Bとか、なんか喚《わめ》いてて……なんでなんだろうと思いつつ、まあなんか喚いてるんだろう、と。

あざの：わはは。雰囲気《ふんいき》出てましたよっ。

あと、やたらと印象に残ってるのが、一番最初に主要《しゆよう》キャラのラフというかラフ集みたいなものを見せてもらったときので――悪戯書《いたずらが》きかな？　最初に千絵が「ガビーン」ってやってる絵があったじゃないですか。あれ大好きです。

村崎：あれ、超昔《ちようむかし》のやつじゃないですか！（笑）相当《そうとう》古いですよ？

あざの：最初期《さいしょき》ですね。

村崎：実は、あとから文章読んでビビりましたよ。千絵《ちえ》の髪《かみ》、「肩まで」って書いてあるのに、おもっいきりロングにしちゃったんで（笑）。

あざの：そういやそうですね（笑）。まあ、私はその辺は余りこだわらないですし、デザイン的にも良かったですから。そっちの方がいいやって、そのまま。

村崎：済みません。

あざの：あとは、読者の方々ですけど、あれが評判《ひょうばん》いいみたいですね。『Ⅵ』と『Ⅶ』の口絵の。最初の方が女王と景、あとのが梓と景で、セットになってるイラスト。

村崎：ああ、はいはい。あれ最初は、梓の方のイラストが本編のネタバレの絵になってたんですよ。それで、BDKさん（当時の担当）が、こういうのどう、って？

あざの：BDKさんのアイデアなんですね。あれ、本編には出てこないシーンだけど、話の雰囲気をばっちり伝えてて、私も好きなんです。

村崎：ラストを飾《かざ》るには相応《ふさわ》しい感じですよね。

あざの：あと、ミステリー文庫版が完結したときの記念で配布《はいふ》された壁紙《かべがみ》があったじゃないですか。あれも凄《すご》く力作ですよね。

村崎：あー、懐《なつ》かしいですねー。

あざの：やっぱり、大きい絵だとその分大変でしょ？

村崎：うんまあ、そうですね。小さいと潰《つぶ》れるから誤魔化《ごまか》し方というか（笑）、それなりの処理《しょり》もあるんですけど、それができないですから。最近だと、ドラマガに載《の》ったカラーが大きかったかな。

あざの：特集用の描き下ろしですね。景と梓がソファに座ってる。

村崎：あれなんかも、頑張《がんば》りましたよ〜。大きさもあるし、あと色にしても印刷されて出てくるのをイメージして——（以下、専門的解説《せんもんてきかいせつ》）

あざの：お疲《つか》れ様《さま》です（笑）。

●●●●●

あざの：さて……次は何を喋《しゃべ》りましょうか？（笑）

村崎：何を喋れば喜《よろこ》ばれるんでしょうね？

あざの：うーん。厄介《やっかい》なことに——我々《われわれ》の間では、すでに終わってかなり経《た》ってる話ですからねえ。正直（笑）。しかも、個人的に興味《きょうみ》があるようなことは、とっくに聞いてますし。

たとえば、ほら。景は意外《いがい》とスポーティーな格好してることが多いけど、それは知的なキャラにあえてそういう格好をさせてみたんですよ〜とか、すでに聞いて答えまで知っちゃってるんですよ。

村崎：そうですよね。この上いまになって更《さら》に何かとなると、困《こま》りますよね（笑）。

結局、間《あいだ》で何年空《あ》いたんだろ。三年？　四年ですか？

あざの：四年ですね。あ、そうだ。今回の書き下ろし分って、もう原稿読まれました？

村崎：ああ、はい。

あざの：あれって、また今回の発売がクリスマスの時期だから、クリスマスの話にしてやれって。

村崎：また（笑）。

あざの：それで、どうせ時間を合わせるならって、作中の時間も同じだけ進めたんですよ。

村崎：はは〜。

あざの：ところが、これがやってみると厄介でして。四年ってことは、当時中学生だった連中が、もう高校に残ってないんですよね。

村崎：ああ（笑）。

あざの：で、しかも、梓たちも大学で色々やってるっていうんじゃなくて、卒業間近になっちゃってて。普通だと就職活動《しゅうしょくかつどう》も済んでる（笑）。それで、どうしたもんかと。

村崎：……まあ、なんとか設定《せってい》作りましたが。

あざの：でも、読んでると「卒業した実践捜査研究会《じっせんそうさけんきゅうかい》」という言葉が出て来るでしょ？　普通だとそれ、梓と千絵のことじゃないですか？　なのに久美子《くみこ》が出てきて、おや？　っと思いましたよ。

村崎：あはは。

あざの：今回は、全編通してミスリード、ミスリード、って意識して書《か》いてました（笑）。まあ、表紙でバレバレな訳ですが（笑）。

村崎：でしょうね。四年ぶりなんだから。

あざの：久しぶりに書きましたからね。だいぶ忘れてましたよ。特に、一人称《いちにんしょう》が私とかわたしとかあたしとか（笑）。

村崎：そういうのやってると、あれですよね。最初のころから後半のころになってくると、キャラが、キャラが――って（笑）。自分の描《か》くキャラがー、って（笑）。

あざの：あ、いや。正確には、途中《とちゅう》で短編とかも書いてはいたんですけどね。それでも、何しろ長い期間《きかん》にわたって書いてますから。

こういうパターン、なかなかないですからね。ありがたいことですけど。

あざの：変わってきちゃう？（笑）

村崎：見ないでー、みたいな（笑）。
あざの：お互い新人のころですしね。
村崎：特に今回のリニューアル版は、自分の最新の絵な訳じゃないですか？　そうすると、表紙とかカラー口絵だけ新しくて、中のモノクロは当時のなんですよ！
あざの：はい（笑）。
村崎：もう時代を超《こ》えてますから。まあ、それを逆に楽しんでもらえたらと思います。
あざの：リアルタイムでミステリー文庫版を読んで——今回また読んでくれた方だったら、同じだけ時間が経ってるわけですからね。
村崎：そうそう。
あざの：そういう意味じゃ、ちょっと郷愁《きようしゆう》を誘《さそ》う内容《ないよう》じゃないかと。
村崎：かもしれませんね（笑）。
あざの：他にも、「あえて変えた」こととかってありますか？
村崎：そうですね。これは編集からの注文だったんですけど、景や〝影〟——他にも、全体的に前回よりダークな感じになってます。
あざの：ああー、なるほど。
村崎：ドラマガの絵もそうですし、表紙も。〝影〟なんか、前はもっと綺麗《きれい》というか、ドロドロしてなかったんですが、今回はおどろおどろしくした感じなんです。前はこんな風に（※『I』巻表紙）影がこびり付いたりすることはなかったんで。まあ、そんな風にはアレンジしてあります。

あざの：へえー。

村崎：……でも、『Dクラ』終わってから、仕事の依頼《いらい》もダーク系を頼《たの》まれることが増えました（笑）。

あざの：あ、そうなんですか？（笑）

村崎：ほんとは、お姉さん描くのが好きなんですけどねっ。（笑）

あざの：そうそう！　それで思い出した。私、『Dクラ』に関して、イラストで唯一失敗《ゆいいっしっぱい》だったなと思うのが、もっと女の子キャラ出せば良かったたっていうことで。

村崎：ああ（笑）。でも私としては、『Dクラ』では、逆に普段描いてなかった男を描けて嬉《うれ》しかったというのもあります。

あざの：それなら良かったですが。あ、でも、だからなのかな？　『Dクラ』で男のイラストが多い気がするのは。実は、今回久しぶりに書き下ろしを書いてて気付《きづ》いたんですけど、実は『Dクラ』って、男の比率《ひりつ》は低《ひく》いんですよね。むしろ、「あれ？　女ばっかだ！」って（笑）。

村崎：ですよね（笑）。

あざの：書いてた当時は、やっぱり男っぽい話のイメージだったんですけどね。中学生トリオが出てきて一気《いっき》に増《ふ》えて——カラオケに集まってる面子《メンツ》とか、ほんとに女の子ばっかりで。

村崎：確かに。

あざの：まあ、ジャンキーどもがほぼ男だからなあ。

村崎：ですねえ。

●●●●●

あざの：そう言えば、今回担当《たんとう》がBDKさんからキャサリンに代《か》わったじゃないですか？　やっぱり、仕事のやり方でも何か変わりました？

村崎：うーん。どうかなあ。

あざの：まあ、この辺の話は、ばっさり切るかもしれませんが（笑）。

村崎：そうですねえ（笑）。とりあえず、全体的に前よりダーク寄りに、っていう指示《しじ》はありました。

あざの：さっき言ってたことですね。

村崎：あとは――キャサリンの場合は、一々《いちいち》感想《かんそう》を言ってくれるとこが違《ちが》うかな。
あざの：あーなるほど！（笑）。確かにね。ＢＤＫさんは感想あんまり言いませんからね。
村崎：ですから、その分のやりやすさはあったかもしれませんね。感触《かんしょく》の良かった方向に攻めて行けばいいんだな、って。
あざの：キャサリン的には村崎さんは、とにかく仕事が早いってとこが、最大のポイントじゃないかと思いますよ？
村崎：ハハ。
あざの：私もねー。これ書いてた当時は、結構早かった気がするんですけどねー。いまやめっきり（以下、自主規制）
村崎：いやー、でも、私も大したことないですよ。単に早く始めて前倒しにして、そのアドバンテージをなんとか保《たも》ってるだけですから。
あざの：それが凄《すご》いんですよ！　それが！
村崎：そうですか？
あざの：そうですよっ。だいたい、早めに始めるという時点で（中略）時間があっても結《けっ》局《きょく》は（中略）だから最後は（以下、略）
村崎：ですねー（笑）。

でも今回は『BBB』と同時進行だったでしょ？　切《き》り替《か》えとかって、できるもんなんですか？

あざの：ああ、まあ、『Dクラ』の方は、過去すでに完結してますからね。『BBB』の方も、もう始めて四年経《た》ってますし。それぞれ「こういう話だ」というのが自分の中で固まってしまえば、切り替えるのは難《むずか》しくはないですよ。『BBB』の中でもシリアスな話もコメディもありますし。『Dクラ』の中でも、両方あるじゃないですか。

村崎：そういや、そうですね。今回もちゃんとついてるし。

あざの：お約束&ファンサービス&趣味ですね（笑）。

●●●●●

あざの：……さて、これくらい喋ればあとがき分の文章量には十分だと思いますが（笑）。せっかくの機《き》会《かい》なので、もう少し。たぶん、読者の皆さん的に気になりそうな質問というと、やはり好きなキャラは誰とかじゃないでしょうか？

村崎：そうですね。絵を描いた立場としては、全キャラ好きなわけなんですけど……やっぱり千絵とか。
あざの：はいはい。
村崎：あと、香苗《かなえ》が好きですね。
あざの：あー、そうなんですか。言われてみると、香苗は結構《けっこう》イラストあるな。
村崎：あざのさんは？
あざの：私の方も、選《えら》ぶとなると難しいんですけどね。でも、書きやすかったって点まで含《ふく》めると、甲斐ですかね。キャラがはっきりしてるんで、書きやすいんですよ。
村崎：なるほど。
あざの：あとは、ベルゼブブ？（笑）
村崎：ああ（笑）。
あざの：あれも、台詞《せりふ》の文句《もんく》を考えるのが面倒なだけで、性格《せいかく》とかはわかりやすいキャラですから。
村崎：でも、あの台詞考えるのは大変そうですよね。
あざの：その辺はまあ、嫌いじゃないんですが……論文《ろんぶん》みたいな感じで、読んでくれてる方に順序立《じゅんじょだ》ててわかりやすく説明するのが、ちょっと大変でした。書きたいことを、だーっと台詞口調で書いてみて、それから論理《ろんり》立てて並《なら》び替《か》えてみたり、所々合《ところどころあ》いの手《て》を入れてみたり。読みやすさというか、伝わりやすさに気を遣います。

あざの：まあ、書くネタに関しては、そんなに困らないんですけどね。それほど特別なこと言ってるわけでもありませんから。やっぱり、読んでくれてる方にわかりやすく書くのと、あと、それだけじゃ読んででつまらないから、会話のメリハリをつけたりするんです。この言い回しはこっちじゃなくてこっち、とか、この結論はもう少しあとで、という風に——ちょっとパズルっぽいですね。

村崎：はあー。……でも、結構内容にしても考えますよね？

あざの：そういうのは嫌いじゃありませんから。時間はかかっちゃいますが。

村崎：読んでる身では、わかりづらい苦労ですね。

あざの：んー。ところで、読者の間だと、誰が人気《にんき》あるんでしょうね？　一番は……一応

村崎：ははあ。なるほど。

景かなあ。

村崎：しかし、作者とイラストレーターが揃《そろ》ってて、好きなキャラの名前に主人公がでないというのは（笑）。

あざの：あー（笑）。まあ、あの二人の場合は、なんというか、当たり前過ぎてすぐに思

いつかないから。

村崎：はいはい。

あざの：というか、飽《あ》きちゃう？

村崎：あはは。

あざの：やっぱり、ちょっと癖《くせ》のある方が……あの二人は、食事でいえば「ご飯《はん》」であって、だから「好きな食べ物は？」と聞かれても「ご飯」とは答えないから。

村崎：愛情《あいじょう》がない訳じゃないよ、ですか？（笑）

あざの：もちろんです（笑）。

村崎：でも、イラストで言うと、景のウィンドブレーカーとか大変じゃありませんか？

あざの：大変ですねー。一応《いちおう》あれ、肋骨《ろっこつ》をイメージして描いたんですが、あとになって、うわー、大変、って（笑）。

あざの：複雑《ふくざつ》ですもんね。でも、私は助かりました。何しろ、「ウィンドブレーカー」って言葉だけだと、あまり格好いいイメージが湧《わ》かないじゃないですか？（笑）書いた当時は、コートだとありきたりだし、景が中学生のときに買ったものだから、ウィンドブレーカーでいいかと単純《たんじゅん》に思ったんですが、そのあとしばらくは書いてて「ウィンドブレーカーて！」って自分で思ってましたよ（笑）。

村崎：あれ、中学の時のと高校の時ので、デザインが違うんですよ。
あざの：えっ。そうだったんですか？
村崎：中学の時はベルトとかないんです。
あざの：じゃあ、高校になって付けたんだ（笑）。

●●●●●

あざの：でー……えっと、他に誰《だれ》か好きなキャラとかいます？
村崎：じゃあ、キメリエスで。
あざの：あれこそ、癖のあるキャラですね（笑）。短編にしか出てこないけど……アレ書きたかったから短編を書いたという面もあるという。
村崎：強烈《きょうれつ》なキャラですよね。
あざの：アレ書いたあと、お姉言葉って使い方次第《しだい》でキャラ立ちするなと思って、『BB B』でもビジュアルまでそっくりなの出しました。
村崎：リンスケですね。
あざの：はい。キメリエスをちょっと若くした感じです。実はあれ、元ネタというか、インスピレーションを受けた映画がありまして……（以下、オフレコ）

村崎：へー、そんな映画が。
あざの：そう。だから、オカマと言うよりは、実はお姉言葉を使ってるだけの、ジェンダーフリーな人なんです。
村崎：裏話《うらばなし》ですねえ。
ちなみに、『Dクラ』はどうやってできたんですか？
あざの：それは、あとがきにも書いてますけど、龍皇杯用《りゅうおうはいよう》のプロットから……主人公はジャンキーって書いたら、BDKさんが「ピキーン！　これだっ」って（笑）。
村崎：そういえば（笑）。
あざの：最初はジャンキーといっても、「マジック・ジャンキー」だったんですけどね。ドラッグ云々《うんぬん》とかではなく、魔法を使うと昂揚《こうよう》して、その昂揚感に取《と》り憑《つ》かれる感じの。でも、いつの間にかほんとのジャンキーになって（笑）。まあ、エネルギー源《げん》としてカプセルみたいなのバリバリ食うっていうビジュアル・イメージが浮かんだあとは、それは絵として面白《おもしろ》そうとは思いました。ただ、いまだからわかりますが、たぶん読者の方々にとっては、主人公がジャンキーかジャンキーでないかという設定《せってい》は、あまり重要じゃなかったんだろうなあ、と。
村崎：たぶん（笑）。

あざの：でも、残念《ざんねん》ながら、この話はジャンキーがなければ始まってませんから。
村崎：まずジャンキーありき、ですか（笑）。
あざの：はい。皆さんこう、花《はな》は愛《め》でてくれますが、その花の根《ね》っこは泥《どろ》の中から生えてます、みたいな（笑）。
村崎：なるほど、なるほど。
あざの：枯《か》れたと思ったら、また咲《さ》いたし（笑）。
村崎：あはは。じゃあ、根っこが残ってる限り——てか、今回も根っこ残ってますよね？
あざの：あれねえ（笑）。調子のって、あんな終《お》わり方《かた》にしちゃいましたが（笑）。
村崎：また咲きますか？（笑）
あざの：じゃあ、あの……書くものなくなったら（笑）。
村崎：その頃は——
あざの：うん。さらに世代が進んで——子供たちの話かな？　誰かと誰かの子供が、ある日マンション裏《うら》の離《はな》れで——（笑）
村崎：アニメ化したらできそうですね。
あざの：無理《むり》でしょっ（笑）。ジャンキーって放送禁止用語ですよ？

村崎：じゃあ隠《かく》して（笑）。
あざの：ピーで？（笑）
村崎：なんか言葉を代えて。
あざの：あ、そっか。ジャンキーじゃなくてユーザーとか。
村崎：もしくは、ドラッグじゃなくて飴とか（笑）。チョコとか（笑）。
あざの：じゃあ、サプリメントとかにしましょうか？　のむと天使が出てきて健康にしてくれるサプリメント（笑）。
村崎：そんな噂《うわさ》が流れてる。ドラッグ系ダークヒーローじゃなくて、健康系《けんこうけい》ヒーロー。
あざの：飲酒《いんしゅ》とか喫煙《きつえん》なんか一切ないんでしょうね。セルネットも健康優良児集団《けんこうゆうりょうじしゅうだん》。
村崎：いいですね。
あざの：ドラマ作りは難《むずか》しそうです（笑）。雨の日も風の日も健康。怪我《けが》をしたときはサプリメントを。
村崎：これを飲んで、俺は行く！　って感じ？
あざの：それだとやっぱヤバいクスリだ（笑）。

●●●●●

あざの：さて……そろそろいいでしょう。最後はシメとかどうしましょうか？
村崎：なんかピンと来ないですね。
あざの：Dクラを振り返って、だと締《し》まりますか？
村崎：それだと真面目《まじめ》じゃないですか（笑）。
あざの：最後は真面目でいいでしょう？（笑）もちろん、これから延々《えんえん》キャサリンの悪《わる》口《ぐち》で締《し》めるのもいいですが……それだと検閲《けんえつ》で意味を成《な》さない文字の羅列《られつ》になっちゃう（笑）。
村崎：感慨深《かんがいぶか》い――とかなんとか？（笑）
あざの：そうそう。
村崎：とりあえず、いま見ると恥ずかしいですが、当時は全力《ぜんりょく》だったです。抑《おさ》えるということを知らないというか（笑）。
あざの：あ、それは私もそうですよ。
村崎：トーンの数とか（笑）。印刷されたら一緒なのに！
あざの：風景の描写とか（笑）。たぶん結構読み飛ばされてるよって（笑）。
村崎：でも、そういうのも貴重《きちょう》ですよね。
あざの：いっぱいいっぱいの仕事より、力が少し抜けてる方がキレがある仕事になるんですけどね。まあ、これはこれで味があると思って頂ければ。
村崎：初心《しょしん》は忘れずに頑張りたいです。
あざの：はい。その通りですね。綺麗《きれい》にまとまりました（笑）。
えー、今日はありがとうございました。
村崎：お疲れ様でした。

●●●●●

村崎：でも、なんだかまだ続きそうな気もするんですよね（笑）。
あざの：ああ、せっかくまとめたのに、またそんな（笑）。

二〇〇七年　一〇月　あざの耕平×村崎久都

あざの耕平祭り開催中！　http://www.azano-festa.jp/
※本書は月刊ドラゴンマガジン二〇〇七年六～八月号掲載分に書き下ろしを加えたものです。

春から始まったＤクラマラソンも今回で終わりです。
今回またＤクラキャラをかけてうれしかったですね。
それぞれのキャラが時間どうりに成長した
姿も考えるの楽しかったです。
また機会があれば彼ら彼女らの姿を書くことも
あると思いますが、
そのときはまたよろしくお願いします。
村崎久都

富士見ファンタジア文庫

Dクラッカーズ＋プラス
世界―after kingdom―
平成19年12月25日　初版発行

著者――あざの耕平《こうへい》

発行者――山下直久
発行所――富士見書房
〒102-8144
東京都千代田区富士見1-12-14
電話　営業　03(3238)8531
　　　編集　03(3238)8585
振替　00170-5-86044
印刷所――暁印刷
製本所――BBC
落丁乱丁本はおとりかえいたします
定価はカバーに明記してあります
2007 Fujimishobo, Printed in Japan
ISBN978-4-8291-1985-3 C0193